小菅麻起子
Makiko Kosuge

「チェホフ祭」から『空には本』

初期寺山修司研究

翰林書房

初期寺山修司研究——「チェホフ祭」から『空には本』——◎目次

凡例

一、引用文の漢字は基本的に新字体に直した。仮名遣いは引用文のままとした。
一、引用文中の傍線は筆者によるものである。
一、引用文の中略に関しては、（中略）あるいは「……」を用いて示した。
一、引用文献の出典については（　）内に（タイトル、出版年月、出版社）を記したが、同じ出典のものに関しては二度目以降、タイトル以外は略した。
一、引用文献の出典年月日については簡略化して記した箇所もある。
（例）昭和五十四年九月二十日→（昭54・9・20）

はじめに　寺山修司研究の課題

寺山修司の創作活動は多岐にわたっているために、その全貌を個人が検証するには限界がある。各ジャンル、各時代の研究成果がある程度出揃ったところではじめて、〈総体としての寺山修司〉を検証することができよう。

初期の詩歌を中心に研究を進めてきた筆者のそれは、十代後半から二十代前半の〈初期寺山修司研究〉ということになる。作品で言えば一九五四年のデビュー作「チェホフ祭」とその前後から、一九五八年の第一歌集『空には本』までを本書の対象としている。よって〈寺山修司研究〉の全貌を概括するには及ばないが、管見の限りで、これまでの〈寺山修司研究〉と今後の課題について記しておきたい。

◉——寺山研究書

寺山短歌の研究には、まず同時代からの菱川善夫の評論がある。菱川は寺山と同年同月の『短歌研究』新人評論部門で歌壇に登場した（一九五四年十一月「敗北の抒情」、受賞当時は北海道大学大学院生）。以後、前衛短歌の伴走者ともいえる批評活動を続けてきた（『菱川善夫評論集成』一九九〇年九月、沖積舎／他）。そして戦後短歌史の整理と位置づけには、篠弘の『現代短歌史Ⅱ　前衛短歌の時代』（一九八八年一月、短歌研究社）がある。筆者の研究も両氏の仕事に教えられるところから出発している。

総体的な寺山を論じたものとしては、寺山と同県（弘前市）出身の文芸評論家、三浦雅士の『寺山修司——鏡のなかの言葉』（一九八七年四月、新書館）があり、橋本多佳子からの影響、俳句から短歌への展開、演劇活動とその時代状況が論じられる。この五年後、寺山の近親者でもあった高取英の『寺山修司論――創造の魔神』（一九九二年七月、思潮社）が出て、初期から晩年までの〈総体的な寺山修司〉のアウトラインが書かれた。

二〇〇〇年代に入ると、単行本としてまとまった寺山研究書が出てくる。同時代から映画評論も手掛けていた栗坪良樹『寺山修司論』（二〇〇三年三月、砂子屋書房）では、俳句、短歌と映画の関係、表現技法上のモンタージュの問題が論究される。また寺山とほぼ同世代である栗坪氏の、同時代の証言も盛り込まれている。

野島直子『ラカンで読む寺山修司』（二〇〇七年三月、トランスビュー）は、少年期の俳句を病跡学の見地から精神分析し、家族関係論、演劇論へ展開する。筆者の理解の及ばない専門的な部分も多いので、三浦雅士の書評から引くと――「フロイトを読み直して新たな人間存在論を築いたラカンの精神分析と、「私」というものの仕組みにこだわって演劇や映画の世界にまで表現活動を広げた寺山修司の仕事に、同質のものを見出したのである。ラカンによって寺山修司が分かるだけではない、寺山修司によってラカンが分かる、そういう仕組みになっている」（「本と出会う――批評と紹介『ラカンで読む寺山修司の世界』」『毎日新聞』二〇〇七年四月二十九日）。なお野島には先に『孤児への意志――寺山修司論』（一九九五年七月、法藏館）もあり、第一歌集から全歌集への改編の意味が論究される。

守安敏久『バロックの日本』（二〇〇三年十二月、国書刊行会）、『メディア横断芸術論』（二〇一一年十月、国書刊行会）の二冊は、タイトルに寺山の名こそ引かれていないものの、〈寺山修司論〉がそれぞれの中枢を占めている。ラジオドラマ・映画・演劇の論考と、それらの上演（放送）記録、台本の書誌事項が詳細に整理されており、演劇方面の基礎研究の書となっている。

喜多昭夫『逢いにゆく旅――健と修司』（二〇〇五年十二月、ながらみ書房）は、歌人の著者が春日井健と寺山修司への「二人の師に逢いにゆく思いを折々に綴ったもの」とエッセイ風な体裁をとっているものの、寺山に関しては「チェホフ祭」における「中城ふみ子」短歌からの継承を論究している。

近年、笠間書院から「コレクション日本歌人選」（全60冊シリーズ）の刊行が開始され、なかで戦後の現代歌人としては、塚本邦雄と寺山修司の二人が選ばれている。葉名尻竜一『寺山修司』（二〇一二年二月）の巻には、『空には本』から未刊歌集『テーブルの上の荒野』までの39首がバランスよく選出され、「詩歌の背景」を含め、「寺山の波瀾に富んだ人生に迫ることに重点をおいた」評釈がなされている。

◉――〈十代〉の俳句資料と青春書簡

堀江秀史「寺山修司研究の現在――没後25周年を経て――」（『比較文学・文化論集』27号、二〇一〇年三月、東京大学比較文学・文化研究会）から引くと、これまでの研究の流れとして「主に小川太郎や小菅麻起子らによって資料整備の進められてきた少年期から青年期の、詩人としての寺山の活動（1950年代以前）と1960年代後半以降の、劇団を率いての活動が、現在までにかなりの研究が蓄積」され、なかでも「短詩型文学に関する研究が、寺山修司研究の中で最も進んでいる」とある（堀江氏は現在研究史の薄い「60年代における寺山の活動の正確な把握」に努めるべく、写真やテレビドラマの仕事について研究を進めている。「寺山修司・写真前史――中山卓馬、森山大道との競作過程」『寺山修司研究』3号、二〇〇九年十一月、文化書房博文社）。

確かに資料面においては「短詩型文学」、なかでも〈俳句〉に関するものが最も進んでいる。これはひとえに『寺山修司俳句全集』の刊行によるものである（一九八六年十月、新書館／増補改訂版一九九五年五月、あんず堂／以下本書では『俳句全集』と略記する）。この全集には完璧とはいえないまでも、初出誌とその異同を含めた記載がある。これによって俳句研究の基礎が出来、十代の俳句を通じた少年時代の精神分析論（野島）や、俳句と映画技法の共通性（栗坪）等、〈俳句〉をめぐる研究が進展した。その後さらに新資料の発掘もあり、『俳句全集』を補完する形で整備が進められている。

なかでも青森時代の文芸活動については、久慈きみ代『孤独な少年ジャーナリスト 寺山修司』（二〇〇九年三月、津軽新報社）がまとめられ、中学時代の文芸誌や学校新聞の掲載作品、青森の俳句結社における寺山の活動が明らかにされた。

しかし〈短歌〉に関してはこの限りではなく、『俳句全集』に並ぶ『全歌集』は整備されていない。『空には本』の初出調査については本書に整理したが、第二歌集『血と麦』、第三歌集『田園に死す』については初出調査さえ今後の研究課題という状況である。〈詩〉については一部の作品を除いては、ほとんど着手されていない。よって「短詩型文学」についても、全体としては基礎研究の段階を抜けていないというのが筆者の見方である。

俳句資料の発掘と並行して、同時代の〈書簡〉が公開され、〈十代の寺山修司〉の活動周辺が明らかになってきた。世田谷文学館「寺山修司の青春時代展」（二〇〇三年）では、『牧羊神』に集った山形健次郎宛書簡が公開された。同じく『牧羊神』の丸谷たき子宛書簡も公開された。同時に「寺山修司没後二〇年記念復刻」として、『句集 青春の光芒』が刊行された（二〇〇三年五月、有限会社テラヤマ・ワールド）。これは『牧羊神』の同人三人が一九五〇年代に刊行した句集と、初版時に寄せた寺山の「序文」が合本された合同句集である。山形健次郎『銅像』――「火を創る少年」（序文）、林俊博『遠い雪』――「牙」（序文）、吉野かず子『木馬だけの公園』――「木馬の耳」（序文）。初版本は国会図書館にも蔵書のないもので、これまで読むことの出来なかった寺山の「序文」が収録された貴重な資料となっている。

また近年、同じく『牧羊神』の仲間であった松井牧歌『寺山修司の「牧羊神」時代――青春俳句の日々』（二〇一一年八月、朝日新聞出版）が刊行され、寺山を含む同人からの書簡が公開された。解説を担当した齋藤愼爾は「寺山修司を軸に、〈文通〉を通して互いの作品を批評しあい、十七音短詩型文学の彫琢に情熱を傾けた魂の遍歴を生きいきと描いたドキュメントとも、ビルドウングスロマンとも称すべきもの」と評する（「無償の精神の光芒――寺山修司と俳句」）。同書は松井が編集中に急逝した（平成19年）後に出版されたもので、友人の岡井耀毅は「あとがき」に記す。――「寺山修司にかぎらず『牧羊神』の同人たちとの熱い交流をうかがわせる葉書や手紙はまるで掌中の珠のように大切に保管されていた。いかに牧歌が当時の若い日々の思い出をうたごころの原点にしていたかが偲ばれるのである」。この本に登場する同人「丸谷たき子」と寺山との交流については本書に記した（第五章）。

同時代の書簡として他にまとまったものには、三沢の恩師（中学の国語教師）「中野トク」へ宛てた75通がある。この書簡は一九九六年十二月に三沢市へ寄贈され、一九九七年七月に寺山修司記念館に収蔵された。筆者は一九九〇年代に三沢へ通った縁からこれを『東奥日報』に紹介する機会を与えられ（『拝啓中野トク先生　修司青春の手紙』一九九七年二月〜八月、全25回）、その後『寺山修司青春書簡――恩師・中野トクへの75通』（九條今日子監修／二〇〇五年十二月、二玄社）としてまとめる機会にあずかった。同書は75通の書簡がすべて写真で収録され、一通毎に翻刻と解説が付く。時期は昭和二十八年（高校二年生）から昭和三十八年までの十年に及ぶが、そのうちの三分の二が入院生活の中で書かれたものだ（昭和三十年〜三十二年）。病状は一進一退で、何度も絶対安静に陥る苦しさや、経済的困窮が生々しく訴えられる。しかしまた書簡には、東京での新たな交友関係を軸として、文学・音楽・詩劇の話題など、外界へ積極的に働きかけていた様子も記される。そして母のこと、青森の友人のこと、海や、雪の降る情景への懐かしさなど、原風景としての故郷青森が記される。

〈十代の寺山修司〉と交流のあった書簡の持ち主は、半世紀もの間これを大切に保管した。そのおかげで今日、寺山の青春書簡は文学資料として保存されるところとなった。そこから当時の肉声を聴き、友人との交流が伝えられ、十代後半から二十代前半の〈寺山修司〉の軌跡を辿ることが出来る。

◉――評伝

寺山修司の評伝は比較的短期間のうちに続けて四点が刊行された。田澤拓也『虚人 寺山修司伝』（一九九六年五月、文藝春秋）、小川太郎『寺山修司 その知られざる青春』（一九九七年一月、三一書房）、長尾三郎『虚構地獄 寺山修司』（一九九七年八月、講談社）、杉山正樹『寺山修司・遊戯の人』（二〇〇〇年十一月、新潮社／二〇〇六年七月、河出文庫）である。

なかでも小川太郎『寺山修司 その知られざる青春』は、対象とする時期は短いものの（昭和三十三年まで）、作品の情報が随所に盛り込まれており、〈初期寺山修司研究〉の基礎文献となっている。筆者も伝記事項および書誌に関する手掛かりの多くを小川評伝から教えられた。

杉山正樹『寺山修司・遊戯の人』は、『短歌研究』の編集者（一九五六年より編集長）を勤めた著者によって書かれたものだ。一九五〇年代の短歌総合誌に、短歌結社に所属していない寺山が活躍の場を与えられたのは、中井英夫、杉山正樹の両編集者によるところが大きい（中井英夫『定本黒衣の短歌史』参照。一九九三年一月、ワイズ出版／初版一九七一年六月、潮出版社）。これを戦後短歌史の問題として検証することも、今後の研究課題の一つである。

田澤拓也『虚人 寺山修司伝』は、野島直子が「デビュー作の模倣問題と鏡像段階」（『ラカンで読む寺山修司』所収）において取り上げた外、これまであまり顧みられることがなかった。しかし近年、一九六〇年代のテレビドラマをめぐる研究において、当時のテレビ関係者の証言が収録される『虚人 寺山修司伝』は活用されている（例えば守安敏久「テレビドラマ『子守唄由来』」『メディア横断芸術論』所収、堀江秀史「寺山修司のテレビメディア認識」『映像学』86号、二〇一一年五月）。

◉――寺山修司研究の課題

今から二十年近く前、坂東広明は没後十年目の〈寺山修司〉現象について「再評価の動きの中にあっても、彼の評論活動に対する検討は、断片的な感想文が増えるばかりで、その膨大な仕事量とは裏腹に、その解釈を含めて、現在までほとんどなされていない」ことを指摘していた（「寺山修司における「演技」の思想――『幸福論』に見る寺山の方法論」『昭和文学研究』第28集、一九九四年二月）。同じく没後十三年目の状況を概括した坂東「研究動向・寺山修司」（『昭和文学研究』第32集、一九九六年二月）には、「没後十年を前後してのブームの恩恵によって、研究の一次資料が豊富」になり、中でも「映像資料の充実」（『ヴィデオ・アンソロジー／演劇実験室「天井桟敷」』等）が取り上げられる。文字資料については「絶版となって久しかったものが再刊」され「寺山研究の進展にとって大きなプラス」と評価する一方、「新たに出される資料には、その初出が明らかにされていなかったり、また既に出されていたものと同タイトルでありながら、中身が編集し直されて異なったものとなっていたりするなど、研究者にとってはいささか不都合なものが多い」と、〈寺山修司〉本における書誌の曖昧さが指摘されていた。「書誌的な研究は、われわれ寺山研究に携わる者に課された、最も早急に対応しなければならない、重要な課題」という点は首肯されるべきことで、筆者の「初期寺山修司研究」においてもまず留意したのは基礎的な書誌事項である。さらに坂東は、没後の〈寺山修司〉受容に関して「寺山をまつり上げる」風潮があることへの危惧を述べ、今後の研究課題として「肥大化されてきた寺山像を、今一度検討し直し、実物大の寺山像を探っていくこと」を提案している。

その後〈寺山修司〉をめぐる研究状況は、異なった分野から専門の研究書が出てくるなど進展を見せている。しかし「評論活動に対する検討」をはじめ、〈総体としての寺山修司〉研究はこれからの課題である。

近年における書誌的研究の成果としては、一九九七年に開館した寺山修司記念館による収蔵品カタログ『寺山修司記念館①』（責任編集・寺山偏陸／二〇〇〇年八月、テラヤマ・ワールド）があり、直筆資料が写真で収録され、収蔵品のリストが掲載される。また没後二十五年目の展覧会図録『寺山修司劇場美術館』（監修寺山偏陸／二〇〇八年五月、パルコ出版）の「寺山修司著作リスト」（一九五七年〜二〇〇八年）は単行本の著書について最も詳細な「著作リスト」となっている。

雑誌論文においても書誌的研究が出ている。今泉康弘「寺山修司におけるいわゆる「差別語」と角川文庫によるその書き変えについての資料」（法政大学大学院日本文学専攻研究誌『日本文学論叢』33号、二〇〇四年三月）は、19点にものぼる角川文庫の異同が整理されている。寺山没後に重版された角川文庫は「差別語」に関して「編集部によって書き変えのおこなわれているものがある」事実から、「学術研究の立場に立って、作者自身によるオリジナルな表現を復元し、寺山修司研究の資料として提供する」ものである。

松崎悟「寺山修司の名言集について」（『寺山修司研究』創刊号、二〇〇七年五月）は、『青春の名言』（一九六八年）と『ポケットに名言を』（一九七七年）の異同を調査したものである。変更点の特徴として、「フランス哲学者アラン」の減少、「時事的（流行的）」な言葉が削除され「幻想的な作家」の言葉が追加された等、寺山の「他人の言葉への関心」の変化が書誌的分析から考察される。

このように〈寺山修司〉本の書誌的研究に関しても、近年は進展しつつある。しかし〈寺山修司研究〉全体における書誌については、例えば作家の基となる「年譜」の整備さえ順調には進んでいない事実がある。本書において「「年譜」をめぐる問題点」を「序章」とするのは、〈寺山修司研究〉の基礎において、多くの課題が未解決であることを提示したいと考えたからである。

筆者がこれまで研究課題としてきたジャンルは主に詩歌であり、本書では一九五四年のデビュー作「チェホフ祭」から、一九五八年の第一歌集『空には本』までの論考を主軸としている。作品内部の基礎研究と並行して、戦後史における〈寺山修司〉という観点からの考察を進めた。〈寺山修司〉は作家としてどのような時代の中から登場したのか。作品の源流を探ると同時に、戦後史における初期作品の位相についての考察を試みた。

さらに歌人としての寺山修司は、その愛誦性と青春性から「昭和の啄木」とも称された。そこには〈戦後の啄木受容〉の問題があり、その歴史的潮流のなかに寺山も〈啄木〉を受容していた事実が浮かんでくる。〈寺山修司〉はどこから来たのか。その出発点と軌跡を論究することが本書の目的である。それは初期作品を対象とした〈寺山修司〉の一部分である。しかしながら初期短歌を主軸とした論考で、書誌的調査から着手して一冊にまとまったものはまだない。この研究によって〈初期寺山修司〉の軌跡を提示し、その出発点および歌人としての仕事に光をあてることが出来ればと願う。

序章 「年譜」をめぐる問題点

はじめに

一九八三年五月四日に寺山修司が亡くなってから二〇一三年で没後三十年になる。しかるにいまだ寺山修司には正確な「年譜」がない。そもそも自筆「年譜」(『寺山修司青春歌集』一九七二年一月/『家出のすすめ』一九七二年三月、角川文庫)に事実とは異なる記事があり、これが「年譜」問題の発端となっている。その後、高取英によって「年譜」の修正および増補がなされてきた。そのうち最も詳しい「年譜」は『寺山修司全詩歌句』(一九八六年五月、思潮社)に収録されるものであると高取自身が解説している(「ブック・ガイド」『新文芸読本寺山修司』一九九三年五月、河出書房新社)。同じく高取英『寺山修司論』(一九九二年)に収録される「年譜」が詳しい。現在この二つの年譜が「寺山修司年譜」のベースとなるものと筆者は見ている。

しかしこの高取編「年譜」にも問題はあり、研究者や関係者によって部分的に指摘がなされている。例えば従来の「昭和十七年 橋本小学校に入学」については、戦時中であるので「国民学校」と改める必要がある、という小林保治の意見も提出されている。[*1] しかしそれが実際の「年譜」上に訂正されることなく、関係者間の共通認識とならないこともまた問題である。作家の基となる「年譜」であるから、正確なものが作成されるのが望ましいことは言うまでもない。その一助として、目下筆者が問題と考える「年譜」事項について現状を報告しておきたい。

1　出生年月日をめぐるゆれ――昭和十年か十一年か

現在、寺山修司の生年月日は「昭和十年十二月十日」、戸籍上は一ヶ月遅れの「昭和十一年一月十日」で届けられたということが通説になっている。しかし近年、この二つの生年月日をめぐって説がゆれている。どちらの生年にしても「学齢」は同じであるから、学年を数えるのには問題にならない。しかし生まれ年が異なるということは問題も出てくる。例えば去る二〇〇五年は「寺山修司生誕七十年」ということで記念され、雑誌等にも特集が組まれた（「小特集 生誕70年 寺山修司の東京地図」『東京人』二〇〇五年十二月、「特集 生誕七十年 寺山修司の「強度」」『すばる』二〇〇五年十一月、他）。これは昭和十年生まれなればこそ「生誕七十年」となるのであって、昭和十一年生まれということになれば事情は違ってくる。

以下「昭和十年十二月十日」説と「昭和十一年一月十日」説と、二つの生年月日をめぐる言説の経緯を整理しておきたい。

◉――「昭和十年十二月十日」説の出所

一般に寺山の生年月日として認識される「昭和十年十二月十日」というのは、自伝エッセイ『誰か故郷を想はざる』の冒頭部分に記され、広く知られることになったと思われる（以下、傍線は筆者による）。

私は一九三五年十二月十日に青森県の北海岸の小駅で生まれた。しかし戸籍上では翌三六年の一月十日に生まれたことになっている。この二十日間のアリバイについて聞き糺すと、私の母は「おまえは走っている汽車のなかで生まれたから、出生地があいまいなのだ」と冗談めかして言うのだった。

実際、私の父は移動の多い地方警察の刑事であり、私が生まれたのは「転勤」のさなかなのであった。だが、私が汽車のなかで生まれたというのは本当ではなかった。北国の十二月と言えば猛烈にさむかったし、暖房のなかった時代の蒸気汽車に出産間近の母が乗ったりする訳がなかったからである。それでも、私は「走っている汽車の中で生まれた」と言う個人的な伝説にひどく執着するようになっていた。

（『誰か故郷を想はざる』初版 昭和43年10月、芳賀書店／昭和48年5月、角川文庫）


このエピソード自体、「個人的な伝説」と記されるように信憑性に欠けるところはある。もっとも『誰か故郷を想はざる』の副題に「――自叙伝らしくなく――」とあるところからして、脚色が入っていても何ら不思議ではない（そもそも「二十日間のアリバイ」というのもおかしい。寺山の文脈で考えれば、「三十一日間のアリバイ」となるのが本来であろう）。

そして同様の言説は『誰か故郷を想はざる』以前にもみられる。昭和四十一年、新書館のフォア・レディースシリーズの一冊として刊行された詩文集『さよならの城』である。巻末「寺山修司についての小辞典」と題する自己紹介の冒頭部分。


一九三六年一月十日生まれ（ただしそれは戸籍上のことであってほんとは一九三五年の十二月十日に生まれたのである）。

（初版一九六六年十月、新書館／引用は一九七二年十月 57版による）


この二つの書物『誰か故郷を想はざる』『さよならの城』が、昭和四十年代のはじめに出版されていることから、この時期には「ほんと」の誕生日が戸籍の一ヶ月前であると、寺山自身に認識されていたようである。
そしてよく知られる最晩年の詩「懐かしのわが家」の冒頭も、「昭和十年十二月十日に／ぼくは不完全な死体として生まれ」とはじまる。

懐かしのわが家

昭和十年十二月十日に／ぼくは不完全な死体として生まれ／何十年かゝって／完全な死体となるのである／そのときが来たら／ぼくは思いあたるだろう／青森市浦町字橋本の／小さな陽あたりのいゝ家の庭で／外に向って育ちすぎた桜の木が／内部から成長をはじめるときが来たことを／／子供の頃、ぼくは／汽車の口真似が上手かった／ぼくは／世界の涯てが／自分自身の夢のなかにしかないことを／知っていたのだ

（『朝日新聞』昭和57年9月1日夕刊・文化欄掲載）

寺山はこの詩を発表した翌年、昭和五十八年五月四日に逝去した。よって「昭和十年十二月十日に／ぼくは不完全な死体として生まれ」ではじまるこの詩は、〈最晩年における寺山修司の真実である〉と思いたいのが読者の心情であろう。この最後の詩の影響もあってか、寺山の没後、メディア上に流通している年譜や略歴は「昭和十年十二月十日」を生年月日として記している。

◉――実母の回想『母の蛍』にみる生誕

寺山の実母、寺山はつによる回想記『母の蛍』の冒頭も「昭和十年十二月十日」の記載からはじまっている。以下少し長くなるが関連部分を引用する。

昭和十年十二月十日。

陣痛がはじまったのが、その三日前からでした。今夜あたり産まれるかもしれないよと言われたがその夜は産まれず、明日の朝かなと言われたがやっぱり駄目で、やっと三日目の夜、八時頃、難産のすえ産まれたのです。

その頃、東北あたりでは産院で産む習慣はなく、みんな自宅で産婆さんに助けられて産むのがふつうでした。（中略）

夫は勤務の都合上、一日おきにしか家へ帰りません。私と祖母の二人で、わいわい言い合いながら忙しく赤ん坊の世話をしていたものです。この年は雪が多くとても寒い冬でした。祖母が「おしめを洗って外へ干すと、みんな凍ってしまって乾かなくて困る」と言うので、家の中で炬燵で乾かそうとおしめを並べかえたり、大わらわだったのです。気がついたら二週間が過ぎていました。

早く名前をつけて届けを出さなければならないので、私は一生懸命、名前を考えました。修司はどうだろう。司という字が私はなんとなく好きで、修をつけたら長男らしくて良いのではないかと夫に相談しますと、夫も気に入ってくれました。しかしそのときは、すでに届け出の期限が切れていたものですから、困った困ったと考えたすえ、一ヶ月遅れの昭和十一年一月十日生まれとして届けることにしました。

（『母の螢』初版一九八五年二月、新書館／一九九一年一月、中公文庫）

出生届けの期限は、旧戸籍法においても現在と同じく、生後二週間以内である。母の回想によれば、つまるところ「出生届」の提出期限（二週間）が切れた後の役所への対策として、一ヶ月遅れの出生日に操作をしたということである。現在「出生届」は産院の出生証明書が必要で、このような操作はできない。しかし当時の旧戸籍法では、「出生届書に分娩に立会った者の氏名は記載させたが、出生の事実を証明すべき書類等を添付させる規定はなかった」（大里知彦『旧法親族相続戸籍の基礎知識』平7・9、テイハン）というから、出生年月日を操作することは可能である。しかも産婆による自宅分娩であったというからなおのことである。

小川太郎の評伝『寺山修司　その知られざる青春』においても生年月日は実母の回想に拠っており、「修司の出生届けは、父は多忙、母は産後ということで一か月出すのが遅れた」と記される。長尾三郎『虚構地獄　寺山修司』では、「戸籍」の記載と九條今日子が寺山の母から聞いた話を載せている。

……戸籍によれば、――昭和十一年一月十日出生　父八郎同月二十日届出　弘前市長受付同月二十二日送付入籍　となっている。（中略）実際の誕生日（筆者注：昭和十年十二月十日を指すと思われる。）と届出日付がズレている点については、寺山と結婚（のち離婚）した九條今日子がはつに直接聞いている。「お父さんの仕事が忙しかったのと、弘前は雪が深くて、子供たちは二階の窓からスキーをはいて学校へ通っていたというくらいらしいの。だから吹雪と大雪で役場まで行けなかったのが遅れた真相です」

ここで長尾が九條今日子から聞いた話というのは、母の回想記の話とほぼ一致する内容である。そして「戸籍」の記載に目を向ければ、「一月十日」の十日後の「一月二十日」に父が役場へ出向いている。ここで届け出までにさらに十日間を要したというのは、仮に「一月十日」に誕生したとしても一般的なケースと考えられる。

これを母の回想と照らし合わせると、十二月十日に誕生し、その後に一月十日生まれという操作をし、さらにそこから役場への届け出に十日を要している。つまり誕生から四十日後に役所へ出生届が出されたということになる。逆にいえば「一月十日」と操作した後に届け出まで十日間の日数が必要であろうか、という疑問も生まれなくはない。

◉――「昭和十一年一月十日」説

しかして近年、この生年月日をめぐって、従兄弟の寺山孝四郎（二〇〇四年当時、寺山修司記念館館長）より異論が提出された。戸籍どおりの「昭和十一年」が正しいという説である。『デーリー東北』誌上の座談会で発言されているものから以下抜粋する。[*2]

（九條今日子）ところで、孝四郎さんと私の見解がいまだに違っているのは、寺山の生年月日なのよ。昭和十一（一九三六）年一月十日というのが戸籍上の生年月日なんだけど、お母さんも寺山本人も十（三五）年十二月十日といい張っていたんです。「どうして、そうなったの」とお母さんに聞いたら「その年は大雪が降って、一月十日まで市役所に行けなかった」と。ところが孝四郎さんは、どういうわけか一月十日だといってるのよね？

（寺山）私の親せきで蝦川定蔵という寺山の父親と一緒に警察官をしていた後輩の人がいるんですが、弘前の紺屋町にある二軒長屋に寺山親子と住んでて、蝦川の娘が十年の確か七月生まれなんです。それで、寺山のことをよく知ってるんです。その蝦川が「十年十二月生まれなんて、何で書くのかな。十一年一月に生まれたはずだ」といってるんです。「娘の方が十年生まれだ」と。学齢は同じなんですけどね。

（九條）これは、認識を新たにしなきゃいけない大問題ですね。でもね、寺山は、ある人には汽車の中で生まれたっていうなど、会う人ごとに違うことを話すのは、小さいころからお話を作るのが好きだったのかな。

お母さんともどもね。

（「回想の寺山修司・座談会」『デーリー東北』二〇〇四年十二月二十三日）

「認識を新たにしなきゃいけない大問題」とされながらも、この座談会ではこれ以上は追究されていない。ここで寺山孝四郎が、紺屋町（寺山の出生地）の長屋で一緒だった親戚（蝦川定蔵）から聞いた話というのが、昭和十一年説の根拠となっているわけだが、あくまで「話」の段階にとどまっており、客観的な裏付けは現在のところ提出されていない。

しかしこの異論により再認識しなければならないことは、昭和十年説についても事情は同様であり、客観的かつ確信的な証拠はないということである。

◉――中野トク宛書簡にみる誕生日の認識

ところで「昭和十一年説」以前にも、筆者は寺山の生年月日に疑問を持ったことがあった。寺山の中野トク宛書簡を整理していた時のことである。この書簡に誕生日に関する記述が二度出てくる。以下その部分を抜粋する（『寺山修司青春書簡』）。

【昭和三十一年十二月二十日消印】

マフラー、ハンカチ、早い方がいゝ。クリスマス。でなけりゃ一月十日は僕の誕生日です。

【昭和三十二年一月十五日消印】

一月十日で二十一才になった。いつ癒るんだろう。ことしの夏は癒りたいものだ。

身寄りのほとんどいない東京で、長びく入院生活中に書かれた手紙である。「マフラー、ハンカチ」をクリスマスプレゼントか、さもなくば誕生日プレゼントとしてねだっている。その記述の中に「一月十日は僕の誕生日」と出てくる。そして年が明けて「一月十日で二十一才になった」と。「一月十日」とは戸籍どおりの昭和十一年一月のことである。昭和三十年代初めには、寺山自身の認識においても戸籍上の「一月十日」が誕生日として疑われていなかった、ということが書簡の記述からうかがえる。

つまり、ある時期までは戸籍上の誕生日が生年月日として認識されており、ある時期に戸籍とは異なる誕生日を母親から聞かされた。そして自分には〈二つの誕生日〉があることを、自らの伝説の一つとして得心するようになったのではないか、と考えられる。

◉――メディア上における略歴

最後に、メディア上における生年月日の記載を遡って確認しておきたい。

初期の出版物は第一歌集『空には本』（昭33）をはじめ、巻末に略歴の記載されるものは「一九三六（昭和十一）年一月十日」生まれとなっている。現在確認した限りで、昭和十一年と記されている代表的な著書をあげておく。

――昭和32年『櫂詩劇作品集』・昭和32年『はだしの恋唄』・昭和33年『空には本』・昭和38年『現代の青春論』・昭和40年『田園に死す』・昭和40年『戦後詩』・昭和41年『遊撃とその誇り』。

そして、先に記したように昭和四十年代はじめに出版された『誰か故郷を想はざる』『さよならの城』では、「ほんとは一九三五年の十二月十日に生まれた」ことが記されていた。

しかしながらその後、昭和四十年代後半、五十年代に出版された著書についても、巻末の「略歴」には「昭和十一年生まれ」と記載されているものも多いのである。以下その一例をあげておく。――対談集『言葉が眠るときかの世界が目ざめる』（昭47・12、新書館）・『ぼくが狼だった頃――さかさま童話史』（昭54・3、文藝春秋）など。

一方「年譜」では、例えば角川文庫『寺山修司青春歌集』（一九七二年）、『家出のすすめ』（一九七二年）、『別冊新評寺山修司の世界』（一九八〇年）などに収録されるものでは「昭和十年」と記載される。

ここからいえることは、生前の著書の略歴紹介においては戸籍上の「昭和十一年」が重視され、没後は「年譜」に記される「昭和十年」が重視されるようになったということである。

◉――現時点のまとめ

寺山の生年月日について、昭和十年十二月十日、昭和十一年一月十日のどちらにしても、現時点では客観的証拠に欠けており、断定はできない。近年言われ出した「昭和十一年」も資料の裏付けに欠けるが、しかし現在定着しているかにみえる「昭和十年」にしても、事情は同じであるという認識は持たねばならないだろう。

また昭和三十年代の書簡から、寺山自身の認識においても、ある時期までは戸籍上の生年月日どおりであり、ある時期から一ヶ月前が本当の誕生日であった、という認識に変わったのではないかと思われる。

出版物などメディア上の略歴紹介については、生前は戸籍どおりの昭和十一年が主流で、没後に昭和十年と記されることが多くなった。これは自筆年譜が基になっている「年譜」の記載が重視されるようになったことと、あわせて最晩年の詩「懐かしのわが家」の冒頭部分「昭和十年十二月十日に／ぼくは不完全な死体として生まれ」が、メディアを通じて広く世に知られた影響ではないかと推測される。

2 中学転校の時期──昭和二十四年

寺山が三沢の古間木中学から、青森の野脇中学へ転校した時期について、従来の年譜や評伝では「昭和二十三年、中学一年の二学期」、あるいは「昭和二十四年、中学二年の二学期」と、その時期がまちまちであることに筆者は長らく疑問を抱いていた。以下、四人の著者による評伝の「中学転校」に関する部分である。

中学二年の二学期からこの野脇中学に通いはじめた修司だが、同校は、青森市内の中央部を網羅する学区を持つため、優秀な生徒たちが集まっていた。

(田澤拓也『虚人 寺山修司伝』一九九六年五月、文藝春秋)

三沢の古間木中学から寺山修司が転校してきた青森市の野脇中学に京武久美という少年がいた。寺山の重要な「文芸仲間」になった京武久美は中学二年の二学期のときに野脇中学に寺山修司が転入してきた日のことをはっきり覚えていた。

(小川太郎『寺山修司 その知られざる青春』一九九七年一月、三一書房)

寺山は古間木中学校一年の二学期から青森市立野脇中学校に転校した。そこに〝一卵性双生児〟とまでいわれることになる京武久美がいた。

(長尾三郎『虚構地獄 寺山修司』一九九七年八月、講談社)

古間木中学校一年の二学期に、かれは青森市立野脇中学校へ転校しているのだから、この情景(筆者注:『誰か故郷を想はざる』から母子別離の情景)の季節はたぶん夏(あるいは夏休み)ではないだろうか。

（杉山正樹「寺山修司・遊戯の人」初出『新潮』二〇〇〇年七月号）[*3]

ところが一九九六年八月に筆者が三沢市で関係資料を調査した際に、青森市「野脇中学校通信連絡表」（現在寺山修司記念館蔵）を確認したところ、昭和二十四年、中学二年次のものに「4月19日転入」と記載されていた。この公の記録に従うならば、従来記されてきた中学一年ないしは二年の二学期ではなく、中学二年の一学期のはじめに転校していたということになる。[*4]

この件に関する寺山自身の発言は少ないのだが、晩年のインタビューで「三沢の中学に一年までいて、二年から野脇中です。それで青森高校」と答えている（「死の前のインタビュー」木瀬公二／季刊「あおもり草子」追悼特集『心象寺山修司』一九八三年十二月）。この「二年から野脇中学」という寺山の発言は「野脇中学校通信連絡表」の転校に関する記載とほぼ一致する。

それならばこれまで言われてきた「二学期」転校説は、事実無根のものと言い切れるのか。

寺山の三沢から青森への転校背景には、前後して、母が仕事のために九州へ行き、青森の親戚宅へ引き取られたという事情が関係する。以下高取英編の年譜よりその部分を引用する（『寺山修司論』「年譜」より）。

一九四八年（昭和23）　古間木小学校を卒業し古間木中学に入学。秋、青森市松原町49の母方の大叔父夫婦（坂本勇三、きえ）宅に引きとられ、扶養される。（中略）母が、九州芦屋のベースキャンプに勤めに出たため、母と別居。青森市立野脇中学校に転校。（『寺山修司論』）

ここに「一九四八年」の「秋」に、「青森」の「大叔父夫婦」に引き取られたというその時期が、「中学一年生の二学期」青森転校説のいわれとなってきたのではないか。
また、中学・高校と同級生であり、親友であった京武久美も（こちらは中学二年生だが）やはり「二学期」に転校してきたことを記憶している。

私が寺山修司と初めて会ったのは、青森市内の中学二年のときである。二学期の始業日、背が高くて、目がギョロッとして、見るからに人を威圧する男の子が転校してきた。それが彼であった。
（「親友に対抗心を燃やした「山彦俳句会」の日々」『俳句あるふぁ』創刊2号、一九九三年）

この京武久美の証言では「中学二年生」の「二学期の始業日」というから、昭和二十四年に転校してきたということになる。高取編年譜の昭和二十三年秋に青森へ引き取られたという記述と並行して、これまで昭和二十三年、ないしは二十四年の「二学期に転校」と記述されてきたと思われる。
しかして公の記録は中学二年の一学期であった。いずれにしても、昭和二十四年「野脇中学校通信連絡表」の「4月19日転入」という日付の裏には、何か特別な事情が含まれていそうである。

[付記]「中学転校時期」の問題に関して、近年、青森の久慈きみ代氏から一つの推測が提出された（「寺山修司 空白の半年──古間木中学校から野脇中学校への転校はいつか?」『寺山修司研究』5号、二〇一二年）。寺山の中学時代の同級生からの直話によるもので、寺山は青森の県立図書館へ通う暗い感じの学生だったという（その同級生も事情があり、毎日学校へは行かずに図書館で勉強していたという）。この同級生の話から、四月に転校したものの、二学期まで寺山は「不登校」だったのではないかという推測である。寺山が毎日図書館に通っていた、という同級生の証言は大変興味深いもの

である。しかしながら中学時代の寺山が半年近く「不登校」だったとなれば、これはこれで重大な問題であり、さらに客観的な裏付けとなる資料の必要性を感じる。

3　歌壇デビュー時の呼称について――昭和二十九年

現在、寺山を紹介する関連記事の多くが、寺山の歌壇デビューを以下のように記している。

・昭和二十九年十一月　第二回『短歌研究』新人賞受賞

これはその半年前の昭和二十九年四月に、中城ふみ子が「第一回『短歌研究』新人賞」を受賞したという延長上に語られることでもある。

しかし寺山の歌壇デビューを飾った昭和二十九年十一月号の『短歌研究』には、「新人賞」という文言の記載はない。あくまで「五十首応募作品・特選受賞」とあるのみである。中城ふみ子の場合も同様で、昭和二十九年四月号『短歌研究』の目次には、「第一回五十首応募作品発表」として「乳房喪失〈特選〉」のタイトルが掲げられている。高取編年譜に確認すると『寺山修司全詩歌句』では「新人賞」、『寺山修司論』では「五十首応募作品特選」と改められている。しかし寺山を紹介する記事全般においては「新人賞」と記されるものが多い。

当時の募集広告の文言からみても、「五十首募集」は「新人賞」的な意味合いで企画されたものではあった。

第一回作品五十首募集　新人の登龍を待つ！　新人の力作に誌面を開放！
野心溢れる大作を一挙掲載　（『短歌研究』昭和二十九年一月号）

第二回作品五十首募集　新風よ巻き起れ！　（『短歌研究』昭和二十九年七月号）

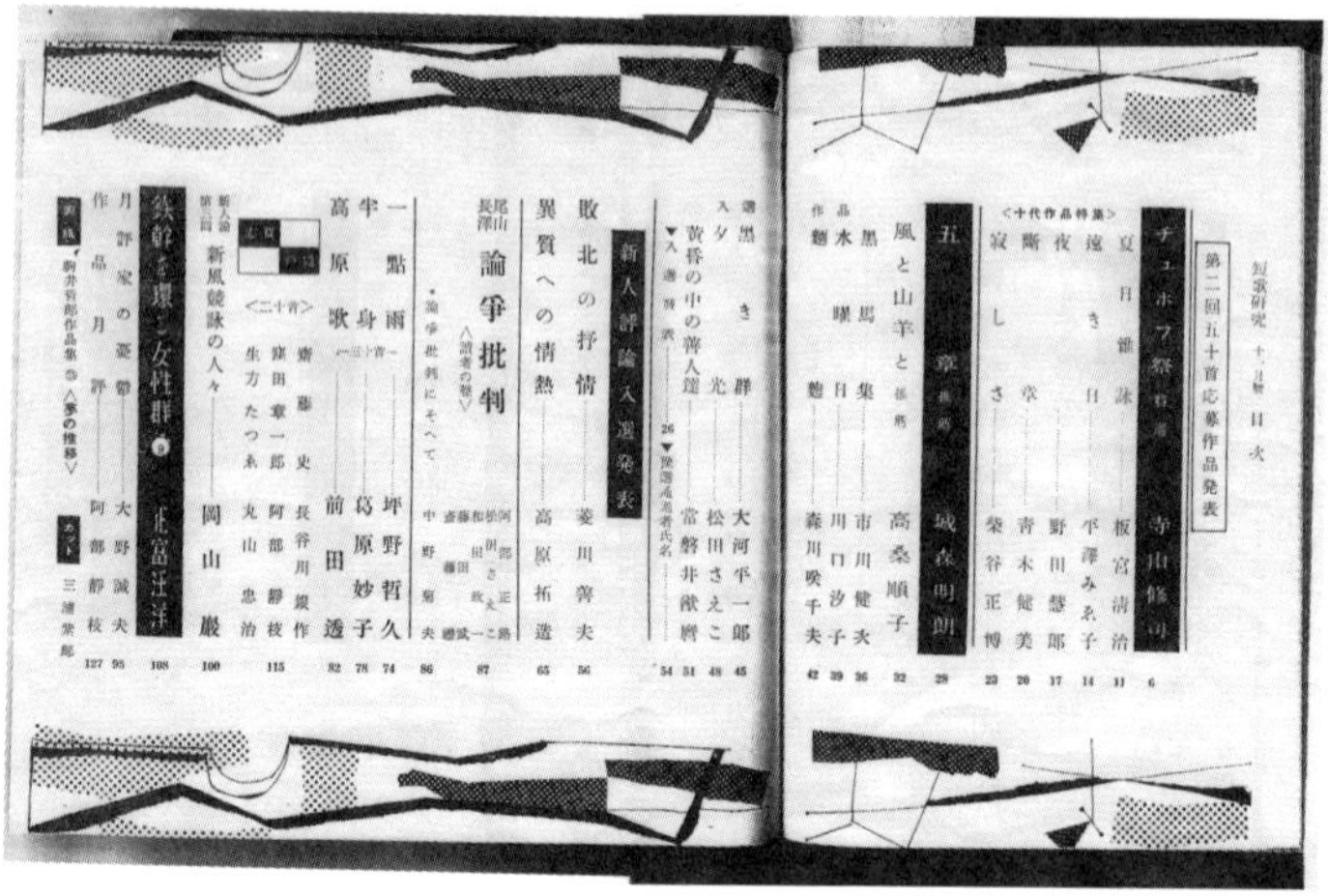

短歌研究 十一月號 目次

第二回五十首応募作品発表

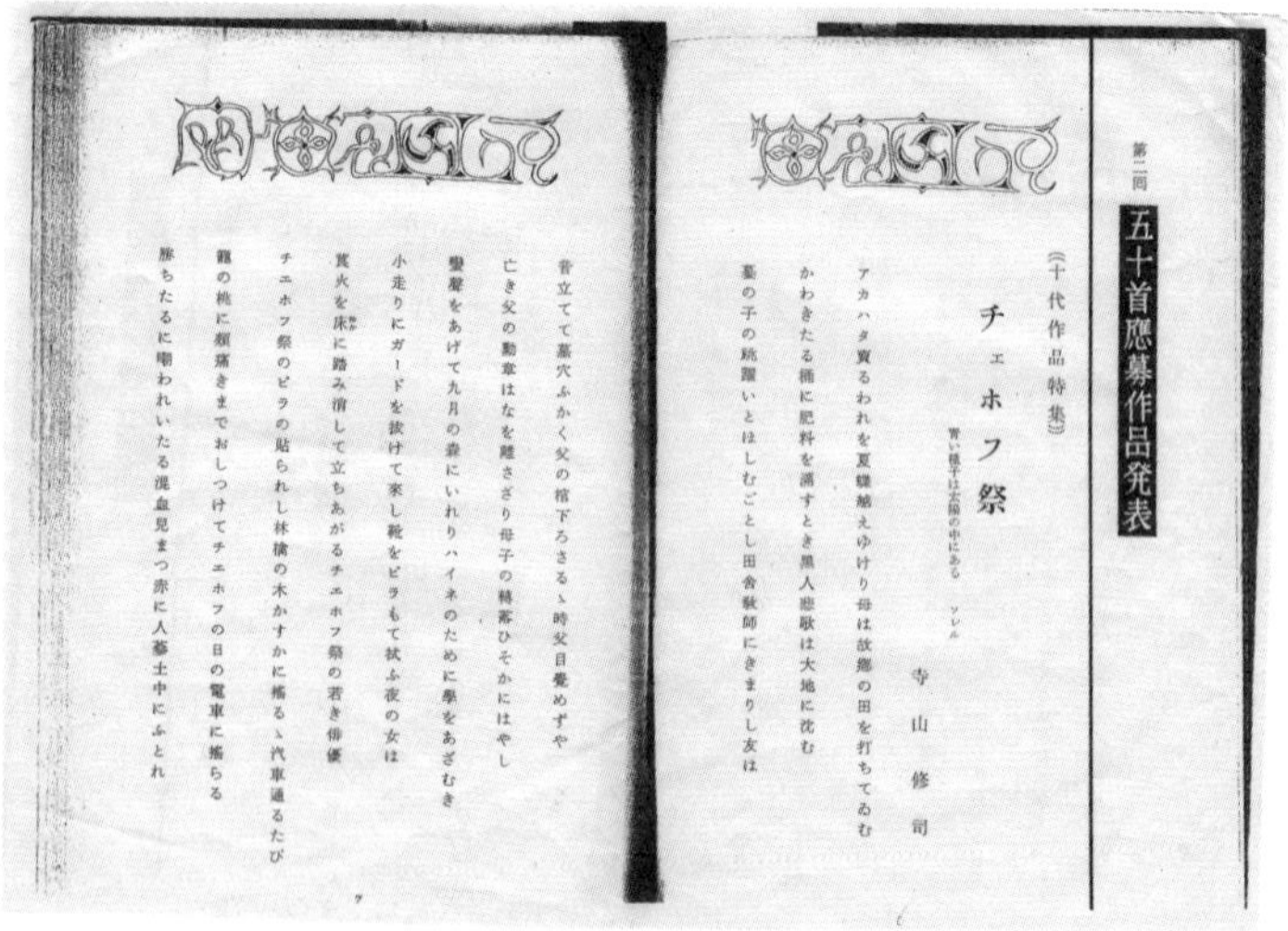

第二回 五十首應募作品発表

《十代作品特集》

チェホフ祭 寺山修司

青い種子は太陽の中にある ソレル

アカハタ賣るわれを夏蝶越えゆけり母は故郷の田を打ちてゐむ
かわきたる桶に肥料を満すとき黒人悲歌は大地に沈む
蟇の子の跳躍いとほしむごとし田舎教師にきまりし友は

音立てて墓穴ふかく父の棺下ろさるゝ時父目覺めずや
亡き父の勲章はなを離さざり母子の轉落ひそかにはやし
蠻聲をあげて九月の森にいれりハイネのために學をあざむき
小走りにガードを抜けて來し靴をビラもて拭ふ夜の女は
莨火を床に踏み消して立ちあがるチエホフ祭の若き俳優
チエホフ祭のビラの貼られし林檎の木かすかに搖るゝ汽車通るたび
籠の桃に頬痛きまでおしつけてチエホフの日の電車に搖らる
勝ちたるに嘲われいたる混血兒まつ赤に人蔘土中にふとれ

〔昭和29年11月『短歌研究』〕

第二回作品五十首募集　美しい野心のために！（『短歌研究』昭和二十九年八月号）

しかし繰り返すようだが、昭和二十九年の誌面のどこにも「新人賞」とはうたわれていない。『短歌研究』誌上に「新人賞」という呼称で作品が募集されるのは、寺山のデビューより四年後のことである。昭和三十三年三月号に掲載される「第一回短歌研究新人賞募集」の広告がその最初で、昭和三十三年一月号の最終頁に「短歌研究新人賞」と小見出しがあり、「本年より『短歌研究新人賞』と改称して、五十首詠及び新鋭評論を広く募集することに決定しました」と予告が掲載される。「改称」とあるので、それまでの「五十首詠」の延長上に同様の趣旨で募集されたものではある。しかしその回数については通算ではなく、あくまで昭和三十三年の募集をして「第一回短歌研究新人賞」と銘打っている。そして実際、昭和三十三年九月号に「第一回短歌研究新人賞発表」として、山下富美「人像標的」が、「推薦第一位」の作品として掲載されているのである。

昭和三十三年九月に「第一回新人賞」の掲載があるのに、それより遡ること四年前の昭和二十九年十一月に、寺山修司が「第二回新人賞」を受賞というのはおかしいのではないか。やはり寺山の歌壇デビュー時の呼称については、当時の雑誌誌面に忠実に「第二回『短歌研究』五十首応募作品特選」と記すべきではないだろうか。

4　早稲田大学中退の時期について——昭和三十一年

寺山が早稲田大学を中途退学した時期について、高取編年譜をはじめ「昭和三十一年中退」とするものが多い。昭和二十九年の入学であるから、昭和三十一年というと大学三年次にあたる。

寺山自身は後に次のように語っている。「私は、十九歳の冬に大学を中退し、不摂生がたたり、病気で倒れてそれから二十二歳までの長い四年間を、寝てすごした」（『誰か故郷を想はざる』）。「十九歳の冬」というと、大学一年か二年ということになる。また寺山の文章では「大学中退」後に病気になったかのように受け取れるが、これは明らかに事実とは異なる。寺山は大学一年次の終わり、昭和三十年三月に病気入院する。同年の五月には一時退院するが、六月には再入院となり、以後三十三年七月に退院するまで入院は続いた。よって、実質的に大学は一年次しか通学出来なかった。しかし入院中には退学していない。

『新潮日本文学アルバム　寺山修司』（一九九三年四月、新潮社）に掲載される「早稲田大学成績原簿」によれば、寺山の学籍は昭和三十五年九月まで残されている（「昭和三十五年九月十六日抹籍　学費未納」）。しかし科目の単位は大学一年次のものしか認定されていない。二年次にも科目登録は行っているが、単位は認定されていない。入院が長引き通学できなかったためであろう。その後、昭和三十一年四月「休学」、三十二年四月「復学」、三十二年五月「休学」、三十三年四月「休学」と記載がある。途中「復学」をはさみつつも、やむを得ず「休学」を繰り返していたことがうかがえる。退院後の三十四年四月に「復学」、科目登録もされているが、単位は認定されていない。病気は回復したものの、今度は創作活動が多忙になり、通学できなかったためであろう。以上、「早稲田大学成績原簿」からも「昭和三十一年中退」という事実はない。

そしてまた、当時の寺山自身の意識においても、入院中に大学を辞める気持ちはなかったことが、昭和三十一年十一月の中野トク宛書簡からうかがえる（『寺山修司青春書簡』）。

> 僕は大分癒くなりました。この分でいくとことし一杯で退院できそうです。（中略）卒論は、（まだまだですが）近松をやろうと思っています。こんな機会にドラマツルギイ法をしっかり身につけたいので、今から少しづつ（ママ）近松のものを揃えるつもり。いま伊勢丹へ電話してきて本をたのみ、ベッドへすわったらふとトラン

プをしまいわすれているのに気がついた。

（昭和三十一年十一月十四日消印）

小康状態ということもあって気持ちが明るいためか、「卒論は近松をやろうと思っています」と、あくまで前向きに大学の卒業論文に取り組むことを考えている。昭和二十九年の入学であるから、昭和三十一年と言えば「卒業論文」のことを考える時期であるが、昭和三十一年の春以降は休学中のために、「卒論は」のあとにカッコ付きで「まだまだですが」と添えたのであろう。しかしながら、年が明けて昭和三十二年の二月に再び重態に陥ることとなり、寺山の思いどおり年内に退院することも、「卒業論文」に取り組むことも叶わなかった。

それでもこの年、昭和三十一年十一月の時点で「卒業論文」のことを意欲的に語っているということは、寺山に大学を退学する意志は全くなかったということになる。よって早稲田大学の学籍からみても、寺山の意識から考えても、「昭和三十一年中退」とするのは誤りである。

おわりに

「寺山修司年譜」の問題について、「出生年月日」「中学転校の時期」「歌壇デビュー時の呼称」「早稲田大学中退の時期」の四点を取り上げて現状を記した。しかし他にも「年譜」について検証すべき問題点はあると思われる。〈寺山修司研究〉において〈伝記研究〉がどのような意味を持ち得るかは、現在の段階では分からない。しかし作家の基となる「年譜」は、事実にもとづいたものが作成されることが望ましい。詳細かつ正確な「寺山修司年譜」の作成には、この先まだかなりの時間を要すると思われる。

注

＊1　小林保治「初期寺山作品の郷土性」『早稲田大学国語教育研究』第十五集　一九九五年六月

＊2　筆者が寺山孝四郎氏の新説を知ったのは、青森大学の久慈きみ代氏からの情報であった。毎年五月に青森大学で開催される「寺山修司忌」において、二〇〇二年五月二十二日に寺山孝四郎氏が講演された際、寺山の生年月日は戸籍上の昭和十一年が正しいと話されたとのこと。同大学で寺山修司忌を企画されてきた久慈氏から筆者に問い合わせがあり、知るところとなったのである。その後、筆者が寺山氏から直接うかがった話もほぼ同様の内容であった（二〇〇四年五月二十一日、寺山修司記念館にて）。

＊3　杉山正樹は「寺山修司・遊戯の人」を雑誌『新潮』に発表した後、筆者の意見（寺山の転校時期は中学二年生の四月）に同意し、単行本では以下のように改められた。「青森市立野脇中学校の〈通信連絡表〉によれば、寺山修司は《四月十九日転入》と記載されている。この四月十九日という、とても微妙な日付に注目しておきたい。二年生の新学期は、四月の初めからはじまっているのだから、ずいぶん中途半端な時期に転入したことになる」（『寺山修司・遊戯の人』二〇〇〇年十一月、新潮社）。

＊4　寺山の転校時期の訂正（「中学一年生」「中学二年生」の「二学期」から「中学二年生の一学期」へ）については、「拝啓中野トク先生──修司青春の手紙」の第1回に記した（『東奥日報』連載、一九九七年二月七日）。『東奥日報』の記事に「4月10日転入」とあるのは「4月19日」の誤記であり訂正しておきたい。

Ⅰ　デビュー作「チェホフ祭」とその前後

第一章　十代歌人〈寺山修司〉の登場――「父還せ」から「チェホフ祭」へ

1――抹消された原題「父還せ」

昭和二十九年十一月、『短歌研究』「第二回五十首応募作品」の特選を受賞し、歌壇デビューを果たした寺山修司「チェホフ祭」の応募原稿表題は「父還せ」であった。当時の『短歌研究』編集長、中井英夫による改題である。さらに中井の手により応募原稿の一部が削除され、実際に発表された短歌は三十四首である。削除理由は「これをそのまま出したとき、いかにも田舎の文学少年らしい稚さという評価がすぐに下され、そしてそれが決して賞め言葉とはならないことを知っていたから」（中井英夫『寺山修司青春歌集』解説　昭47・1、角川文庫）というものであった。

一方、改題理由については「「チェホフ忌」ではあまりに俳句めくので「チェホフ祭」にした。その方が新鮮だろう」と語るにとどまっている（対談「昭和短歌五〇年史・転機はどこから来たか」『短歌研究』昭57・6）。なぜ「父還せ」が抹消され「チェホフ祭」となったのか、その改題理由についてはこれ以上語られていない。

当時の歌壇状況に照らして考えられる理由の一つは、「父還せ」が示す時代性が「十代の新人歌人」としての新鮮さに繋がらないということだ。寺山がデビューした『短歌研究』十一月号のトピックは「五十首応募作品」の発表であったが、同時に「十代作品特集」と銘打って、寺山以下は受賞順位に関係なく「十代」歌人（昭和十～十二年生まれ）の入選作品が優先的に巻頭に組まれた。「戦後十年を経て漸く暗い谷間を潜らぬ〝無傷の若さ〟

が始めて自分の主張を持つたものとして輝く意味を帯びている」（中井英夫「歌壇の眺め」『文藝年鑑』昭和三十年度版、昭30・6）という「十代だけの主張」（『短歌研究』昭30・1）を全面に押し出したかったのだろう。「短歌の上に再び若さが権利を取戻す兆候」（中井英夫「あとがき」『短歌研究』昭29・11）を逃さず捉え、そこに歌壇再生への原動力を見出そうとする編集者としての期待があった。背景には「歌壇の停滞と低迷が予兆されるなかで、いきいきとした新人の輩出をねがったのは、なにも歌壇ジャーナリズムだけではなかった。各結社の内部から新人を見出すことは難しく、在来のパイプは枯渇していた」と後に篠弘が概括する、閉塞した歌壇状況があった（「寺山修司の登場――中城ふみ子の継走者」『短歌』昭63・12）。

明けて昭和三十年一月号では「傷のない若さのために」という特集を組み、寺山を中心に若手の座談会を設定する。この「傷のない若さ」こそが寺山以下、新しい戦後世代のキャッチフレーズであり、期待された「新風」そのものであった。ところが「父還せ」ではそのテーマが転倒してしまう。「父還せ」の叫びはいわば「戦争の傷痕」そのものであり[*1]、同じ表題の「父還へせ」という作品が『短歌研究』昭和二十五年十月号に、既に発表されているのである。

選挙演説の声みつる街に底ごもる声なき声よ父還へせの声（「父還へせ」橋本徳壽）

「父還へせ」という叫びは、戦争で父を亡くした寺山世代の多くの子どもたちの「声」である。しかしいくら叫んでも亡き「父」が「還る」すべはない、叶うことのない虚しい「声」である。それゆえ「父還へせ」の声は、彼らの怒りと共に「底ごもる声」として封じ込められた。声高く街に響き渡る「選挙演説の声」は、彼らの「声なき声」をすくいとるものであっただろうか。

「もはや「戦後」ではない」と「経済白書」（『昭和三一年度年次経済報告』経済企画庁、昭31・7）に総括される昭和三十年は目前に迫っていた。そのような中で敢えて「戦争の傷痕」を引きずる表題「父還せ」では、「新風よ巻き起れ！」（昭29・7）という募集広告のもと、実質的には〈新人賞〉の意味合いを込めて設定された「五十首応募作品」の受賞にはそぐわないものとして抹消されたのではないだろうか。

2　改題「チェホフ祭」の効果

◉――「チェホフ祭」の季節

昭和二十九年は実際にチェーホフ没後五十年目に当たり、七月十五日の命日を中心に国内外で「チェホフ祭」が催された年であった。[*2]「チェホフ祭」として発表された三十四首のうちにも、八首目から十首目に表題を詠み込んだ歌が見られる（※短歌上の数字は雑誌掲載歌の通し番号。「チェホフ祭」の表記について、初出雑誌の表題は小字の「ェ」であるが、短歌はすべて並字の「エ」である。応募原稿の短歌作品は小字の「ェ」。『空には本』および『寺山修司全歌集』は並字の「エ」。本稿においては、初出の表題を指すときは「チェホフ祭」、短歌引用は「チエホフ」、地の文では「チェーホフ」とする。）

8　莨火を床に踏み消して立ちあがるチエホフ祭の若き俳優
9　チエホフ祭のビラの貼られし林檎の木かすかに揺る丶汽車通るたび
10　籠の桃に頬痛きまでおしつけてチエホフの日に電車に揺らる

「8　莨火を床に踏み消して立ちあがるチエホフ祭の若き俳優」――自分の出番を待つ若き俳優、彼の人生における局面もまた、芝居と同じでこれからが本番である。三句目「立ちあがる」には自らの使命感を背負って「チエホフ祭」にのぞむ「若き俳優」の意気込みが感じられよう。この年の演劇界において「チエホフ祭の若き俳優」は注目されていた。なかでも新劇三劇団合同公演（民芸・俳優座・文学座）による「かもめ」は話題を呼び、『朝日新聞』に「〝かもめ〟配役決まる」（昭29・7・7）と発表があり、演劇雑誌『テアトロ』の巻頭に「本読み」の光景が掲載される（昭29・10）。そして同公演は折しも「チェホフ祭」が発表された時期、同年十月末から十一月半ばまで俳優座劇場で上演された（千田是也演出）。また学生演劇においてもチェーホフは盛んで、中央から地方の大学まで各地で上演されている（『テアトロ』の上演記録より）。寺山が歌う「若き俳優」にも、貧しくとも一生懸命さが命の学生演劇に、青春の日々を燃やす若者の姿が連想できたであろう。

「9　チエホフ祭のビラの貼られし林檎の木かすかに揺る、汽車通るたび」――北国を象徴する「林檎の木」と、その傍らを「汽車」が通る風景は牧歌的である。都会の壁や電柱ではなく「林檎の木」に貼られた「ビラ」からは、地方においてささやかながらも盛り上ろうとする「チエホフ祭」に向けた有志の意欲が感じられる。

「10　籠の桃に頬痛きまでおしつけてチエホフの日に電車に揺らる」――「林檎の木」から「桃」へと、連作は甘酸っぱい「果樹園」の匂いに包まれている。季節はチェーホフの命日を記念する七月、初夏である。まだ青い林檎や桃の果実、「若き俳優」も「林檎の木」も「桃」もその季節にふさわしく生命力にあふれている。それは十代の作者、寺山修司の若さとみずみずしさにも繋がるだろう。

改題された「チェホフ祭」は、連作中におけるこれら「チエホフ」を詠み込んだ三首をクローズアップし、折しも没後五十年を記念する「チェホフ祭」の季節と、戦後に新しく生まれようとする若い力をより際立たせる効果があったと思われる。

◉――戦後日本におけるチェーホフの受容

ところで戦後の日本において、チェーホフはどのように受容されていただろうか。佐々木基一「チェーホフ評価をめぐって」によると、本国ソビエト（当時）では没落階級の哀愁をうたう「黄昏の作家」、「抒情的な作家」といった従来の見方に代えて、「古いロシアの頽廃の辛辣な摘発者、同時代人の無為無気力や停滞した淀みを仮借することなく暴露し、たえずよりよき未来と有意義な生活を待ち望んでいた文学者」としての評価が、「今日のソヴィエト」における「チェーホフ」であるとされる（『文藝』昭29・10）。日本においてもこの新しい「チェーホフ」像による受容が広まりつつあった。その主導線といわれるエルミーロフ『チェーホフ研究』（牧原純・久保田淳共訳、昭28・7、未来社）にも、祖国人民の幸福のために「闘うチェーホフ」という役割が強調されている。この新解釈は新聞『アカハタ』の記事等にも顕著にみられ、「チェーホフがゆううつの歌い手にすぎないならば、かれは労働者を中心とする勤労大衆には縁がないはずである」として、「チェホフ祭」そのものを「平和を守る一つの力」として位置づけている（「チェーホフ死後五十周年にあたって」無署名、昭29・7・14）。

つまるところ戦後のチェーホフは闘う進歩的作家として捉えられ、演劇青年をはじめ若者たちに支持されていた。寺山とほぼ同時代の青春を生きた、作家の五木寛之（昭和二十七年早稲田大学露文科入学）は以下のように学生時代を回想している。――「戦後は、学生や若い連中はロシア革命を経た若きソヴェートという国にある種の憧れを持っていた」。チェーホフについても「一種の革命的ロマンティシズムを告げる」スタイルで理解され、「当時の演劇青年は、ほとんどチェーホフでした」（「遥かなるソヴェート」「再び、遥かなるソヴェート」『日刊ゲンダイ』昭55・11）。関連して同時代には次のような歌も見られる。

ロシア語の夜間講座の灯に集ふ職場がへりのをとめいくたり　木俣修（「声」『短歌研究』昭29・4）

仕事の疲れをも起爆剤として、「夜間講座」でロシア語を学ぼうとする強靭な意志の「をとめ」たち、そのひとときは彼女たちの心に「灯」をともす充実した時間であったろう。またその頃、お茶の水女子大学内に「チェホフの会」という読書会が設けられていたと、昭和二十九年より学長を務めた蠟山政道（一八九五――一九八〇）の回想に記される（『大学生及び大学生論』昭35・6、中央公論社）。これらの歌や記事から、勤労者や学生も含めた若い人々に「ロシア語」並びに「チェーホフ」への親近感がみてとれる。

中井英夫による改題「チェホフ祭」も「五十年記念祭」の年ならではの戦略となり、戦後における新しいチェーホフ像の受容、若者の文化志向を背景に、寺山の受賞作をアピールする効果があったと考えられる。

◉――「アカハタ売るわれ」から「啄木祭のビラ」貼る女子生へ

さて表題「チェホフ祭」のもと、次の冒頭歌が置かれた意味も考えなければならない。

1　アカハタ売るわれを夏蝶越えゆけり母は故郷の田を打ちてゐむ

「夏蝶」が軽やかに舞うもとで、アカハタを売っている「われ」と、イメージされる故郷の「母」とが対比される構図の一首であるが、読者はまず初句の「アカハタ」に目がとまるのではないだろうか。「アカハタ売る」青年が、「チェホフ祭」連作における主人公として受け止められたのではないだろうか。[*3]

この冒頭歌に関しては、作者の寺山自身が「アカハタ」を売ったことがないという事実に対し、不謹慎であるとも意見されたが、「「アカハタ」を歌いこみながら、このものおそれのないのびやかなリズムは、かつての私たちにはなかつたところのものだ」（山田あき「作品月評」『短歌研究』昭30・3）との肯定評も見られる。ここに「ものおそれのないのびやかなリズム」と評価される歌いぶりは、戦後史における「アカハタ」（赤旗）の詠まれ方とも関連がある。

戦後すぐから昭和二十年代前半にかけては「高々と仲間の腕にうち振られ輝く旗よ自由の赤旗よ」（坪野哲久）と威勢良く歌われていたが（津端修『現代短歌分類辞典』第三巻、昭30・7、イソラベラ社）、二十五年五月のレッド・パージ以降は「アカハタに弁当包みてゆく事を止めたり我はレッド・パージに怯え」（細部幸雄『アララギ』昭26・5）と閉塞感を主題とした短歌が多く詠まれた（『昭和萬葉集』巻九参照 昭54・9、講談社）。しかし昭和二十八年以降から状況は徐々に好転し、昭和二十九年三月より日刊を実現させる（それまでは週三日、発行部数は二十九年末で十三万部。『朝日年鑑一九五五年版』）。同年十一月には「『アカハタ』千五百号を迎え」「国民の中へ徹底的に拡大しよう！」という見出し記事がでる。このような状況下において「アカハタ売るわれを夏蝶越えゆけり母は故郷の田を打ちてゐむ」を冒頭歌とする連作が発表されたことは、タイムリーな時事詠と受け止める読者もいたであろう。[*4]

さらに「アカハタ売る」青年の行動と連動して、次の歌を「チェホフ祭」からあげることが出来る。

18　啄木祭のビラ貼りに来し女子大生の古きベレーに黒髪あまる

昭和二十九年四月八日『アカハタ』文化欄に掲載された渡辺順三のコラム「啄木祭を迎えて」には、「限りなく平和と自由を愛した啄木は「新しき明日」の社会を社会主義に見出し、その実現のために立上がろうとした」と、「平和と自由・新しき明日」のために闘う啄木が強調される。戦後の「啄木祭」は渡辺順三をはじめ、新日本歌人協会の人々をリーダーとして、このような〈積極的啄木像〉を称えるべく全国的に展開されていた。寺山の郷里青森においても開催されており、寺山自身も高校時代に「青森啄木祭」に参加している（第三章参照）。

啄木研究者・今井泰子（一九三三――二〇〇九年）の概観によれば、研究レベルにおいても昭和三十年ごろまでは「政治社会状勢から啄木の文学が解析され、それに対決した啄木の姿勢を評価賞讃するのが啄木論の定石」であり、石母田正「国民詩人としての石川啄木」（『続歴史と民族の発見』昭28・2、東京大学出版会）が、「啄木研究の理論的標柱」であったと記される（「研究史に関する付言」『石川啄木論』昭49・4、塙書房）。[*5]

さらに女子大生の「ベレー帽」にも思想性を感じる読者がいたかもしれない。少し遡ると次のような詩がある。

――「若者よ。ベレー帽をおかむりなさい／明るく、豊かなベレー帽を／（中略）よろこびは頭の上のベレーから／明日のよろこびはベレーから」。この詩の影響もあってか、「組合ボーイ、ガールたち」にベレー帽が愛用されるというコラムが見られる（『週刊朝日』昭23・4・18）これは「ぬやまひろし」（ひろし・ぬやま）の詩で原題は「一九四五年秋の歌・ベレーの歌」、「戦闘帽を棄てろ／古い未練をかなぐりすてろ／若者よ。ベレー帽をおかむりなさい」（『新日本詩集』昭23・7）。ここにうたわれる「ベレー帽」は、戦争からの解放と自由の象徴としてある。女子大生の被る「古きベレー」の「古き」というアクセントには、そうした時代精神の継承が見てとれよう。

まだ「女子大生」の存在そのものが珍しい時代でもあり、短髪のパーマネントが流行したこの年に、「ベレー」帽から真っ直ぐなみどりの「黒髪あまる」姿は、一見古風ながら、かえって他とは異なる「女子大生」らしい雰囲気を演出していたかもしれない。[*6]そして季節は春（「啄木祭」は四月十三日の啄木命日前後に行われる）、大学は新入生を迎える季節である。そのフレッシュな季節に「啄木祭のビラ」貼る「女子大生」の姿は、〈新しい時代の女性〉として輝いて見えたのではないだろうか。

「新しき明日」への願いを込めた「啄木祭」を広めようと行動する彼女の姿は、冒頭歌「アカハタ売るわれ」から「啄木祭のビラ」貼る「女子大生」へと、呼応する時事詠として読むことができる。政治の季節に身を置いていた若い読者にとって、両歌は合い通じる一つの線で結ばれ、時代の青春像として新鮮な印象を与えたであろう。それは先に見たタイトル「チェホフ祭」の季節とも共鳴するものである。

改題「チェホフ祭」により、新たな時代へ向って躍動する若者像が推し出され、寺山の短歌は歌壇に〈新風〉を送りこむものとなった。

3 虐げられし者たちへの歌

●——短歌にあらわれた〈幻影の父〉

以上みてきたように「父還せ」は「チェホフ祭」という〈新風〉によって発表された。しかし原題「父還せ」のテーマ「戦争の傷痕」は消えてしまったわけではなかった。「もはや戦後ではない」の声が上がる一方、「果して「戦後」は終ったか」(『厚生白書 昭和三十一年度版』)と問われるさまざまな戦後課題が残されていた。同じく戦後十年目にして「父還せ」と叫ばずにはいられない「十代」の作者の感情は、〈フィクション〉ではすまされないものがあったのではないか。

4 音立てて墓穴ふかく父の棺下ろさるゝ時父目覚めずや
5 亡き父の勲章はなを離さざり母子の転落ひそかにはやし
14 西瓜浮く暗き桶水のぞくとき還らぬ父につながる想ひ
21 向日葵は枯れつつ花を捧げをり父の墓標はわれより低し

右の四首は「父還せ」のテーマを最も色濃く残す歌群である。一連の主人公は、父のいない母子家庭に育つ少年という設定が見て取れる。しかも5「亡き父の勲章」という言葉から、この父が先の戦争で戦死した父であることが分かる。そして「母子の転落ひそかにはやし」から、戦後に親子が歩んだ道が平坦ではなかったこともうかがえる。しかし「父の勲章」は依然として母子の精神的な支えであり、戦後の急激な価値観の変化についていけない者のまなざしがうかがえる。現実に形あるものは21「父の墓標」でしかない。かつては自分の背丈と同じ高さだった「父の墓標」を今は下に見ながら、青年は「亡き父」に向き合い語りかけている。[*7]

「亡き父」への想いは、少年が幼い日に戦争へ行き、帰らぬまま戦死した父の面影に終始している。実像として記憶に定着していないからこそ、なお虚像の〈父〉へ想いは膨らむのだろう。4「父の棺下ろさる、時父目覚めずや」にみても、はなはだフィクショナルな設定でありながら、そこに還らぬ父への想いを託している。14「暗き桶水のぞくとき」、薄暗い水面に映し出された自分の顔から「還らぬ父」の面影が甦る。それはふとした瞬間に浮かび上がる〈父〉であり、潜在意識に忘れえぬ存在としてあった〈幻影の父〉である。

しかし少年は〈父〉の面影ばかりを追っているわけにはいかない。現実には残された〈母〉と生きていかなければならないのである。

◉――父なき世代の詩――母子家庭の母と子

寺山と同世代の栗坪良樹は「寺山世代が父を戦争で亡くし、母子家庭となってしまった実例の多くを知っている。……それは戦後史の避けて通れぬ光景であり、感受性と感性の黄金の刻を重ねている者にとっては、自己と他者を隔てることの出来ない共同的光景であった」と述べる(「寺山修司――その俳句論」『青山学院女子短期大学紀要』平9・12)。ここに「戦後史の避けて通れぬ」「共同的光景」と記される「母子家庭」の声を、同時代の創作を通じて聞いてみよう。次に紹介する詩は、寺山と同年齢かつ同県の中学三年生が、高校受験雑誌の読者文芸欄に投稿した一編である。

夜　　青森県　横山健治

暗い夜だった――
強い風がびゅうと鳴った
すきまの多いぼくの家は
ガタ〱ふるえた
母と妹のしずかな寝息をききながら
ぼくは独りで思った――
ぼくには父がいないのだっけ

（詩の部入選「良」『中学コース』昭25・10、学習研究社）

おそらくは〈戦争〉による運命で、〈父〉なき家に育つ少年の書いた詩であろう。風が吹くとあちこち「ガタガタ」と音のする、「すきまの多い」安普請の家である。「母と妹」の隣に寝ている少年は、その「しずかな寝息」を聞きながら、自分がこの家のたった一人の男子であることを自覚している。「暗い夜」、「強い風」の音に将来の不安を感じつつも、自分が背負って立たねばならない運命を「独り」思っているのである。

『全国母子世帯調査結果報告書』（昭和27年9月1日現在 厚生省児童局、昭28）にみると、昭和二十七年の母子世帯数は約七十万である。原因のうち夫の「戦傷病死」によるものは全体の三分の一に当る33・5％を占める。最も多い「一般病死」43・3％も「終戦前後に母子世帯になつたものが多い」ことから、「戦争」と無関係とは言えないだろう。同報告書からは、一家の生計を立てる収入問題（月収五千円以下が75％）、子供の進学問題（教育費不足のため進学不能）、就労中「子供の面倒が見られない」など、その〈母〉が困難な環境のもとに、一人で多くの問題を抱えていた様がうかがえる。そのような状況のもとで、寺山をはじめその歌人仲間も学校に通っていた。寺山と同じく「十代歌人」として注目された一人、大澤清次（十九歳。歌誌『荒野』同人）も、背後に〈母子家庭〉の痛みを感じさせる歌を発表している。

コスモスの花蔭に居て見送れり金の工面に今日も行く母を
卒業後の我を頼れる母のあり南瓜の花の咲きほこる日々（「特集・十代作品」『短歌研究』昭30・5）

先に紹介した詩の中学生の、その後がここに歌われているようである。「金の工面に今日も行く母」への思いは、経済的負担をかけているという負い目である。しかし無力な学生である自分には、その〈母〉を「花蔭」から「見送」ることしか出来ない。「卒業後の我」はその〈母〉の苦労に報わねばならない。家の外に咲く黄色い「南瓜の花」のように、慎ましい生活の幸せを感じられる日が来ることを頼みにして、母子は今日の痛みに耐えているのである。

「アカハタ売るわれを夏蝶越えゆけり母は故郷の田を打ちてゐむ」――この「チェホフ祭」冒頭歌も、「父還せ」のテーマのもとに歌われた〈母〉の歌として読むと、故郷の田で黙々と働く〈母〉の姿がクローズアップされ、苦労をかけている「われ」の負い目さえも感じられる。

「父なき」世代の詩、〈母子家庭〉に育った寺山世代の〈母〉に対する思い入れには、深く共通するものがある。彼らにとって〈戦後〉は終わっていなかったのである。

11　勝ちたるに嘲われいたる混血児まつ赤に人参土中にふとれ

〈基地〉〈未亡人〉〈混血児〉、すべて〈戦争の傷痕〉として昭和二十年代の社会に生まれたものである。ここに「嘲われいたる混血児」と歌われた者の多くは、進駐軍兵士と日本女性との間に生まれた子供である。彼らは「敗戦の落とし児」とも「いわゆる混血児」（『青少年白書一九五八年版』）とも呼ばれていた。〈混血児〉問題は、最初に生まれた混血児が学齢期になる昭和二十年代後半になってはじめて、ジャーナリズムにより社会の表面にあらわになった。

文部省から事前指導として「一般との融和を」基本に、「人種的差別観を排し、無差別に取り扱う」基本方針が示された（『毎日新聞』昭28・2・9）。昭和二十八年入学児童の報告『混血児指導記録一』（昭29・3、文部省）では、事前指導に沿っておおむね問題なく学校生活がスタートしたと概括されているが、個別の事例には混血児が差別視されていた実態が報告されている。——「先生、うちな、何にも悪いことしてへんのに、みんな『アメリカ、アメリカ。』って言わはんね……」。「アメリカ」と周囲の子供から囃される背景には、〈基地〉に対する国民感情の問題もあっただろう。〈混血児〉問題について、アメリカ人作家はアメリカも責任を負うべきであると主張した上で、日本における混血児は「みなし児、私生児、混血児」と差別待遇を受ける「三者を兼ねている」ために、「不幸が一身に集中した」存在であり、その原因は日本における〈家〉と〈血脈〉を重視する家族主義、そこから派生する排他的民族性にあると批判する（ジェームズ・ミッチェナー「日米混血児はどう扱われているか——その真相」『リーダーズダイジェスト』昭和29・4）

「チェホフ祭」11の歌も、そうした日本の排他的土壌に、子供の間においてさえ疎外される「混血児」を詠んだものである。「勝ちたるに嘲われいたる混血児」、子供同志の間での勝負に「勝」ったにもかかわらず、嘲り笑われる。背後には戦争の「勝敗」も影を落としていただろう。下句「まっ赤に人参」は比喩であるが、その時の混血児の表情を連想させる。労働省婦人少年局の高崎節子は「ルナールの〝にんじん〟は混血児にそのまゝおきかえられる」と記しているが（『混血児』昭27・10、磯部書房）、この歌の「人参」からもルナールの「にんじん」が連想されたかもしれない。しかし「土中にふとれ」とは、その悔しさを糧に「いまに見よ」との怒りを自らふとらせ、いつか自分を笑った奴らを見返してやれ。――そういった「混血児」への共感的理解を基底とした応援歌ではないだろうか。

以上みてきたように、原題『父還せ』に残されたものは、「チェホフ祭」となっても消えてしまったわけではなかった。寺山をふくめた「十代」の世代は、一面において戦争の傷痕による哀しみと隣り合わせにあった。戦後十年「もはや戦後ではない」の声とともに忘却されようとしていた哀しみを、今日も背負って生きる底辺の人々の声を、寺山は「父還せ」のメッセージに込めてすくいとっていた。

4　社会現象としての「十代」と歌壇ジャーナリズム

「チェホフ祭」には戦争の傷痕「父還せ」の色合いが濃く残されていた。にもかかわらず、歌壇における寺山修司のデビューは、「無傷の若さ」を誇る「新風の華麗な登場」（杉山正樹「戦後短歌十年史」『短歌年鑑』昭30・12）として受け入れられた。それはなぜか。作品の内容面としては先に見たように改題「チェホフ祭」による効果も大きかったであろう。そして、さらに言うならば『短歌研究』の宣伝効果が作用したと考えられる。それはジャーナリズムによって先導され形成される〈文学〉の先駆けでもあり、歌壇（短歌総合誌）と言えどもそれと無縁ではいられなかったことを物語っている。

現に寺山の前にデビューした中城ふみ子がそうであった。中城ふみ子は地方在住（北海道帯広）の無名歌人から、「第一回五十首詠特選」（昭29・4）を受賞すると同時に〈新人歌人〉としてジャーナリズムに取り沙汰され、それからの半年間、歌壇の話題は中城の「乳房喪失」とその余波で占められている。ジャーナリズムによる宣伝効果は「結社雑誌や人々の評判がはじめよりも次第に良くなってきた」（無署名「彗星・中城ふみ子」『短歌研究』昭29・12）と言われたように、中城作品の評価を好転させる方向へ導いた。

寺山修司の歌壇デビューは、この〈中城ふみ子現象〉に続くものであった。寺山は「十代作品特集」の旗手として巻頭で脚光を浴び、「無傷の若さ」を戦略として売りこまれた。その結果、寺山を始めとする「十代」歌人たちは未知数の部分を残しつつも、「一抹の清風を沈滞しかかつた歌壇に送つた点は否めまい」（田中大冶郎「十代の登場」『青炎』昭30・1）と認められ、篠弘が当時の歌壇反応を「無傷の青春」を賞賛する方向で「かなり寺山の青春詠にたいしては好意的であった」と概括するように（『現代短歌史Ⅱ』）、また菱川善夫が「戦後短歌の青春は、はっきり寺山の「チェホフ祭」によって開始した」（「戦後青春論」『短歌』昭44・10）と断言するように、寺山はその青春詠で、デビューと同時に〈新人歌人〉としての地位を獲得した。

さらに枠を広げて「十代」とジャーナリズムの関連を見てみよう。篠弘は「十代作品」の背景として、寺山も参加した『荒野』（昭29・10創刊）の存在が大きいことを指摘し、若手歌人の少ない今日からみれば「十代歌人」が『荒野』に集ったことを「稀有なる現象であった」という（『現代短歌史Ⅱ』）。また小川太郎は「十代の台頭という現象は、短歌の世界に限ったことではなかった」として、『サンデー毎日』掲載の「続・十代のフンベツ——この年少作家たち」（昭29・12・5）に寺山も登場していることをいう（『寺山修司その知られざる青春』）。篠、小川の指摘をさらに実証づけると、「十代」のクローズアップは戦後十年目の社会現象として、広く世に知られるところであった。ジャーナリズム上に見られる「十代」は昭和二十八年「十代の性典」（性典映画と呼ばれた大映作品一連）のヒットに始まり、寺山がデビューした二十九年から三十年にかけて盛況を呈している。

【「十代」（学生）もの特集――戦後世代の若者】

〔発行／昭和〕	〔雑誌名〕	〔記事名〕
29・2　下旬	キネマ旬報	十代の映画論
29・3	映画の友	十代春宵座談会
29・4	婦人公論	青春会議　新しい芽生え
29・8・8	サンデー毎日	世界に紹介された日本の十代
29・9・12	週刊サンケイ	十代の人気もの――雑誌『平凡』
29・10・17	サンデー毎日	十代のふんべつ――恋愛観職業観
①**29・10**	**荒野**	**十代の短歌同人誌（寺山参加）**
29・11・14	サンデー毎日	十代スター――各界ベスト5集
29・11・28	サンデー毎日	十代のジャーナリスト
29・11	知性	十代の夢――特集日本の息子たち
29・11	文藝	第二回全国学生小説コンクール（山田太一佳作）
②**29・11**	**短歌研究**	**十代作品特集（寺山「チェホフ祭」受賞）**
③**29・12・5**	**サンデー毎日**	**続十代のふんべつ――この年少作家たち（寺山紹介）**

④30・1　短歌研究　特集・傷のない若さのために（座談会寺山参加）
30・1・2　週刊朝日　十代の生活と意見
30・1・2　サンデー毎日　稼げや稼げ十代のベテラン
⑤30・1・10　短歌新聞　運命をかけた十代作品の批評会（寺山作品含む）
30・5　若人　十代の性科学
⑥30・5　短歌研究　特集――十代作品（寺山作品含む）
30・6　主婦之友　十代の新しい芽
30・6　婦人公論　光を求める十代（藤島宇内）
⑦30・6　短歌研究　十代について（中井英夫・寺山評含む）
⑧30・8　俳句研究　全国学生祭（寺山一位）

右のうち寺山が関係している記事は八本（①～⑧）あり、それらは決して突出したものではないといえる。一連の流れは文壇的に見ると学生作家石原慎太郎の登場と太陽族ブームの下地になっており、十返肇が「太陽族ブームはこうして作られた」（『婦人公論』昭31・9）で、「戦後のジャーナリズムのたどってきた本質的な経過からみて、当然あらわれるべくしてあらわれた現象」と指摘するところである。野村尚吾『週刊誌五十年 サンデー毎日の歩み』（昭48・2、毎日新聞社）によれば、『サンデー毎日』はこの年百万部を突破し「十代」特集を連発することで若者読者層の拡大に努めた。寺山も同企画に「年少作家」の一人として紹介された。

なぜいま「十代」なのか。各誌特集は声を揃えて、戦後十年目を迎え、新しい教育制度、民主主義のもとに学んできた、価値観の全く異なる青年たちが社会に出現して来た事実に注目する。「彼らは、古い因習にしばられずに、周囲のものごとに対して自由な、合理的な判断を下すことができる性格を身につけた。それはまた、率直な「表現の自由」としてあらわれた。ここに正しい意味での、近代的な自我をもった若い世代が、はじめて日本に誕生したのである」（「十代の夢」社会心理研究所『知性』昭29・11）といわれる、戦後の〈新しい青年〉の誕生であった。

寺山修司も昭和十一年一月生まれ（戸籍上）、新制中学の一期生である。デビュー直後、郷里青森の『東奥日報』誌上に「物おじせぬ満々の野心――〝アプレゲール〟に誇り」という見出しで、『短歌研究』の受賞を報じられている（昭30・1・11）。学帽をかぶり少し斜めにかまえたポーズ写真とともに、寺山はインタビューに堂々と答えている。――「戦争によつて精神的な被害を受けぬ世代――つまり傷のない十代の生きようとする力は大きいと思うのです」。記者には「アプレゲールであることを誇りに思つている世代――寺山君はそうした一員である」とまとめられている。デビュー当初からの「物おじせぬ」発言と態度は、確かに新教育による〈新しい青年〉の特徴ともいえよう。しかしこれが原題「父還せ」のまま発表されていたとしたら、どうであっただろう。編集者中井英夫の戦略意図を誰よりも早く得心したのは、寺山本人であったかもしれない。

昭和二十九年十二月『短歌研究』の編集後記には、「今日すでに『十代』は社会問題として余りにも大きな意味を持つに到つてゐる」として、寺山も「生れるべくして生れた時代の子であり、その手によつて短歌が尖鋭に現代と関はり得たことに意義がある」と記される（中井英夫）。「五十首応募作品」を単なる受賞発表の場にとどめず、「十代作品特集」とタイアップさせて組み直された企画力は、時代の趨勢に遅れるところのなかったものと言えるだろう。歌壇において「時代の子」たるべく「十代」の旗手とされたことは、社会現象としての「十代」とも交差するものであり、時代の潮流を逃さず捉えた編集者の意図は成功した。

注

＊1　中井英夫のいう戦争の「傷」は、厳密に言えば三十代（歌人）が負う思想的傷痕（軍国主義から民主主義への転換）によるものを指しているが、広範にみて「父還せ」を生活・思想両面にわたる「戦争の傷痕」と受けとる同時代読者も多かったと思われる。

＊2　国内の記念行事としては「チェーホフ五十周年記念祭」が昭和二十九年六月二十九日に日比谷公会堂で行われた（日本ロシア文学会チェーホフ記念祭実行委員会主催による講演・劇・映画の三本立て。『出版年鑑一九五五年版』他）。また百貨店日本橋三越では六月の一ヶ月間「チェーホフ劇の舞台写真展」が開催されていた（『テアトロ』昭29・7）。この年、チェーホフの翻訳・研究書が多く刊行され、『出版年鑑』にみると22点を数える。比較的廉価な文庫本が普及したことにより、学生の間でも手近になったと思われる。

＊3　「父還せ」と「チェホフ祭」の差異にふれた先行論として、喜多照夫「寺山修司の精神世界」（『石川県立錦丘高等学校紀要』平8・3／『逢いにゆく旅　建と修司』所収）がある。「父還せ」が「チェホフ祭」という似て非なるものに作り変えられてしまった」という点は同感であるが、削除された作品に傾向歌が多いことから、その「政治性」が「払拭」されたとする点には異論がある。なぜなら「アカハタ売るわれ――」が冒頭歌として残された以上、たとえ風俗的なものとしても「政治性」を「払拭」することは難しいと思う。関連して、福井次郎「私的寺山修司体験〈あるいは神話の形成〉」には次のように記される。――「当時の左翼系文化人は寺山が政治的に左翼であると感じ、新しいプロレタリア詩人が登場したと思ったものだった」。現在、寺山を「プロレタリア詩人」と捉える読者はいないであろうが、リアルタイムの読者による興味深い話である（『北奥気圏創刊第一号・特集《寺山修司》』二〇〇五年一月、書肆北奥舎）

＊4　昭和二十九年、折からブームになりつつあった「歌ごえ運動」は、原水爆禁止運動の勢いとともに拡大し、「日本のうたごえ」大会の参加者は、前年の一万人未満から三万人と飛躍的に伸びた（同年十一月）。「歌ごえ運動」のメインナンバーはロシア民謡および革命賛歌であり、それらは文化的側面のみならず、平和運動や基地闘争という

行動的側面とも深く結び付いていた。『アカハタ』は「歌ごえ運動」の動きを克明に報道し推進している。

＊5　『石川啄木論』の著者今井泰子は昭和八年生まれ（寺山と同世代）で「あとがき」に記す。――「北大入学後、学生間の流行書の一つに石母田正『歴史と民族の発見（正続）』があった。その中にも啄木論が掲っていた」。また山本明『戦後風俗史』「左翼青年の風俗」にも『歴史と民族の発見』が学生たちに愛読されていたことが記される（昭61・11、大阪書籍）。当時の学生の中には『歴史と民族の発見』から〈啄木〉へ入った読者も多かったと思われる。

＊6　『青少年白書　昭和三十二年版』の数字にみると、寺山と同学年の、昭和二十六年三月中学卒業者の高校進学率は48・7％（男子27％・女子21・7％）、昭和二十九年三月高校卒業者の大学・短大（高等学校専攻科）進学率は19・7％（男子13・6％・女子6・1％）。また女子大生の髪型について、この年はパーマネントの普及に続き、映画「ローマの休日」の公開にともない「貴女も私もヘップバーン」（『週刊読売』昭29・5・16）と揶揄されるほど、主演女優オードリー・ヘップバーンを真似た短髪のパーマネントスタイルが流行した。

＊7　「向日葵は枯れつつ花を捧げをり父の墓標はわれより低し」の本歌は、次にあげるように高校時代の短歌と俳句にたどれる。

1、古びたる碗と枯れたる花ありて父の墓標はわが高さなる（昭27・5『日本短歌』）
2、冬凪や父の墓標はわが高さ（昭27・5『学燈』）
3、雲雀あがれ吾より父の墓ひくき（昭29・2『氷海』）
4、向日葵は枯れつつ花を捧げをり父の墓標はわれより低し（昭29・11『短歌研究』）

よって「向日葵は枯れつつ花を捧げをり父の墓標はわれより低し」の一首を、中城ふみ子「失ひしわれの乳房に似し丘あり冬は枯れたる花が飾らむ」の「本歌」取りであるとする篠弘の見解は当たらない（「寺山修司の登場――中城ふみ子の継走者」前掲出）しかしながら篠の同論文は、寺山を中城の「継走者」として捉えた最初のもので、寺山が「傷だらけの青春」をリアルに見つめていたからこそ、「人間の生死に深く関わる」中城短歌のテーマを継承し得たことを指摘する。寺山が「中城ふみ子から継承した方法と精神」については、喜多照夫「寺山修司の精神世界」（前掲出）があり、「方法」としては「もの」の捉え方と「自己劇化」を、「精神」としては「母と子の絆」を指摘する。

第二章　「チェホフ祭」の源流——高校時代の短歌

はじめに——「チェホフ祭」発表歌をめぐる問題

寺山修司は一九五四年、十八歳で歌壇にデビューした。しかし寺山の短歌活動はそれ以前から開始されており、「チェホフ祭」以前に発表されている短歌で、「チェホフ祭」に収録された作品もある。それら初出紙誌を調査し、「チェホフ祭」と照合することにより、寺山短歌の源流を探ることが出来ればと考える。

その前にまず「チェホフ祭」として発表された〈34首〉という短歌の数に問題がある。寺山が特選を受賞した『短歌研究』「第二回作品五十首募集」の規定はむろん〈50首〉であった。しかし寺山の応募原稿「父還せ」には〈49首〉しか歌が記されていない。そのうち〈16首〉が中井英夫によって削除され、残り〈33首〉となるところ、新たに応募原稿には無い〈1首〉が追加され、最終的に〈34首〉が「チェホフ祭」として『短歌研究』に発表されたと考えられる。[*1] よって「チェホフ祭」に関する短歌の総数としては〈50首〉となる。

応募原稿の「父還せ」には無く、実際に発表された一首とは次の歌である。（短歌の上の数字は「チェホフ祭」発表歌の通し番号。）

25　煙草くさき国語教師が言ふときに明日という語は最もかなし

この時の削除歌群については、中井英夫が『寺山修司青春歌集』（一九七二年）の解説において、「寺山では十七首も削って、残りの作品だけを活字にしたのである」と経緯を明らかにしている。しかしここにいう「十七首」という数字は、中井の記憶違いであると思われる。実際に応募原稿から削除されているのは〈16首〉である。この〈16首〉の削除歌群のうち〈13首〉を、同解説において中井は明らかにしている。「私は表題を「チェホフ祭」と変え、最初の一首を残し、次の四首をあっさり削ってしまった。……このとき私が削ったなり、ついに全歌集にもない九首ほどの歌を次にあげておこう」と明かす、〈4首〉+〈9首〉=〈13首〉である。

しかして中井による削除歌群〈16首〉のうち、『寺山修司青春歌集』解説にも紹介されていない、残る〈3首〉は次の作品である（「チェホフ祭」初出一覧44・45・50）。

44　鉄屑をつらぬき立ちて芽吹ける木唄よ女工の群にも生れよ
45　山小舎のラジオの黒人悲歌聞けり大杉に斧打ちいれしまゝ
50　わが下宿に北へゆく雁今日見ゆるコキコキコキと罐詰切れば

また中井が「添削だけは絶対にしなかった」と記すとおり、「チェホフ祭」発表歌の表記は、基本的に応募原稿「父還せ」に忠実である。

なお初出紙誌の調査にあたり、デビューの直前に寺山が参加した〈十代〉の歌誌『荒野』創刊号（一九五四年十月、荒野短歌会）の存在については、篠弘、小川太郎の先行研究に教えられた。篠は「チェホフ祭」一ヶ月前に創刊された十代の短歌誌『荒野』が「寺山にとって受賞作を準備する場」となったことを指摘する（『現代短歌史Ⅱ』）。さらに小川は「『荒野』に発表した十五首はすべて、『短歌研究』の特選作品の応募作とダブっている」と強調している（『寺山修司その知られざる青春』）。筆者も『荒野』を確認したところ、漢字表記や語句の異同は見られるものの、確かに『荒野』に発表された「火を創る唄」15首は、応募原稿「父還せ」にすべて採られている（全く異同の無いものが4首、異同のあるものが11首）。『荒野』「火を創る唄」と「チェホフ祭」は発表月が一ヶ月しか違わず、『短歌研究』「五十首募集」の締め切りは「八月二十日」（一九五四年七月『短歌研究』募集広告／八月号には「八月末日」となる）であったことからも、応募原稿「父還せ」は、『荒野』「火を創る唄」脱稿後、時間を経ずしてまとめられたと考えられる。

1　「チェホフ祭」初出一覧

凡例

一、短歌の配列について。

【一、「チェホフ祭」発表歌　34首】

歌番号1～34については、『短歌研究』一九五四年十一月号に発表された「チェホフ祭」34首の配列に従いカッコ内（　）に応募原稿「父還せ」における配列順（1～49）を記した。

【二、応募原稿「父還せ」からの削除歌　16首】

歌番号35～50については、発表歌群を除いた応募原稿の配列に従い、カッコ内（　）に応募原稿「父還せ」における配列順（1～49）を記した。

一、「チェホフ祭」以前に初出紙誌が確認できた短歌については、カッコ内（　）に初出紙誌名とその異同を記した。

その際、異同は句単位で記し、〈漢字・かなの別〉〈新かなづかい・旧かなづかいの別〉〈漢字の用い方の差異〉までを含めた。特に注記の無いものは、現段階の調査では『短歌研究』一九五四年十一月「チェホフ祭」が初出紙誌と考えられる。

一、表記については、【一、「チェホフ祭」発表歌1～34】は『短歌研究』一九五四年十一月号「チェホフ祭」に拠り、【二、応募原稿「父還せ」からの削除歌35～50】は応募原稿「父還せ」に拠った。基本的に漢字は旧字体を新字体に改め、かなづかい・ルビについてはそのままとした。

【一、「チェホフ祭」発表歌　34首】

1　アカハタ売るわれを夏蝶越えゆけり母は故郷の田を打ちてゐむ
（応募原稿1／初出一九五四年十月『荒野』／異同無し）

2　かわきたる桶に肥料を満すとき黒人悲歌は大地に沈む
（応募原稿7／初出一九五四年十月『荒野』／初句「乾きたる」・三句「みたすとき」）

3　蟇の子の跳躍いとほしむごとし田舎教師にきまりし友は
（応募原稿8／初出一九五四年十月『荒野』／五句「決まりし友は」）

4　音立てて墓穴ふかく父の棺下ろさるゝ時父目覚めずや
（応募原稿9）

5　亡き父の勲章はなを離さざり母子の転落ひそかにはやし
（応募原稿10）

6　蛮声をあげて九月の森にいれりハイネのために学をあざむき
（応募原稿11）

7　小走りにガードを抜けて来し靴をビラもて拭ふ夜の女は
（応募原稿14／初出一九五三年四月『啄木祭記念文芸作品集』／二句「ガードをぬけて」・三句「きし靴を」）

8　莨火を床《ゆか》に踏み消して立ちあがるチエホフ祭の若き俳優
（応募原稿15／初出一九五四年十月『荒野』／二句「床にふみ消して」）
＊表題「チェホフ祭」は小字「ェ」の表記であるが、以下8・9・10は「チエホフ」と並字「エ」の表記である。応募原稿（15・16・17）では、すべて「チェホフ」と小字「ェ」の表記。

9　チエホフ祭のビラの貼られし林檎の木かすかに揺るゝ汽車通るたび
（応募原稿16／初出一九五四年十月『荒野』／初句「ゴーリキー祭の」・三句「林檎の樹」・五句「汽車過ぐるたび」）

10
籠の桃に頬痛きまでおしつけてチエホフの日に電車に揺らる
（応募原稿17）

11
勝ちたるに嘲われいたる混血児まつ赤に人参土中にふとれ
（応募原稿19／＊応募原稿では「まっ赤」と小字「っ」の表記・「人参《にんじん》」とルビがついている）

12
向日葵の下に饒舌高きかな人を訪わずば自己なき男
（応募原稿20）

13
勝ちて獲し少年の日の胡桃のごとく傷つきいるやわが青春は
（応募原稿21／初出一九五四年十月『荒野』／初句「勝ちて得し」）

14
西瓜浮く暗き桶水のぞくとき還らぬ父につながる想ひ
（応募原稿23／＊応募原稿では「西瓜《すいか》」とルビがついている）

15
非力なりし諷刺漫画の夕刊に尿まりて去りき港の男
（応募原稿24）

16
この家も誰かゞ道化者ならむ高き塀より越え出し揚羽
（応募原稿25）

17
桃太る夜はひそかな小市民の怒りをこめしわが無名の詩
（応募原稿26）

18
啄木祭のビラ貼りに来し女子大生の古きベレーに黒髪あまる
（応募原稿27／＊応募原稿では「啄木」テンなし）

19
日がさせば籾殻が浮く桶水に何人目かの女工の洗髪
（応募原稿28）

20
列車にて遠く見ている向日葵は少年が振る帽子のごとし
（応募原稿31／初出一九五三年五月十六日『読売新聞青森版』「青森よみうり文芸」／二句「遠く見てゐる」・四句「少年の振る」）

21
向日葵は枯れつつ花を捧げをり父の墓標はわれより低し
（応募原稿35／初出一九五四年十月『荒野』／異同無し）
＊参考　古びたる碗と枯れたる花ありて父の墓標はわが高さなる（一九五二年五月『日本短歌』）

22
ころがりしカンカン帽を追うごとく故郷の道を駈けて帰らむ
（応募原稿36）

23
バラックのラジオの黒人悲歌のバス広がるかぎり麦青みゆく
（応募原稿38／＊応募原稿では「バラック」と小字「ッ」の表記）

24
わが天使なるやも知れぬ小雀を撃ちて硝煙嗅ぎつつ帰る
（応募原稿39）

25
煙草くさき国語教師が言ふときに明日という語は最もかなし
＊もともと応募原稿には無く、後に追加された一首と考えられる

26
黒土を蹴つて駈けりしラグビー群のひとりのためにシヤツを継ぐ母
（応募原稿41／＊応募原稿では「蹴って」「シャツ」と小字「っ」「ャ」の表記）

27
首飾りは模造ならむと一人決めにおのれなぐさむ哀れなロミオ
（応募原稿42）

28
草の笛吹くを切なく聞きており告白以前の愛とは何ぞ
（応募原稿43）

29
一粒の向日葵の種まきしのみに荒野をわれの処女地と呼びき
（応募原稿44）

＊参考　地つゞきには戦なき土やわらかく今朝向日葵の種を植えたり（一九五二年四月『日本短歌』）

30
叔母はわが人生の脇役ならむ手のハンカチに夏陽たまれる
（応募原稿45）

31
包みくれし古き戦争映画のビラにあまりて鯖の頭が青し
（応募原稿46）

32
夾竹桃咲きて校舎に暗さあり饒舌の母をひそかににくむ
（応募原稿47）

33
そゝくさとユダ氏は去りき春の野に勝ちし者こそ寂しきものを
（応募原稿48／初出一九五四年十月『荒野』創刊号／異同無し）

34 蕈火を樹にすり消して立ちあがる孤児にもさむき追憶はあり
（応募原稿49／初出一九五二年十月『日本短歌』／異同無し）

35 むせぶごとく萌ゆる雑木の林にて友よ多喜二の詩を口づさめ
（応募原稿2）

【二、応募原稿「父還せ」からの削除歌　16首】

36 作文に「父さんを還せ」と書きたりし鮮人の子も馬鈴薯が好き
（応募原稿3／初出一九五四年十月『荒野』／四句「鮮人の子は」）

37 ペダル踏んで大根の花咲く道を同人雑誌配りにゆかむ
（応募原稿4／初出一九五四年十月『荒野』／初句「ペタルふんで」・四句「同人雑誌を」）

38 巨いなる地主の赤き南瓜など蹴りてなぐさむ少年コミニスト
（応募原稿5／初出一九五四年十月『荒野』／二句「地主のあかき」）

39 友のせて東京へゆく汽笛ならむ夕餉の秋刀魚買ひに出づれば
（応募原稿6／初出一九五四年十月『荒野』／初句「畑越しに」・四句「夕餉の秋刀魚」・五句「買いに出

づれば」／＊「夕飼」は「夕餉」の誤字かと思われる。）

40　塩つけて甘薯《かんしょ》を食らふ日々だにも文芸恋へり北国の男
（応募原稿12／初出一九五四年十月『荒野』創刊号／三句「日日だにも」・五句「北の男は」）

41　漬樽をまさぐりながら詩のために家出せむこと幾度思ひし
（応募原稿13）

42　みじめなまで学問のみが太るという進学の友の髭をかなしむ
（応募原稿18）

43　雀来る朝の竃を焚かむとて多喜二祭りのビラ丸めこむ
（応募原稿22／初出一九五四年十月『荒野』創刊号／異同無し）

44　鉄屑をつらぬき立ちて芽吹ける木唄よ女工の群にも生れよ
（応募原稿29）

45　山小舎のラジオの黒人悲歌聞けり大杉に斧打ちいれしまゝ
（応募原稿30）

46 桃浮かべし小川は墓地をつらぬけり戦後の墓に父の名黒し
（応募原稿32）

47 帰省せるわれの大学帽などをけなしておのれなぐさむ彼等よ
（応募原稿33）

48 葭切の啼ける日なたへ急がむと戦後のわが影放浪型に
（応募原稿34）

49 暗がりに母の忘れし香水あり未亡人母の恋はおそろし
（応募原稿37）

50 わが下宿に北へゆく雁今日見ゆるコキコキコキと罐詰切れば
（応募原稿40／初出一九五四年十月『荒野』創刊号／初句「わが下宿へ」・三句「今日は見ゆ」）

2 「チェホフ祭」の源流——高校時代の短歌

初出調査を通じて「チェホフ祭」の源流について考えたい。寺山は高校時代、俳句を創作活動の中心に置いていた。よって「チェホフ祭」においても俳句との関係性が密な短歌が多く、それは俳壇をも巻き込んだ問題となった。しかし短歌についても中学時代から創作しており、野脇中学二年文芸部回覧雑誌に発表された和歌「フルサト」全七首や（青森県立図書館蔵）、近年にも中学の文芸部誌『白鳥』が青森で発見されている。[*2] さらに高校一年生の春には『咲耶姫』（一九五一年五月）と題する自筆歌集をまとめている。[*3]

この自筆歌集『咲耶姫』に収められた全45首は、それ以前に学校新聞等に発表された作品に類似のものが多く、いわば中学時代の総決算といった趣の歌集である。作風も石川啄木・与謝野晶子・北原白秋など、近代歌人の有名な歌を下敷きにしたものが目立つ。以下、中学時代に発表された作品と『咲耶姫』からあげておく。

函館の砂に腹ばいはるかなる未来想えり夕ぐれの時（一九五一年二月二十五日『野脇中学校新聞』）
砂山の砂に腹這ひ／初恋の／いたみを遠くおもひ出づる日　石川啄木『一握の砂』

菜の花の咲ける畑の月の出に病める子の吹くハーモニカの音（一九五一年二月二十五日『野脇中学校新聞』）
病める児はハモニカを吹き夜に入りぬもろこし畑の黄なる月の出　北原白秋『桐の花』

くしけずる髪に五尺の思いあり少女十五で恋知りそめぬ
黒髪をとけば清水にやわらかき少女の恋のたゞ美しきかな（一九五一年五月二十六日『咲耶姫』）
髪五尺ときなば水にやはらかき少女ごころは秘めて放たじ　与謝野晶子『みだれ髪』

『咲耶姫』を含む中学三年から高校一年にかけて創作された作品は、近代短歌に倣ったいわば習作であり、ここにデビュー作「チェホフ祭」の源流となるものを見出すことは難しい。それでは寺山短歌は何時これら習作時代の短歌から脱皮し、独自の作品世界を展開したのであろうか。

寺山の高校時代の短歌に関しては、これまでに『日本短歌』（日本短歌社）の「読者作品欄」に掲載されたものがあることが指摘されていた。中井英夫『黒衣の短歌史』（一九七一年六月、潮出版社）に3首（歌番号HIJ）、小川太郎『寺山修司その知られざる青春』に3首（歌番号BCF）が紹介されている。これら先行研究を手掛かりとして、あらためて『日本短歌』（国会図書館蔵）を調査した結果、全部で10首の作品（歌番号A～J）を「読者作品欄」に確認することが出来た。発表順に整理すると以下のようになる。

A　地つゞきには戦なき土やわらかく今朝向日葵の種を植えたり（一九五二年四月）
B　寒卵を卓にこつこつ打つときに透明の器に冬日たまれる（一九五二年五月）
C　古びたる碗と枯れたる花ありて父の墓標はわが高さなる（一九五二年五月）
D　還り来し親指という白き骨振れば異郷に耐えかねしおと（一九五二年六月）
E　廃材の枯草ふかく連れだちて来てさりげなく帰る日課よ（一九五二年六月）
F　茎あおき草矢をもちて日輪を射よと見知らぬ子をそゝのかす（一九五二年八月）
G　わが後にさむき廊下のつゞきいてひとりの扉《ドア》に鍵をさしこむ（一九五二年八月）
H　メーデーを抜け来しならむこの沼に老ひたる母が映されてゐる（一九五二年十月）
I　亡き父の骨片をいくたびも子が鳴らすとはいかにせつなき（一九五二年十月）
J　蕒火を樹にすり消して立ちあがる孤児にもさむき追憶はあり（一九五二年十月）

右の10首は、すべて一九五二年、寺山が高校二年時の四月から十月までに『日本短歌』に発表したものだ。先の自筆歌集『咲耶姫』（一九五一年五月）からは、ほぼ一年を経ており、その作風は明らかに「チェホフ祭」の方向へ変化している。現にCは変奏して、Jはそのまま「チェホフ祭」に収められている。

C　古びたる碗と枯れたる花ありて父の墓標はわが高さなる（一九五二年五月『日本短歌』）
21　**向日葵は枯れつつ花を捧げをり父の墓標はわれより低し**（「チェホフ祭」）

J　萁火を樹にすり消して立ちあがる孤児にもさむき追憶はあり（一九五二年十月『日本短歌』）
34　**萁火を樹にすり消して立ちあがる孤児にもさむき追憶はあり**（「チェホフ祭」）

さらにいえば、Aの「向日葵の種」を「植え」るという発想も「チェホフ祭」29に生かされている。

A　地つゞきには戦なき土やわらかく今朝向日葵の種を植えたり（一九五二年四月『日本短歌』）
29　**一粒の向日葵の種をまきしのみに荒野をわれの処女地と呼びき**（「チェホフ祭」）

この他にも、D「還り来し親指という白き骨」や、I「亡き父の骨片をいくたびも子が鳴らす」仕草は、「チェホフ祭」の応募原稿「父還せ」のテーマに繋がるものといえよう。『日本短歌』に投稿、掲載された歌群は、明らかにデビュー作「チェホフ祭」の方向を指しているといえる。[*4]

また今回の初出調査の過程において、『日本短歌』掲載歌以外にも2首、「チェホフ祭」収録歌で、それ以前に初出紙誌のあるものが確認できた。以下の作品（7・20）で、2首とも一九五三年、高校三年生の春に発表されたものである。[*5]

小走りにガードをぬけてきし靴をビラもて拭ふ夜の女は（一九五三年四月『啄木祭記念文芸作品集』選外佳作）

7　小走りにガードを抜けて来し靴をビラもて拭ふ夜の女は

列車にて遠く見てゐる向日葵は少年の振る帽子のごとし（一九五三年五月十六日『読売新聞青森版』「青森よみうり文芸」）

20　列車にて遠く見ている向日葵は少年が振る帽子のごとし

以上「チェホフ祭」発表歌34首のうち、『日本短歌』から1首（34）と、『啄木祭記念文芸作品集』から1首（7）、『読売新聞青森版』「青森よみうり文芸」から1首（20）の合計3首について、その初出を高校時代に発表された短歌作品に確認することが出来た。その他にも一九五二年『日本短歌』掲載の寺山作品に、「チェホフ祭」に発表歌の原型と考えられる作品2首（21／C・29／A）が確認できた。

したがって「チェホフ祭」の源流は一九五二年、高校二年生あたりまで遡ることが出来るといえよう。

注

＊1　この点について短い文章であるが、小川太郎に同様の考察がある（「一ページエッセイ・『チェホフ祭』のミステリー」二〇〇〇年九月『THE・TANKA開放区』第59号）。そのなかで「小菅麻起子さんの指摘で初めて知っ

たのだが」と記されるのは、小川氏より応募原稿「父還せ」の複写を閲覧させていただいた際に、筆者が「応募原稿には49首しかないこと。新たに1首が加えられていること」を小川氏に口頭で確認したことを指す。

＊2　寺山の中学時代の短歌資料としては以前より青森県立図書館に「野分中学校二年文芸部回覧雑誌」（昭和二十四年）が所蔵されており、なかに寺山の「和歌フルサト」全七首が掲載される（一九八八年八月閲覧／拙稿「寺山修司と啄木」『啄木文庫二三号』一九九三年八月、「寺山修司と啄木――〈少年〉の時間」『短歌』角川書店一九九五年四月、に紹介）。現在「野分中学校二年文芸部回覧雑誌」の全体は久慈きみ代『孤独な少年ジャーナリスト寺山修司』に紹介されている。さらに近年青森で中学二年時に発行された文芸誌『白鳥』が発見され、久慈きみ代「作文を書かない少年寺山修司――新発見『白鳥』にみる寺山芸術の核――」（『寺山修司研究』4号二〇一一年一月、文化書房博文社）に紹介されている。

＊3　『咲耶姫』は親友の京武久美が所蔵していたもので、一九九四年七月二十七日『東奥日報』に「寺山修司の手作り歌集――43年ぶり日の目」と紹介された。なお『文芸あおもり』一四一号（一九九四年七月）に、『咲耶姫』全45首中、41首が掲載されている。

＊4　『日本短歌』の歌群には、「チェホフ祭」以後に発表された連作（歌集『空には本』にも収録）に繋がる作品も見られる。

B　寒卵を卓にこつこつ打つときに透明の器に冬日たまれる（一九五二年五月『日本短歌』）
　　日あたりて貧しきドアぞこつこつと復活祭の卵を打つは
（初出「森番」一九五五年一月『短歌研究』／『空には本』所収）

G　わが後にさむき廊下のつゞきいてひとりの扉に鍵をさしこむ（一九五二年八月『日本短歌』）
　　扉をあけて入りゆきたるわがあとの廊下にさむく風のこりおり
（初出「僕らの理由」一九五七年二月『短歌研究』／『空には本』所収）

＊5　この2首の発見経緯について記す。「小走りにガードをぬけてきし靴をビラもて拭ふ夜の女は」は、筆者が青森

在住の川崎むつを氏を訪ねた折、川崎氏が編集し、高校時代の寺山も投稿した『啄木祭記念文芸作品集』を見せて頂いた（一九九七年八月）。「列車にて遠く見てゐる向日葵は少年の振る帽子のごとし」は、『読売新聞青森版』「青森よみうり文芸」における寺山投稿作品を調査していた際に発見した（一九九八年七月、青森県立図書館）。

【付記】「チェホフ祭」の初出調査に際し、篠弘氏のご好意により『荒野』創刊号を閲覧させていただきました。また小川太郎氏のご好意により「チェホフ祭」応募原稿の複写を閲覧させていただきました。記して感謝申し上げます。

第三章　寺山修司における〈啄木〉の存在――〈啄木〉との出会いと別れ

はじめに　――「昭和の啄木」をめぐって

寺山修司の創作活動は多彩であるが世に知られた出発点は短歌であり、一九五四年「チェホフ祭」で『短歌研究』五十首応募作品特選を受賞したことにはじまる。以後、積極的に短歌に関わった時間は、一九六五年に第三歌集『田園に死す』を発表するまでの約十年間、年齢でいえば十代の終わりから二十代の仕事である。[*1] 後に寺山自身がこの時期を振りかえり、次のように語っている。

いろんなことに手を出したが、当時の私の活動の中心は、やはり短歌であった。……だが、歌を作っていても、私の中から三十一音の形式への不信が去ることはなかった。『田園に死す』をまとめ、歌のわかれをすること。それは、十五の年からマイナー・ポエットでありつづけた自分への、一つの決算の意味でもあったのである。

（「自伝抄消しゴム」『読売新聞』第九回・十回　一九七六年十一月十九日～二十日）

「マイナー・ポエット」という総称に寺山の短歌観が集約されているようだが、それは「三十一音の形式への不信」に端を発している。しかし寺山は当初から短詩型文学を「マイナー・ポエット」と決めつけていたわけではなかった。短歌雑誌に発表された歌群を整理しても、前半期（一九五四～五九年）と後半期（一九六〇～六五年）に分けると、前半期の歌数が五四六首、後半期が二八四首となり、約三分の二が前半期に発表されている。つまりデビュー以後、一九五〇年代後半が最も深く短歌に関わった時期であるといえる。[*2]

一九六〇年代に入ると寺山は新人脚本家として注目されるが、そのきっかけとなった作品は劇団四季のために書いた「血は立ったまま眠っている」である。その際、新聞記事の見出しに「〝昭和の啄木〟の初戯曲」というコピーが使われた（『内外タイムズ』一九六〇年六月二十七日）。[*3]同記事には『短歌研究』で受賞した寺山が「〝昭和の啄木〟ともてはやされた」と報じられるが、当時の関連記事に「昭和の啄木」と騒がれた形跡はない。またデビュー二年後の短歌時評で杉浦明平が「寺山は「太陽の季節」に先立つていた。しかもどちらも同じようにジャーナリズムの生んだ子でありながら寺山は石原慎太郎のように「成功」することができなかつた」（『短歌』昭31・10）と言及しているが、実際のところデビューの翌年から三年余りの間、寺山は病気入院を余儀なくされ、創作活動に専念できる状態ではなかった。

しかし一九五八年七月の退院以後は活発な創作活動を開始する。以後数年間は短歌総合誌に寺山が登場しない月はないくらいである。文壇と比較すれば注目の度合いに差はあっただろうが、歌壇では十分に「成功」を収めていた。一九六〇年「昭和の啄木」というコピーが世に出た頃、寺山は新進歌人としての絶頂期にあった。

さてその「昭和の啄木」の命名由来であるが、長尾三郎の評伝には劇団四季の主宰者・浅利慶太が「寺山を売り出すためのパブリシティ」として命名したとある（『虚構地獄 寺山修司』）。しかしながら遡れば、一九五四年『短歌研究』の受賞を知った寺山が、「ぼく、昭和の啄木になったんだ」と郷里の京武久美のところへ報告に訪れたという（京武久美「随想 寺山修司のこと」『河北新報』一九九二年五月七日）。また当時の山形健次郎宛書簡にも「僕はしばらくは、俳句と短歌へ人生を賭けて啄木をそのまゝ体験します」（昭和29年）と書いている（二〇〇三年世田谷文学館『寺山修司の青春時代展』図録）。

以上の経緯から推察すると、「昭和の啄木」とは浅利慶太の推薦によるものの、その源は寺山本人の発案ではなかったか。関連して上京間もない頃、中野トク宛書簡に「日本の寺山になる」とも宣言している（一九五四年四月十四日消印）。当初から彼の野心は高いところを目標としていた様子がうかがえる。『短歌研究』の受賞は結果として「日本の寺山」になるための足掛かりとなった。歌壇において「昭和の啄木」になることは、寺山にとって最初の目指すべき到達点であり、しかもそれは比較的短期間で成し遂げられた。寺山は「昭和の啄木」を一つの踏み台として、さらなる世界への飛躍に挑んだのである。本稿では寺山短歌のルーツともいえる、寺山にとっての〈啄木〉の存在を探りたい。

1　〈啄木〉との出会い

寺山は初めての文庫本『寺山修司青春歌集』（一九七二年）の後記にいう。――「少年時代に、文庫本の『石川啄木歌集』をポケットにいれて川のほとりを散策したことを思い出し、感懐にとらわれている」。また「青春の曲がり角で出会った忘れえぬ本」として『啄木歌集』をあげ、「ぼくらの身の回りの東北の風景が出てくる。……これなら自分にもつくれるかなと思って」短歌を作るようになったと語っている（田村隆一他著『マイブック』一九八〇年九月、講談社）。

次にあげる作品群は、寺山が主に中学時代に発表した短歌のうち、明らかに〈啄木〉の影響がうかがえるものである。既に紹介されている作品もあるが、あらためて年代順に整理してみる。[*4]

①一九四九年　野脇中学校文芸部誌「和歌フルサト」（中学二年）
その昔我が懐しき教室に／見知らぬ師あり小学の窓
いつ見ても変らぬ意味の母の便の／字のおとろへは鮮やかに見ゆ（青森県立図書館蔵）

②一九五〇年三月二十一日　野脇中学校新聞「短歌集」（中学二年）
閑古鳥の聲ききながら朝げする母と二人の故郷の家（寺山修司記念館蔵）

③一九五一年二月二十五日　野脇中学校新聞「和歌」（中学三年）
思ひ出の痛さに泣きて砂山の千鳥数えぬ春のゆうくれ（ママ）
函館の砂に腹ばいはるかなる未来想えり夕ぐれの時
さらさらとすくえば砂はこぼれ落ち春のゆうべの飽きし時
ゆく秋の磯の濱邊の立つ墓に今も咲けるや矢車の花（寺山修司記念館蔵）

④一九五一年五月二十六日　手作り歌集「咲耶姫」（高校一年生）
手にとれば虹の七色しつとりと吸いて哀しきわが涙かな
この砂の果てに故郷のあるごとく思いて歩む春の海かな
砂山に夕日沈みて君一人砂に書く名の人いずこなる（『文芸あおもり』一四一号　一九九四年七月）

寺山は『啄木歌集』を手本として、自らも短歌創作に励み、学校新聞や文芸部誌に発表していた。ただし右の作品群からも明らかなように、それらは啄木歌集の読後感とでもいうべきものである。もっともこれは寺山に限らず、その頃の文学少年としては一般的なケースであった。たとえば同時代の『文藝 石川啄木読本』（一九五五年三月、河出書房）から引くと、「はじめて短歌をつくる人々の、ほとんど大部分は、たとい一時期といえ、啄木模倣の経験もつ」（香川進「白晳の文学」）とあり、また作家田宮虎彦も兄の影響から「改造文庫の啄木歌集をいつもポケットに入れておくやうになつた」、「兄をとらへてゐたのは、啄木の歌のなかの、ロマンチックな感傷性、つまり若さであつたといつてよいと思ふ」と自らの啄木体験を回想している（「啄木と私」）。

寺山も若さゆえの感傷性から〈啄木〉に惹かれたのだろう。たとえば先にあげた寺山歌群のうち、多く詠み込まれる〈砂〉および〈砂山〉は、『一握の砂』の表題であり、冒頭歌群「砂山十首」のキーワードでもある。『啄木歌集』を読んで創作する際、この〈砂〉に寄せての感傷性は、まず最初に模倣されるものであろう。

例えば次の短歌は同時代に編まれた『青森県歌集』（一九五一年七月、青森県歌人協会）の一首である。

心よせて啄木を思ふ砂に書きし砂かなしみし歌青柳町の歌　　蛯名りさ

この作者も海辺の〈砂〉に文字を書きつつ啄木に「心よせて」いる。「青柳町の歌」は「函館の青柳町こそかなしけれ／友の恋歌／矢ぐるまの花」（『一握の砂』）からであり、自身の「かなしみ」を「青柳町」の「友の恋歌」になぞらえたものか。啄木調の中にさらに啄木歌を引用した構造の歌である。

また同時代の俳句誌（投稿欄）にも「砂に書く悲しき歌や啄木忌」（横手英之助『七曜』一九五三年十月）がある。山口誓子の選評には「もとより啄木が、函館の海岸で作つた――大といふ字を百あまり砂に書き死ぬことをやめて帰り来れり――といふ歌を思ひ出したからです。その歌に誘はれて、自分も悲しき歌を砂の上に書かずにはゐられなかったのです」とあり、〈投稿者――選者〉に共有される啄木歌が鑑賞の了解事項となっている。

さらに当時の高校生に一番読まれていた『蛍雪時代』（『学校読書調査25年』一九八〇年十月、毎日新聞社）の「読者文芸・俳句欄」から、寺山の作も含め「啄木忌」を詠んだ三句をあげることが出来る。

蟹に手を挟ませ遊ぶ啄木忌　一九五一年十二月号一席 北海道赤平高校三年　木村俊元
繕ひし辞書や歌集や啄木忌　一九五二年　七月号三席 鹿児島県ラサール高校　原鷹志
便所より青空見えて啄木忌　一九五三年十一月号二席 青森県青森高校三年　寺山修司

「蟹に手を挟ませ遊ぶ啄木忌」には加藤楸邨の選評で「「東海の小島の磯の白砂にわれ泣きぬれて蟹とたはむる」という歌を私達も愛誦したものであつた。その蟹に手をはさませていると、啄木のかなしみが胸に迫つてくる」とあり、先の山口誓子評と同じく、俳句に詠み込まれた啄木歌を投稿者と共有している。

このような読者の〈啄木〉需要に応えてともいえるだろう。戦後、〈啄木〉関連の出版物は安定した人気を保っており、特に購入しやすく「ポケットに入れて」親しめる文庫版歌集は、毎年4社から6社が刊行している（『出版年鑑』各年）。歌集以外のものを含めるとさらに多く、例えば一九五五年には歌集6点・詩集3点・作品集2点と総計11点の文庫が刊行されている。佐藤勝『石川啄木文献書誌集大成』（一九九九年十一月、武蔵野書房）で確認すると、地方の小出版社から出ているものもあり、実際には『出版年鑑』の点数を上回っている。これは近現代の歌人では随一の出版点数である。

そして文庫歌集の解説には、斎藤三郎（岩波）・金田一京助（新潮、創芸社）・吉井勇（角川）・石川正雄（河出書房）らがあたっている。金田一、吉井は啄木生前からの近親者でもあることから、回想を含めた啄木の生涯を記している。文庫本『啄木歌集』の読者は、その生涯と短歌を重ねて鑑賞したことであろう。『啄木歌集』を胸のポケットにしのばせ、〈海〉〈砂山〉という場面設定に自己を投影し、青春の感傷に身をゆだねる。そして〈啄木〉の生涯とその哀しみに想いを馳せつつ、自らも〈短歌〉の世界へ入っていく。寺山もそのような文学少年の一人であり、彼にとって〈啄木〉との出会いは、〈短歌〉における青春の感傷性との出会いでもあった。

2　青森〈啄木祭〉への参加――〈啄木〉という存在の季節

高校時代の寺山は青春を俳句に燃やした。なかでも「便所より青空見えて啄木忌」（昭28・11『蛍雪時代』）はよく知られる一句である。『蛍雪時代』俳句投稿欄の選者、中村草田男評には「この句には確かに、困窮の庶民生活の中にありながら常に希望と解放の時期を求めつゞけた啄木に通う気分が備わっている」とあり、戦後の貧しくとも解放的な青春を代弁するような〈啄木像〉が結ばれている。草田男評から離れて読むと「便所」にて小用を足すという日常的所作から、その卑近さと〈啄木〉という存在の身近さが結びついており、高校生の視線から等身大の〈啄木〉が詠まれている。長い冬を終えた北国の「青空」は春の訪れを告げ、四月の「啄木忌」と調和している。この句には先の習作短歌群とは異なる、「チェホフ祭」の寺山に通じるものがある。

さらに「チェホフ祭」の抒情により近い次の句（大学一年時の作）もある。

タンポポ踏む啄木祭のビラはるべく　　川口市　寺山修司

（『読売新聞埼玉版』「埼玉よみうり文芸」佳作入選一九五四年九月一日）[*5]

俳句選評（三谷昭）には、「啄木にちなんだ催しのビラを、野中の電柱にでもはつている情景。足もとのタンポポのひなびた姿と、啄木に寄せる青年の思慕の思いとが適切に結ばれている」とあるが、この句の主人公を「チェホフ祭」の短歌「啄木祭のビラ貼りに来し女子大生の古きベレーに黒髪あまる」の「女子大生」と置きかえても良いだろう。野の花「タンポポ」は、踏まれてもさらにそこから育つけなげで強い花である。雑草としては色彩あざやかで、華やかさをあわせもつ。「タンポポ」と「女子大生」には共通した印象さえ感じられ、「啄木祭のビラ貼りに来し女子大生――」の歌を一句の延長線上に鑑賞することも可能だろう。[*6]

寺山の俳句から短歌への引き延ばしは、俳壇・歌壇に物議を醸したが、本人は「いつも同一の舞台だけでは寸法があわなくなる」として、「イメージをちゞめたりのばしたりして一つの作品を試作」することの意味を主張した（「ロミイの代弁―短詩型へのエチュード」『俳句研究』一九五五年二月）。彼にとって俳句と短歌は往来自在な地続きの世界であった。

ところでここに詠まれる「啄木祭」は、寺山の郷里青森においても身近に開催されていたものであった。[*7] 大正後期より口語短歌運動を推進した青森県の歌人、川崎むつを（一九〇六――二〇〇五年、享年九十八歳）を中心として、戦前は一九三一（昭和六）年から、戦後は一九四九年を第一回とし、以後毎年〈青森県啄木祭〉は開かれている（青森県啄木祭準備会主催）。青森市内には実際に「啄木祭のビラ」が貼られていた。

次に整理した【青森県啄木祭の記録】は、寺山が中学二年時から大学一年時までの間に開催されたものである（一九九七年八月、青森市在住の川崎むつを氏に筆者が取材し、新聞『東奥日報』等で記録を確認してまとめた）。

【青森県啄木祭の記録】
・昭和24年4月13日　木労会館　劇団朗読「若き啄木」（作・藤森成吉）
・昭和25年4月11日　青森商工会館　窪川鶴次郎講演（四月十二日、黒石市／四月十三日、弘前市にても講演）
・昭和26年4月13日　青森商工会館　間宮秀樹作曲「潮かをる」発表　啄木歌の独唱・三部合唱
・昭和27年4月20日　浦町小学校講堂　淡谷悠蔵講演「時代閉塞の現状」啄木祭記念文芸コンクール
・昭和28年4月12日　富士屋デパートホール　岩本泊舟講演「啄木の俳句について」明の星高校同窓会合唱
・昭和29年5月25日　青森県立図書館　吉田孤羊講演

そして寺山もこの〈啄木祭〉に参加しているのである。一九五二（昭27）年から併設された「啄木祭記念文芸」に作品を応募し、第一回から詩・短歌ともに二位入選となり同誌に掲載された。[*8] 入選の短歌「さむき部屋にひたすらミシンを踏む母よ父が還らば嬉しと思ふに」は、「チェホフ祭」の応募原稿「父還せ」のテーマを含みもつものである。続く一九五三年にも、詩の部二位に「葱をきざめば」が入選した（応募総数98篇）。この詩においても「還らぬ父」を待つ「母」の姿と、「母」の哀しみに心を痛める「私」がうたわれている。

葱をきざめば　　青森高校三年　寺山修司

玉ねぎを刻めば／硝子戸のしづけさに／煙突が見える。／／それは／つかれた影を／麦畑へのばして／ほそつた先から／うすいけむりを吐く。／／けむり／たかくあがれ――／けむり／まつすぐあがれ――／／戦に送られてからは／もう／還らないというのに／母のフトンのそばには／「尋ね人」のラジオが今日も／はじまる――／／玉ねぎのせいか／それとも／北国のつめたい／青空のせいか――／私は眼がいたくなつた。

（『啄木祭記念文芸作品集』一九五三年四月　青森県啄木祭準備会発行）

また短歌の部では、選外佳作として「小走りにガードをぬけてきし靴をビラもて拭ふ夜の女は（高校生）」が無署名で掲載されるが、この無署名の「高校生」こそ他ならぬ寺山修司であり、同歌は後に「チェホフ祭」の一首として『短歌研究』にも発表された（第二章参照）。

戦後の〈啄木祭〉は、折からの民主主義の勢いと一九五〇年代前半の〈国民文学論〉の高揚とも連動して各地で盛んに行われるようになった。〈新日本歌人協会〉が中心となって開催されるところが多かったが、青森の〈啄木祭〉のように、地元の文化団体も加わった実行委員会が組織され（青森県啄木祭準備会）、朗読・演劇・合唱・文芸コンクールなど地域の文化行事として賑わっていた。それは〈啄木〉という存在の季節でもあった。

一九五三年四月十二日の『東奥日報』に、「今年の啄木祭」と題して川崎むつをが記事を寄せている。そこに「今年の啄木祭も若き人々のために盛大に催したい」と結ばれた願いは、青森の文学少年であった寺山の胸に届いたことだろう。「啄木祭のビラ」は寺山にとって中学・高校時代と長年における、文学的体験に根ざした切実な語句であった。[*9]〈啄木祭〉をモチーフの一つとして俳句から発展した寺山の初期短歌は、戦後の時代精神を取り入れた、青森の文学的土壌に育まれたものといえるのではないか。

3　作品に見られる啄木受容

寺山は病気入院中、『短歌研究』の特集「近代秀歌への招待」（昭31・7）で〈石川啄木〉の項を担当した。当時の書簡にも「いま雑誌（短歌研究）のたのみで啄木の秀歌62首をえらんでいますが、意外にい丶のがある」

（一九五六年五月二十一日中野トク宛）と記している。啄木の項を寺山に担当させたのは、中井英夫の後任として昭和三十一年四月から『短歌研究』の編集長を務めた杉山正樹の配慮によるものである。杉山は一九五八年版『短歌年鑑』（昭32・12、短歌研究社）のコラムでも寺山にふれ、「戦後の啄木ともいえる作品」と無署名で記している。寺山歌にみられる愛誦性が、啄木の三行分かち書き短歌の分かりやすさに通じると思った（一九九七年十月、杉山正樹直話）。

両者の共通性についてはは福島泰樹をはじめ、従来よりしばしば言及されるところである。[*10] 類似歌も幾つかあるが、なかでも次の一首は明らかに啄木の本歌取りであり、その反転性に寺山らしさがうかがえよう。

ふるさとの訛なつかし／停車場の人ごみの中に／そを聴きにゆく　（一九一〇年『一握の砂』）
ふるさとの訛りなくせし友といてモカ珈琲はかくまでにがし　（一九五八年『空には本』）

寺山歌は初出において「ふるさと」が「故郷」と漢字表記になっている（「森番」『短歌研究』昭30・1）。歌集編集時に音韻面のみでなく視覚面においても上二句を啄木歌に重ねる効果を狙い、ひらがな表記「ふるさと」に改めたものと考えられる。

啄木歌「ふるさとの訛なつかし」は、戦後の中学国語教科書でも多く採られる作品で、啄木の代表歌ともいえる一首である（15社採用。『中学校国語教科書内容索引』一九八六年三月、教科書研究センター）。寺山は一首を自選「現代百人一首」に収めていう、「「石をもて追わるるごとく」出てきたふるさとである。……おそらくは都会人の故郷喪失の思いは啄木の時代にすでにはじまっていたのではなかろうか」（『黄金時代』一九七八年七月、九藝出版）。

寺山歌「ふるさとの訛りなくせし友といて――」が発表された一九五〇年代後半、「故郷喪失の思い」に苛まれる若者は東京に増える一途であった。戦後、大学生数そのものが急増していく中で（一九五〇年二十四万人、一九五五年六十万人、一九六〇年七十一万人。『数字で見る日本の一〇〇年』一九八一年十一月、国勢社）、寺山の同窓早稲田大学入学者にしめる東北出身者にみても、一九五四年の二七一名が一九五九年には四〇六名と、五年で一・五倍に増えている（「入学者出身都道府県別」『早稲田大学学報』一九五四年～一九五九年各年）。彼らの中には、都会生活を送る中で「ふるさとの訛りなくせし」ことを余儀なくされたケースも少なくなかったのではないか。

それは大学入学のために上京した学生のみならず、就職者や一般の転入にも見られる。例えば一九五七年、青森出身の在京郵便局長が集まり、「上京間もない同郷の後輩たちが慣れない共通語を苦に次々と退職」していく事実に胸を痛め、「新卒者の激励会」を企画する話が『東北「方言」ものがたり』に紹介されている（毎日新聞地方部特報班　一九九八年三月、無明舎出版）。また地方から転入した若い母親が子どもの「田舎弁」を笑われたことを苦に自殺した事件（「冷たいアパート暮し・遺書を残して母子飛込み心中」『朝日新聞』一九五七年五月二十二日）に対し、「東京人よ、方言を笑うな」との抗議が読者投稿欄「ひととき」に掲載されている（『朝日新聞』一九五七年五月二十八日）。

このような「方言」への偏見は、同時代の推理小説のモチーフにもなっている。それは第九回江戸川乱歩賞を受賞した藤村正太の『孤独なアスファルト』（一九六三年八月、講談社）で、東北訛から「ズーちゃん」と呼ばれる主人公（青年工員）が、訛りコンプレックスゆえに殺人事件に巻き込まれる、都会の悲劇の物語である（『孤独なアスファルト』については小川太郎氏より御教示頂いた）。

ラジオの普及（一九五五年73・8％、一九五七年81・2％、『放送五十年史　資料編』一九七七年三月、日本放送協会）と人口移動（帰省を含む）にともない、全国に「共通語」の影響は拡大した。また「共通語」の習得は「国語教育」の課題でもあった。そのように「東京語はひろがる」といった状況下で、福岡県からの報告者（都築頼助・福岡学芸大学教授）は、「東京へ唯それだけで偉くなり」の川柳を引き、「ずばりと、地方人が抱く首都に対する感情を喝破している」と記す（「東京語はひろがる アンケート」『言語生活』一九五五年二月）。「東京へ」の中には「東京語」のニュアンスも含まれるのであろう。川柳子はそれが一つの権威となりつつあることへの風刺を詠んでいる。

寺山は「コーヒーのにがい理由」と題するエッセイで、同郷仲間が「たちまち流暢な東京弁で早口にまくしてるようになり」、自分との差が「言葉」でひらいてきたことに違和感を覚えたという（『家出のすすめ』）。寺山自身は「青森弁はボクの履歴書……意識して標準語になおすつもりはまったくなかった」と、東北訛りのイントネーションでとおしていた（『週刊宝石』一九八一年十一月七日）。寺山にとってそれは一種のポーズだったかもしれないが、その根底には「ふるさとの訛りなくせし友」たちへの、また〈東京語〉への抵抗もあったのではないか。「ふるさとの訛りなくせし友といてモカ珈琲はかくまでにがし」と同時期に、次のような短歌も発表している。

群衆のなかに昨日を失いし青年が夜の蟻を見ており　（「僕らの理由」『短歌研究』一九五七年二月）

群衆のなかに故郷を捨ててきしわれを夕陽のさす壁が待つ　（「熱い茎」『短歌研究』一九五七年八月）

「群衆のなかに故郷を捨て」都会に生きる青年は、「ふるさとの訛りなくせし」ことを余儀なくされ、その痛みを抱えて生きる「友」の姿に重なるものだったろう。それゆえ寺山の青春歌は、固有の「私」を超えて、広く同時代の若者に共感される歌となり、「昭和の啄木」ともいえる愛誦性を獲得することに成功したのではないだろうか。

4 啄木論の異同にみる〈歌のわかれ〉

寺山修司は積極的に啄木論を書いているが、年代順に整理すると次のようになる。

①「一握の砂のしめり」（『文芸読本 石川啄木』一九六二年七月、河出書房新社）
②「ああ、盛岡中学——若き日の啄木」（『石川啄木詩集』一九六七年十一月、河出書房）
③「望郷幻譚——啄木における『家』の構造」（『現代詩手帖』特集石川啄木 一九七五年六月）
④「歌と望郷」（『黄金時代』一九七八年七月、九藝出版）
⑤「芸妓小奴 放浪詩人石川啄木の心残りの女」（『さかさま文学史・黒髪篇』一九七八年十二月、角川文庫）

いまこのなかで問題にしたいのは、①「一握の砂のしめり」と④「歌と望郷」である。この二つはタイトルこそ異なるものの、書き出しも内容もほぼ同じものである。④「歌と望郷」の末尾には「一九六二年七月」と執筆年の注記があるが、これは①「一握の砂のしめり」を収録した『文芸読本石川啄木』の出版年と同じであることからも、両論は同一のものとみなされる。

しかし④「歌と望郷」は部分的に改稿がなされている。もっとも「歌と望郷」を収録した『黄金時代』の「あとがき」に、「すでに公けにされたものについては、大幅に改稿し、筆を加えたりし、そしてそれぞれに「書かれた日付」をつけくわえた」と記されることに留意しなくてはならない。ここに言わんとする意味は「書かれた日付」に遡って〈過去の修正〉を施したということであろう。〈過去の修正〉とは寺山の重要な創作モチーフでもあり、「作り直しのきかない過去なんてどこにもない」と映画『田園に死す』（一九七四年）の台詞にもあるように、④「歌と望郷」はいわば「作り直された啄木論」ということになる。

以下、両論の異同を通じて、寺山の〈啄木〉に対する意識の変化を見たい（傍線は筆者による）。

酒のめば／刀をぬきて妻を逐ふ教師もありき／村を逐はれき

① 啄木の歌には多くの「脇役」たちが登場する。……気づくことは、この脇役たちが、すべて人生の敗残者だということである。……歌における「くやしさ」は教師のくやしさというよりは啄木のくやしさであり……脇役のくやしさは常に啄木のくやしさであった。（「一握の砂のしめり」）

④ 啄木の歌には多くの「脇役」たちが登場する。……この脇役たちは、すべて近代主義との内戦の敗残者として描かれている。……「村を逐われてゆく」啄木はつねに被害者として自らを扱っている。そこには自己肯定の情熱だけが暗く息づいている。……彼にとってつねに自分だけが問題だったのである。（「歌と望郷」）

その名さへ忘られし頃／飄然とふるさとに来て／咳せし男

① 外から見ればユーモラスだが、しかしこんなところにもよく、啄木の「くやしさ」が出ていると思われる。（「一握の砂のしめり」）

④ 外から見ればユーモラスだが、しかしこんなところにも、啄木の自己顕示欲がにじみ出ている。「見てほしい」のである。（「歌と望郷」）

〈結論部分〉

①「歌による実践」で一生を終えねばならなかった啄木は不幸であり意気地なしだったが、しかし、敗北してゆくプロセスまでをきちんと記録しつづけていった啄木の「くやしさ」のなかに、私はしんの「歌人像」をみないわけには行かない。私はこんな歌が好きである。――大いなる彼の身体が／憎かりき／その前にゆきて物を言ふ時

（「一握の砂のしめり」）

④「結婚」という生活様式から、葛藤を放棄してあっさりと逃げだした啄木が「逃げた」と言わず「村を逐われた」と言うのは自己を正当化するための方便であろう。……――大いなる彼の身体が／憎かりき／その前にゆきて物を言ふ時――この歌における、「大いなる彼の身体」が、やがて訪れるべき「次の時代」のことだったことは、もはやあきらかであろう。

（「歌と望郷」）


特に異同が顕著なのは、啄木歌の〈読み〉をめぐる部分である。①初出「一握の砂のしめり」（一九六二年）においては、主に啄木の「くやしさ」を読み取り、「啄木の「くやしさ」のなかに、私はしんの「歌人像」をみないわけには行かない」と啄木に共感的な解釈になっている。

ところが④改稿「歌と望郷」（一九七八年）において、「くやしさ」は「被害者」意識に読み替えられ、啄木に見られる「自己顕示欲」、「自己正当化」に対する嫌悪が顕わになっている。つまるところ短歌表現における「自己肯定」の問題を厳しく批判した啄木論となっているのである。改稿版「歌と望郷」は〈啄木〉と袂を分かつといった感が否めない。これを実証的見地に照らせば、啄木側から寺山への反論も出よう。しかしながらそこには、寺山自身の文学に対する意識の変革が含まれていることを考えた方がよいだろう。

寺山が短歌を中心に活動した一九五〇年代後半は、〈前衛短歌運動〉および論争が盛んな時代であった。寺山

もその先陣の一人として、新しい短歌の方向性を問い続けた。――「「私」と自分との分離、全く不可能に近いと思われたこのことは短歌蘇生のまず第一のテーゼとならなければならなくなる。……人格化された歌人、典型視された嘗ての大歌人は実は閉鎖的で強引な自己肯定者、個人主義者であつた」（「詩人の手」『短歌』昭31・10）。

結論はこの時点で既に語られている。以後、寺山は短歌における「私」性を批判し続けた。「たゞ冗慢《ママ》に自己を語りたがることへのはげしいさげすみが、僕に意固地な位に告白性を失くさせた」（『空には本』後記）と明言するように、自らの作歌姿勢においても「私」性の否定を貫いた。実際に病気入院中、何度も重態の危機に陥りながらも〈病苦〉を歌うことはなかった。

寺山は①「一握の砂のしめり」（一九六二年）と同時期のシンポジウムで、啄木について「フィクションでありながら一見、ノンフィクション的に作ってある……そこに彼の意識性がある」と発言している（『短歌』昭37・4）。啄木の「意識性」とは、寺山が意図する方法でもある。このシンポジウム「現代短歌会議」は、歌壇外のゲストも招き（佐藤忠男、無着成恭、他）四回にわたり『短歌』誌上を飾った企画だが、司会はすべて寺山が務めている。

一九六〇年から戯曲の仕事も旺盛にこなしていく一方、〈短歌〉への可能性も捨ててはいない。

そしてこの頃の寺山について、深作光貞は「窮屈そうな創作家歌人」と呼んでいる（『短歌』昭38・12）。深作は、寺山の歌壇外での仕事が多岐におよんでいることから、早晩「歌のわかれ」は必至であろうという歌壇の見方に対して、「短歌も彼の創作活動の真剣な一翼」であるとし、他の芸術作品と短歌創作の間に離反するものはない、よって「歌のわかれ」の必然性は無く、「現代短歌の新種新収穫のために」、歌人としての寺山に今後も期待すると結んでいる。

つまり初出「一握の砂のしめり」（一九六二年）は、寺山の創作活動が広範に及びつつも、〈短歌〉と関わり、また関わることを歌壇からも強く求められていた時期に書かれた啄木論といえる。寺山自身が揺れ動く歌壇の渦中にいたのである。それに比べ改稿版「歌と望郷」（一九七八年）は、全く歌壇外の立場から書かれたものである。その二年前、寺山はインタビューで「なぜ演劇をやるのか」という質問に対し、次のように答えている。

言語表現というものはどうしても自己肯定が前提になって、「私」を起点にしてしか発想することができない。……文学的深化は孤立して内部世界に退行していくことでしかなかった。僕はそうした自分にいら立ちを感じはじめていて、「出会い」を組織したいと思っていた。それはドラマツルギーのことなんですね。

（「天井桟敷十年の歩み」『新劇』一九七六年八月）

短歌的「モノローグ」の世界から演劇的「ドラマツルギー」の世界へ、寺山は他者との「出会い」に新たな創作の活路を求めた。いくら「私」性を否定しても結局「私」から発する短詩型文学への懐疑は、〈演劇〉の創作現場からふりかえった時、決定的なものになっていたのではないか。つまるところ二つの啄木論、その表記異同に見られる〈啄木〉との訣別は、寺山における「歌のわかれ」にほかならなかったといえるだろう。

おわりに

寺山は自らの創作変革のために、あえて〈啄木〉と訣別した。にもかかわらず、その後もエッセイなどで〈啄木〉を頻繁に引用し、寺山流の解釈で紹介している。また晩年の討議「啄木の読み方・自己内面化と時代」（『現代詩読本　石川啄木』一九八〇年四月、思潮社）においても、啄木が批判されれば擁護する立場に回っている。そして、現代でも読み継がれている啄木の魅力とは何か、と問いかけ、その答えの幾つかを自らが提示している。また啄木日記について「読まれることを前提として書いていることは明らかです。そういう意味では啄木自身が「石川啄木という一つの虚構」を支えていた」と発言している。「石川啄木という一つの虚構」という捉え方は、「職業は寺山修司」と自らを虚構化して読者の前に立っていた寺山の姿に重なるものでもあろう。

あわせて寺山が再び作歌していたという事実は興味深い。そのことは生前に寺山自身も何度か記しているが、没後二十五年の近年『寺山修司未発表歌集 月蝕書簡』が刊行され話題を呼んだ（田中未知編、二〇〇八年二月[*11] 岩波書店）。関連して次の発言は、亡くなる前年の座談会におけるものである（一九八二年九月十六日）。

このところ病気になってからは――これが短歌のだめなところなんだけど（笑）――また短歌を作ってみようかなという気が起きているんですが、発表できるような形にはなかなかまとまらない。……病気にでもならない限り、「個」と「個の内面性」への退行は自己を密室化し、閉鎖的にしていく傾向があるということに反撥している。……しかし、身体が病むと「個」の問題が再燃してくる。そしてそれは、現在短歌をやっている人間たちの中にも根強くある内面化への衝動と無縁ではないと思う。これを文化の問題として考えた時に、内面化に向かう膨大なエネルギーは、社会的か、反社会的かと疑ってかかってもいいんじゃないか。

（「歌の伝統とは何か」『国文学』一九八三年二月）

かつては否定するばかりであった〈短歌〉における〈自己〉を、「内面化に向かう膨大なエネルギー」として捉え直そうとしている。これは最後に再び〈俳句〉に帰ろうとしていたこととも関連づけて考えられるだろう。[*12]

中学時代に出会った〈啄木〉は、若き日より情熱を傾けた短詩型文学への執着とともに、最後までこだわるべき対象として、寺山の中に生き続けていたのではないだろうか。

注

＊1　寺山における「歌のわかれ」の線引きには曖昧な点が残る。一九六五年『田園に死す』の後記には「今後も、書下ろし作品で歌集を出してゆきたい」とある。一九七一年『寺山修司全歌集』の「跋」には「私の中の歌ごころを生き埋めにしてしまうようなもの」とある一方、「生きているうちに、一つ位は自分の墓を立ててみたかった」と結ぶ。中井英夫はこれを「ややあいまいな」「歌のわかれ」を宣言したものであり、「墓へ潜りかけながら、うしろをふりむいてぶつぶつ呟いているような奇妙な文章」であると記す（『寺山修司青春歌集』解説）。しかし「自伝抄消しゴム」では、『田園に死す』をもって「歌のわかれ」としている。遺稿となった晩年のエッセイ「歌のわかれ」（『現代歌人文庫　寺山修司歌集』一九八三年十一月、国文社）でも、『田園に死す』の後記に続けて「以来、私は歌を書かなくなってしまった。……結局は「私」を規定し続け、裏返しの自己肯定の傲岸さを脱けることができない自分の作歌活動に、別れを告げた」と記す。『田園に死す』以降、生前に新作の単独歌集は出ておらず、活動の中心は〈演劇〉に移ったことからも、一九六五年の『田園に死す』で「歌のわかれ」を引く考えをとる。

なお『寺山修司全歌集』の「跋」と、『現代歌人文庫　寺山修司歌集』の「歌のわかれ」は、部分的に内容が重なるためか混同されることがある。しかし二つの文章は別物である。「歌のわかれ」の初出について『現代歌人文庫』を編集した福島泰樹氏にたずねたところ（一九九七年）、「書き下ろし」の原稿を受け取ったという話であった。福島泰樹は「絶叫忘語録5」（『短歌朝日』二〇〇二年九・十月号）に記す。――「湯本香樹実さんから差し出された、大判の白い封筒を開けると、寺山さんの（鉛筆書きの）四角い字体が目に飛び込んでくる。「わが故郷」、「歌の別れ（ママ）」は、寺山さんが昏睡に入る前、最後に記したものであるという」。『現代歌人文庫』は一九八三年十一月の刊行であり、「歌のわかれ」は最晩年のエッセイということになる。

＊2　寺山修司の短歌作品は、主に歌壇の総合雑誌『短歌研究』（短歌研究社）と『短歌』（角川書店）の二誌に発表された（昭和二十九年～昭和四十年）。数字はその発表歌数を整理したものである。

＊3　「昭和の啄木」の出所について補足しておく。「歌人寺山修司は昭和の啄木だ、という見方がある。誰が言い出し

たのかは未詳だが、面白い見方だと思う」（佐佐木幸綱「寺山修司」『国文学』一九七七年二月）と言われていたように、従来は出所不詳の言葉であった。筆者の調査ではこの言葉がマスコミに大きく出たのは、「血は立ったまま眠っている」の上演に際して「〝昭和の啄木〟の初戯曲」というコピーが『内外タイムス』に掲載されたのが最初である。同新聞記事は寺山修司記念館に展示されるものだが、出典部分が切り取られており、掲載紙、年月日共に不明であった。調査当時（一九九七〜九八年）の記念館職員・切明畑満氏と三沢市・伊野忠昭氏の協力を経て、国会図書館でスポーツ新聞を中心に原紙調査をした結果、『内外タイムス』（一九六〇年六月二十七日）の記事であることが判明した。また寺山が郷里で「昭和の啄木になった」と京武久美に言ったことに関連して、青森県人が「昭和の啄木になる」と聞けば、青森の版画家、棟方志功の「わだばゴッホになる」のフレーズがすぐに連想されるとのことである（青森・久慈きみ代氏談）。

＊4　①「その昔」「いつ見ても」は川崎むつを『石川啄木と青森県の歌人』（一九九一年十二月、青森県啄木会）に、③「函館の」「ゆく秋の」は田澤拓也『虚人 寺山修司伝』に、③「函館の」「ゆく秋の」「さらさらと」は、小川太郎『寺山修司 その知られざる青春』、長尾三郎『虚構地獄 寺山修司』に紹介されている。

＊5　この句は『寺山修司俳句全集』では初出誌の掲載月日が未記載であったが、今回『読売新聞』を調査して掲載月日を確認した。当時寺山は川口市に下宿しており、青森時代に『読売新聞』「青森よみうり文芸」に投稿していたことから、上京後も引き続き『読売新聞』「埼玉よみうり文芸」に投稿を始めたものと考えられる。一九五四年四月から翌年三月まで三回、計六句が入選し、掲載されている。

＊6　「チェホフ祭」連作における一首の解釈は第一章「十代歌人〈寺山修司〉の登場」に論及した。

＊7　戦後の全国的な「啄木祭」の動向については、拙稿「戦後の啄木受容」（『国文学 解釈と鑑賞』二〇〇四年二月）、「人生雑誌にみる戦後の〈啄木〉受容――『葦』『人生手帖』を中心に――」（『国際啄木学会研究年報』7号 二〇〇四年三月）を参照。

＊8　「青森啄木祭」「啄木祭記念文芸」については、青森県啄木会代表の川崎むつを氏を訪ね御教示頂いた（一九九七

年七月）。第一回入選の寺山短歌「さむき部屋に」と詩「海恋し」については、川崎むつを『石川啄木と青森県の歌人』に紹介されている。

＊9　本稿の初出（『国際啄木学会研究年報』4号　二〇〇一年三月）を読まれた川崎むつを氏（当時九十四歳）は、二〇〇一年七月十四日の『東奥日報』に「寺山修司と啄木祭」の原稿を寄せて下さった。筆者の論文内容を紹介し、最後に「啄木祭のビラ」に関して、「高校の文芸部にビラを送ることを提案したのはわたしであった」と添えられている。

＊10　「啄木と寺山修司」の関連性については大きく二つの問題が指摘される。一つは短歌における物語性（ドラマ）の構築という方法。もう一つは近代と故郷の問題である。以下その主なものをあげる。

・福島泰樹「啄木断章」（『現代詩手帖』一九七五年六月）「寺山の歌集を読んでいると、啄木の顔がちらついてくるのはなぜだろう。……彼らの作品一首一首が完結していて、しかもおのおのが独立したドラマをかたちづくっているためであろう」。

・齋藤愼爾「北国が生んだふたりの詩人の共通性　石川啄木と寺山修司」（『鳩よ！』一九九一年二月）「「故郷」「母」「家」なるキーワードは、「近代日本」が内に孕んだ裂け目の喩だが、啄木も寺山もともにそれらに対峙した共通項がある。「都市」もそうだ」、「啄木が停車場や公園や「浅草の夜のにぎはひに／まぎれ入り／まぎれ出て来しさびしき心」をもつとき、都市の地獄めぐり、都市のアンダーワールドを彷徨した寺山の姿に重なる。二人とも都市遊歩者だった。このことは二人が農村（故郷）にも都市にも全的に帰属できなかったことの逆証でもあると思う」。

・木股知史「啄木から寺山修司へ――虚構の「私」へ――」（『短歌と日本人Ⅴ　短歌の私、日本の私』一九九九年五月、岩波書店）「啄木の歌集『一握の砂』は、〈私〉を編集する虚構の視点をもっている。寺山は、啄木の方法をもっと推し進め、虚構の場面の中に現れるさまざまの〈私〉を歌にして見せた」。

・三浦雅士「ふるさとの悲哀」（仙台文学館開館一周年記念特別展『ことばの地平――石川啄木と寺山修司』図録平成12年3月）「啄木が形式にまで高めた故郷への感傷を、すべて引き受けたうえで解体してしまったのが修司である。（中略）次の二首は、近代における故郷という主題の運命の、始まりと終わりを示してまさに絶妙であるというほかない。（啄木）ふるさとの かの路傍のすて石よ 今年も草に埋もれしらむ（修司）村境の春や錆びたる捨て車輪ふるさとまとめて花いちもんめ」。

＊11　『寺山修司未発表歌集 月蝕書簡』の解説、田中未知「『月蝕書簡』をめぐる経緯」には、「一九七三年から十年かけて作られた短歌は、いろいろな紙片にメモされ、私の手元に残された」とあり、未発表歌一八八首が収録される。

＊12　『寺山修司俳句全集』の解説で宗田安正は、最晩年の寺山が「俳句同人誌」を出したいという話をもちかけ「倒れる十日前」に自ら考案した誌名を提示し、「肝腎の俳句は一句も創らぬ」まま逝ったこと惜しんでいる（「書けば書くほど恋しくなる――寺山修司の俳句」）。しかして寺山の意志は受け継がれ、「寺山修司が生前に構想した同人誌」として『雷帝』創刊終刊号が、没後十年目に深夜叢書社から刊行された（一九九三年十二月）。

第四章　寺山修司と戦後の〈母もの〉映画――母子別離の抒情と大衆性

はじめに

寺山修司の初期短歌は俳句と不可分の関係にある。その俳句の核が〈母恋い〉であることは、宗田安正が「書けば書くほど恋しくなる」と指摘するとおりであり（『俳句全集』解説）、初期の俳句・短歌から後期の映画・演劇に至るまで、〈母〉が常に作品の主要モチーフであることは疑いない。従来の評伝や研究においても〈母〉は重視されてきたが、それは前衛作家〈寺山修司〉において、その特殊ともいえる母子関係が作品に影響しているとみる文脈で語られることが多かった。[*1]「そら豆の殻一せいに鳴る夕べ母につながるわれのソネット」（『短歌研究』昭30・1）に集約される初期の〈母恋い〉から、「死んで下さいお母さん」と詠唱される〈母殺し〉へ（『田園に死す』昭49）、寺山的な作品世界といえば、後者がまず想起されるかもしれない。しかしながら、強烈な〈母恋い〉あっての桎梏であり、〈母恋い〉と〈母殺し〉は表裏一体のものであろう。

一方で寺山はまた、描かれた〈母〉、文化としての〈母〉にも強い関心を向けていた。それは〈母〉に関する研究でいえば、美術評論家の石子順造（一九二九―一九七七年）が『子守唄はなぜ哀しいか 近代日本の母像』（昭51・4 講談社）で論究する、大衆文化に表象された〈母もの〉の世界である。[*2] 石子は「母」という語は「実在の母親」のみを意味するものではないとし、〈母もの〉における〈母〉を「実在の母親ではなく」、「自己同一化が可能な至福の状態としての母」であると定義する。寺山と石子の〈母もの〉への関心の近接については、例えば実際に両者は表象としての〈母〉をテーマに「母のイメージとイメージの母」という対談を行っている。長谷川伸の「瞼の母」を論じて意気投合しており、しかして日本人が「私」として自立するためには、「瞼の母」を切らなければならないと一致の結論を得ているが、これは裏返せば両者が「瞼の母」に呪縛されてきたことを語ることにもなっている（『アドバタイジング』特集「日本の〝母〟」一九七五年九月、電通）。

寺山作品に描かれる〈母〉は、自身の体験がベースになっていることは否めないが、それは寺山個人の体験として収束するものではない。栗坪良樹が、寺山が歌舞伎座に下宿していた時代、三益愛子の〈母もの〉映画がブームであったことを指摘し、「どこを見ても〈母〉だらけ、〈母〉の氾濫する時代があった。……寺山修司がこれらの映画を限りなく見て、感情移入をして泣かなかったはずがない。……私は、寺山さんより五歳年下であるが、これら〈母もの〉リストの半分以上を見ている」と述懐する、戦後史における〈母もの〉の時代があった（『寺山修司論』）。本稿では寺山における〈母恋い〉の原点を、大衆文化としての〈母もの〉を手掛かりに、戦後の時代背景に照らして考察したい。それは初期短歌における〈母恋い〉の抒情に繋がってゆくものと考えられるからである。

今日においては〈母もの〉映画の本格的な研究書として、水口紀勢子『映画の母性――三益愛子を巡る母子像の日米比較』がある（二〇〇五年四月初版、二〇〇九年四月改訂増補版　彩流社／以下本稿では「水口論」と略記する）。水口論は〈母もの〉のリアルタイムな「少女観客」であった自身の体験も含め、映画の詳細な分析から、三益愛子の生い立ち（芸歴）、伝記研究に及んで考察が進む。初出の執筆当時（二〇〇三年）には筆者が調査した限りの〈母もの〉記事を資料としたのであるが、本稿では水口論とも照らしつつ考察を進めたい。

1 寺山修司と〈母もの〉映画との出会い

◉——〈母もの〉映画の隆盛

寺山は少年時代のエピソードとして、自身の〈母もの〉映画体験を語っている。

少年時代、私は母物映画のファンであった。便所の匂いのする場末の映画館で見た三倍泣かせる映画『母三人』の主題歌、

乳房おさえてあとふり向いて／流す涙も母なればこそ

などは、いまでもすらすらと唄えるほどである。

戦後、多くの父親が戦争で死に、貧しい母子社会では、「母が子を捨てる」ことを余儀なくされた。そのころ、大映の一連の母物映画（三益愛子が母で、三条美紀が子であった）が作られた。（後略）

母は九州の炭坑町にいた。私は、とり残されて青森の場末の映画館の母物映画の常連客になっていた。そのころの私の日常生活はほとんど、一人の母の不在によって空想に充たされていたのである。

（「自伝抄消しゴム」連載第12回・13回、一九七六年十一月二十四〜二十五日『読売新聞』）

『家出のすすめ』にも近似のエッセイがあり、『母三人』を「三回観た」と記す。ここに寺山にとっての〈母もの〉の原点が語られているわけだが、いま少し戦後史における〈母もの〉と照らしてみよう。以下、〈母もの〉映画に関する基本資料としては、『キネマ旬報』「日本映画紹介・日本映画評」の項を調査したものをベースにし

ている（戦後～昭和37年）[*3]。

まず〈母もの〉の定義であるが映画史に一ジャンルとして認知されている。『大衆文化事典』（一九九一年二月、弘文堂）「母もの映画」の項には、「男女・階級・職業・年齢・地域などの差別による母子の別離を描いた映画群」で、「50年代に地方の中年以上の婦人を観客母体として一つのジャンルに復活し母ものとよばれる」と定義される（千葉伸夫）[*4]。佐藤忠男『日本映画史』では、「母ものとは、母親が子どもを生み、育て、成長させるための苦労をメロドラマ的に誇張して描き、それを讃美し聖化するもの」とされる（第4巻一九九五年九月、岩波書店）。

ここであらためて〈母もの〉と呼ばれる起源を『キネマ旬報』に遡ると、映画史に〈母もの〉第一作とされる昭和23年3月「山猫令嬢」は「通俗母性愛映画」と記される（昭23・4・上旬）。続く24年「母三人」では「大映式の母映画」「母シリーズ」と、「シリーズ」であることが認知され、同年「流れる星は生きている」も「大映専売の母シリーズ」「母映画引揚者篇」と記される。この時点ではまだ「母映画」であるが、同年昭和24年11月の「母灯台」では「『母』物」と呼ばれている（昭24・11・上旬）。以後「例の『母』もの」（昭25・3「母椿」）、「大映十八番の母もの」（昭26・3「母月夜」）と、「母」をテーマにした作品は総じて〈母もの〉と呼ばれている。よって昭和二十四年末から二十五年頃には〈母もの〉という呼称と共に一つのジャンルとして定着したようだ。

＊

『キネマ旬報』から〈母もの〉のストーリーを抄出できたものは、昭和二十三年、三益愛子主演の「山猫令嬢」をはじめとして81本を数えた。隆盛期としては昭和二十六年から三十年までの五年間で、その八割を占める。昭和三十一年から三十五年までには19本、それ以降（昭和三十六年～）には記事が拾えなかった。よって昭和三十五年頃が〈母もの〉映画の終焉とみられるが、それでも戦後十年以上にわたり量産され続けたわけである（別表1参照）。寺山が少年時代に見た「大映の一連の母物映画」の位置を確認しておくと、初期においては（昭23～25）

大映が独占しており、ストーリーの型も初期の大映作品にほぼ出揃っている。以後は松竹、東映などが参入してきたため、全体に占める三益作品の割合は四割程度となる。[*5]

【別表1〈母もの〉映画上演本数と三益愛子作品の割合】

	上演本数	大映作品	三益愛子主演	三益作品の割合
昭和23年	2	2	2	100%
昭和24年	5	5	5	100%
昭和25年	3	3	3	100%
昭和26年	9	4	4	44%
昭和27年	16	5	5	31%
昭和28年	8	3	3	38%
昭和29年	10	4	4	40%
昭和30年	9	1	3	33%
昭和31年	6	2	2	33%
昭和32年	1	0	0	0%
昭和33年	6	2	2	33%
昭和34年	4	1	0	0%
昭和35年	2	1	0	0%
計	81	33	33	41%

栗坪良樹が指摘するように「一九四八年から始まった〈母もの〉ブームは、奇しくもこの年、寺山少年が母に捨てられた年でもあり、彼の孤独と寂寥を慰めるかのごとく、あるいは逆に逆撫でするがごとくに、矢継ぎ早に連続映画のように〈母もの〉映画が続いていった」(『寺山修司論』)。伝記的事実に照らして言えば、「母三人」が封切られた昭和二十四年四月に、寺山は三沢から青森に転校し親戚のもとへ預けられる(栗坪論の一九四八年とは一年の違いがあるが、青森への転校時期に関しては「序章」に記した)。以後、高校を卒業し上京するまでの間、九州へ働きに出た母と生き別れの生活を余儀なくされた。寺山が一人残された昭和二十四年は〈母もの〉映画が世に「母もの」と認知された時期であり、寺山の高校時代にかけてピークを迎える。

かくして少年時代の寺山は映画に隣接して生活する。寺山を預かった坂本家は、青森市内で最も大きい映画館「歌舞伎座」を経営していた。[*6] 青森の映画人口「年間一人当入場回数」は、昭和二十七年度が「4・05回」、二十八年度が「4・95回」で、全国平均(昭和27年「9・7回」／『放送五十年史 資料編』)には及ばないものの東北地方では宮城県に次いで多い(『映画年鑑』各年／時事通信社)。地方においても映画は大衆の生活と密着していた。[*7]

寺山も参加していた青森俳句会『暖鳥』では「映画がわれわれが生きてゆくための必需品になりつ、ある」として、「映画を俳句」に詠むという企画が行われている(「映画を俳句にすれば」『暖鳥』昭28・3)。そして「哀愁」「逢曳」「ひめゆりの塔」「母子鳩」などを題材にした句が詠まれ、高校生の寺山もフランス映画「肉体の悪魔」を「素材」とした俳句を披露している――「風の葦わかれの刻をとどめしごと」。

◉――〈母もの〉と「涙」

映画が人々の生活に浸透していたなかで〈母もの〉が量産されたのは、「地方」の婦人を固定客としていたことが大きい。[*8] 水口論には映画会社側の事情として、「母ものは、大映が地方に持つ契約館に配給することを計算して手がけたシリーズ」であったこと、「母もの」がシリーズ化されたことは「興行価値つまり売上げに貢献する画」としての役割を担うことを意味していたことが指摘される。

「地方」の様子については、同時代の「日本母性愛映画の分析―「母もの」は何故泣くのか／泣かせるのか」（鶴見和子／高野悦子／鈴木初美）（『映画評論』昭26・5）に次のように描写されている。――「田舎の人たちは母ものがかかると、何ヶ月も待ち切れず、附近の小都市の映画館まで、朝早くから弁当持参で、遠足のように喜々として出掛けてゆく。農村婦人にとつては、この種の映画を見ることが、このうえない娯楽であり、映画館側でも、母ものの週には、特別にお茶のサービスをするところさえある」。しかし「地方」で好まれるという特徴は、同時に〈母もの〉が感傷的で封建性を温存すると酷評されることにも繋がる。

〝母もの〟が成立するにはその前に結婚生活が何かの形で破綻するか失敗しているからだ。その悲劇の根源を見ずに、その結果だけで客を泣かせようというところに日本映画の封建性が出ている。要するに、作る方も観る方も、まだまだ古いのだ。（無署名「映画 妻ものと母もの」『朝日新聞』昭30・7・18）

殊に「泣かせる」手法が「進歩的でない」と批判の的になる。[*9] しかしながら同時期の長谷川町子『サザエさん』第十四巻（昭29・12、姉妹社）にも、「母もの」の「涙」が登場する。[*10] 内容は、夏休みに田舎の親戚宅へ遊びに来ていた「ワカメ」がホームシックから泣き出す。親戚のおじさんから気分転換に「がっこうでエイガがあるからみてきな」と送り出されるが、「ワカメ」と「サザエ」は泣きながら帰ってくる。いわく「母ものエイガだった」という落ちである。大衆にとっての〈母もの〉は、やはり「泣かせる」ことが重要なポイントであったことがこの四コマ漫画にも凝縮されている。映画評の中にも「涙」を肯定する評も見られる。――「三益愛子主演の母物映画が風靡した。とことんまで、下町のおッかさんである。これが映画女優三益愛子の存在をはっきりさせた。彼女の守り本尊は涙である。なまじインテリぶったものを持たないだけに、三益愛子はいじけずにこの守り本尊をだきしめたのである」（無署名「映画人クローズアップ」『キネマ旬報』昭29・11・下旬）。

戦後、旧民法の家族制度が廃止され、新しい家族像が模索される中、家族制度払拭の啓蒙がすすめられていた。昭和二十九年六月『文芸春秋』には「親孝行無用論」（戸川行男）として、学校の新しい科目「道徳」に「親孝行」をうたうのは有害であるという論文が掲載される。その行き着くところは「親の捨て方・捨てられ方」（「共同研究・第三部・家族」『婦人公論』昭34・11）となり、「日本で新しい家庭を築くためには、封建的な家族関係をぶちこわさねばならない」という意見がメディア上の主流になってゆく。

一方では、この新しい価値観に早々ついていけない人も多かったと思われる。制度的に親子関係が揺らぐなか、母と子の絆を訴える〈母もの〉に安堵した大衆も多かったのではないか。内容が「進歩的」であるか否かは、観客にとって問題ではない。〈母もの〉は「泣かせる」「涙」こそが慰めであり、それは大衆の生活感情と切り離せないものであった。それゆえ進歩的メディアからの酷評にもかかわらず、戦後十年以上にもわたって量産され続けたのではないだろうか。

2　ミシン踏む母――母子世帯の苦労

●――二つの若者の反応

瓜生忠夫『日本の映画』（昭31・4、岩波新書）に収録される「母の発言・『母もの』映画批判の座談会／昭和30

年11月」には、かつて大映の企画部にいた菅井幸雄から、次のような実話が紹介されている。

「母もの」で大体泣かれる方というのは、四十代から上の女の方が圧倒的に多く、……一種の精神的慰安をしに来ておいでになるのをかんじる。(中略)ティーンエイジャーとか、二十代の方はほとんど共感していない。ですから、「母もの」映画をやるときには、若い人向きの別な作品を用意して、二本立でやっています。

この発言を受けて参加者の高校生も「ああいう映画を観て泣くことなんかありません」と言う。出席者は、10人中7人が家庭の「主婦」である。夫の職業が付されているが、「会社員」3人、「大学教授」2人、「新聞記者」1人、と比較的生活水準が高い人たちの座談会である。

しかし一方、『日本映画俳優全集 女優編』「三益愛子」の項には、これとは正反対の「若者」の反応が記されている。

母物は、単に同世代の庶民の中年女性に受けただけではなく、若いファンも多かった。日本がまだ貧しかった戦後の時代に、貧しい少年少女ファンは、つらい貧しい生活に耐えている自分たちを、もっとつらい生活に耐えながら、じっと子供を見まもり続けている〝尊い母〟がいると思い、そのシンボルを三益愛子という女優に見たのである。……当時、彼女のファンは、これらの母物映画を単なるお涙頂戴のつくりものとして見ていたのではなく、もっと真剣に自分の身に引きつけて見ていた。(佐藤忠男・司馬叡三)

佐藤忠男は、若者にも真剣な〈母もの〉ファンがいたというのである。先の高校生が〈母もの〉を否定する態度とは異なるものだ。また水口論においては佐藤のこのような見方（『日本映画と日本文化』一九八七年七月、未来社）に対し、当時にしても「母の苦労」を思って泣けたりする子が世の中のすべてではなかったはず、と反論がある。つまり一口に若者の反応と言っても、その反応は共感型と反発型の二つに別れ、個人が置かれた生活環境によって〈母もの〉映画の見方も異なってくるということになろうか。

さて、自ら〈母もの〉ファンだったと称する寺山は、「場末の映画館で見た三倍泣かせる映画『母三人』の主題歌、乳房おさえてあとふり向いて／流す涙も母なればこそなどは、いまでもすらすらと唄えるほどである」と述懐する。映画を「真剣に自分の身に引きつけて」見ていた一人に違いなく、スクリーンの「母」を自分を見守ってくれる「尊い母」と思い込み、慰められた側の若者であったようだ。

◉――短歌にみる「ミシン踏む母」の光景

以下は高校時代の寺山短歌（昭和27年　青森「石川啄木祭」記念文集）と、同時代に詠まれた短歌である（『昭和萬葉集』巻九、昭和25〜26年／昭54・9、講談社）。

さむき部屋にひたすらミシンを踏む母よ父が還らば嬉しと思ふに　寺山修司
君あらばすがりて泣かむかかる日の嘆きにも堪へミシン踏みゆき　磯部智恵子
弱音など吐くな吐くなとミシン踏む深夜の冷えにあらがふごとく　板垣喜久子

閑散とした寒い部屋の中、カタカタという足踏みミシンの音だけが単調な一定のリズムを刻んで響く。三首に共通する光景は、「ミシンを踏む」という「内職」行為が、戦後の未亡人（母子世帯）の生活を象徴するものとして詠まれていることである。[*11]

二、三首目に共通する連用止めの結句「ミシン踏みゆき」「あらがふごとく」とは、女一人ミシンを踏んで生きる現実が、まさに現在進行形のものであることを表現している。

無言で「ミシン」を踏む心の内には、言いたいことが山ほどある。しかし他人には言えない「嘆き」や「弱音」をも「ミシン」に踏み込みつつ、「深夜の冷え」、世の冷たさに「あらがふごとく」生きなければならない。孤立無援の現実にあって「君あらば」という願いは虚しいものと知りつつ、時にそう思わずにいられない。――そんな母の胸の内を、寺山短歌では子の立場から思いやり「父が還らば嬉しと思ふに」と詠んでいるのである。

◉――〈母もの〉の戦後的特徴

昭和二十年代に〈母もの〉が量産された背景として、第二次世界大戦の傷痕ともいえる、母子世帯の増加があったことも考えられる。〈母もの〉は基本的に父親不在の物語である。ストーリーの型は戦前からあったものでも、戦後ゆえの特徴が〈悲劇の要因〉として盛り込まれている作品が多い。具体的には、戦争による生き別れ、戦争未亡人（母子家庭）の苦労、引き揚げ問題、戦犯問題といった要素が、戦後の〈母もの〉の特徴としてあげられる。以下ストーリーの型を大きく四つに分類してみた（重複する作品もある）。

1　母子別離と再会の物語　（45本）
2　女手一つで子を育てる母子世帯の苦労物語　（31本）
3　複数の母（生母・養母・義母）をめぐる物語　（18本）
4　親子の対立、成人した子に背かれる母の物語　（8本）

「母子別離と再会の物語」が最も多く全体の約半数を占めるが、同ストーリーを盛り込む形で「母子世帯の苦労物語」が次いで多い。

昭和二十七年の報告で母子世帯は約70万を数える（昭和27年『全国母子世帯調査結果報告書』）。昭和二十九年の報告『全国の女世帯』（昭29・3、労働省婦人少年局／『戦後婦人労働・生活調査資料集』22巻　一九九一年十月、クレス出版）にみても、十八才未満の子をかかえる「女世帯」は約72万と推計されている。同資料の調査による未亡人の「結婚の意志」は「無」が「82％」を占め、かなり高い。「子供が足手まといになるからというだけでなく、子供の将来にすべてをかける考え方のあらわれといえるのではあるまいか」と分析がある。

映画の母も基本的には再婚せず、子供の「母」として生きるというものが多い。例えば「母待草」（昭和26年松竹・水谷八重子）では、二人の幼子を抱え女子保護寮の指導員として働く未亡人が主人公である。母は昼夜の暇なく働き、子は母にかまってもらえない寂しさから家出をし、その子を探しに出た母は過労で倒れてしまう。恰好の男性から求婚されるが、二児の母として、また恵まれない少女たちの母として生きたいと断る。その母が深夜に子どもの寝ている傍らで「ミシンを踏む」シーンがあり、先の短歌さながらの光景である。

同世代の若者すべてが〈母もの〉映画に共感していたわけではなかった。その中で寺山が格別に共感的理解をよせたのは、自らも母子世帯の苦労を知っていたからではないだろうか。

3　流転する母

「ミシン踏む母」は戦後の母子家庭を象徴するものであった。しかし「ミシン」のような「内職」では収入に

【別表2　三益愛子映画における母の職業】

	作品年	題名	母の職業
1	昭23	母紅梅	サーカス芸人
2	昭25	母椿	旅芸人（女漫才師）
3	昭25	姉妹星	女優の後、流転
4	昭26	母月夜	流しの大道芸人
5	昭26	母千鳥	寄席の三味線弾き
6	昭26	母人形	流しの艶歌師
7	昭26	母子船	達磨舟の女船頭
8	昭27	呼子星	流しの曲師
9	昭27	母子鶴	女奇術師
10	昭28	母の瞳	サーカス芸人
11	昭28	母波	職業遍歴　宿屋経営
12	昭29	母千草	流しの歌手
13	昭30	母笛子笛	鳩笛の行商
14	昭31	母白雪	剣劇一座の芸人
15	昭33	母の旅路	サーカス芸人

限界もある。母子家庭の一番の悩みは母の就職先を探すことであり、それがいかに困難なことであったかは、次の少年の作文からもうかがえる。

「母と共に暮らす日を」　椎名久悦（十八才 夜学生）
父は南方で戦死し、母はその打げきで一時は病いにつくどん底の生活が六年間続きました。……母は正当な職を血まなこでさがしまわった。そしてやっと結核療養所へ勤めることになった。その条件としては、住み込まなくてはならなかった。子と母とが別れて生活して行かなくてはならないのです。……考えに考えたあげく、やっと私たち三人を納得させた母は今までにないあわれな、そして淋しい表情で家を出た。
（『人生手帖』昭31・1）

住み込みで働かねばならない母と、母と別れて暮さねばならない子。母子世帯ゆえに別離を余儀なくされたケースも多く、この少年の母も子どもを置いて住み込みの仕事に就くしか生きる手だてが無かったのである。

再び「三益愛子の母もの」の特徴として、水口論に「母ものシリーズの母親は、食べるためのの仕事を捨てるわけにはいかない、貧しい芸人であることが多い」と指摘される通り、母の職業は不安定かつ流動的なもので、概して〈流転〉する母というイメージのものが多い（「別表2」参照）。

「旅芸人」の母は、例えば「母紅梅」（昭24）の主題歌に「母はこの世のはぐれ鳥」と歌われる〈流転〉の母である。――「思い切ります諦めましょう／いいえ独りで忍んで生きる／母はこの世のはぐれ鳥／今日もジンタで日が暮れる（詞・清水みのる）」。母と娘は深い情愛で結ばれているが、娘の将来を思って別れを決意し、母は自ら芸人をつとめるサーカスの一座に戻る。良家の子女となり女学生となった娘の住む近くを避けて、母の一座は巡業するが、ある時偶然にも女学校の遠足で田舎町へ来ていた娘と再会することになる。

〈流転〉する母というのは、作品の定型である〈母子別離と再会の物語〉で、別れた後に母の巡業先などで偶然にも子に巡り会う、というストーリー展開に都合が良い。しかし本質的には〈流転〉しなければならない〈母〉を設定することにより、観客の憐憫を誘う戦略であったとも考えられる。[*12]

「子と母とが別れて生活して行かなくてはならない」現実は、先に紹介した少年の作文のとおり戦後の母子家庭の悲劇であり、それは「母は九州の炭坑町にいた。私は、とり残されて青森の場末の映画館の母物映画の常連客になっていた」と記す寺山の身上でもあった。ここでデビュー作「チェホフ祭」の応募原題が「父還せ」であり、高校時代の短歌に「さむき部屋にひたすらミシンを踏む母よ父が還らば嬉しと思ふに」があったことを再び想起したい。それは母子家庭の少年が、その母にかわって「父還せ」と叫ぶ抒情であった。

歌壇デビュー後の寺山は、文壇の〈石原慎太郎現象〉にならい、〈太陽族〉歌人の先駆けの如く評されることもあった。しかし、その初期作品は「父還せ」の叫びを低音部に秘めた〈母恋い〉で貫かれている。それは孤立無援のなかで苦労する〈母〉へのいたわりと、母子別離の寂しさからくる〈母恋い〉の抒情であり、〈母もの〉映画の「涙」に共感する、戦後大衆の生活感情と密着した抒情であった。

そしてそれは同時に高校生の寺山が、自らの〈母恋い〉を作品化することに意識的であったことを意味している。

4　母子別離の抒情と大衆性

◉――寺山俳句の映像性

母と別れて暮した少年時代、「私の日常生活はほとんど、一人の母の不在によって空想に充たされていた」と寺山が語る、その「空想」の昇華される先が俳句であった。例えば次のような前書を添えた俳句がある。

――母は九州にありてわれは青森に学ぶ
母来るべし鉄路に菫咲くまでには（『万緑』昭28・6）

まず前書には、母と子が九州と本州の果て（青森）に別れて暮す状況が説明される。母は生活のために出稼ぎに、残された少年は郷里で勉学に励む日々を送っている。倒置法により「母来るべし」の初句が強調され、確信をもって推量する意を表す助動詞「べし」に、少年の切実な思いが込められている。「鉄路」は「母」と別れた日の記憶をとどめる名残の光景であり、母と自分を繋ぐ「路」でもある。「菫咲く」季節はまだ先であるが、母が帰るはずの春が来るのを頼みとして今日の淋しさに耐え、鉄路の傍らに一人たたずむ、という映像的な光景の浮かぶ俳句である。[*13]

さらに同じモチーフの連作俳句においては、いっそうの意識的な構成がなされている（高校三年時の作品）。

線路の果てに薔薇が咲きます。
母よ。
僕は青白い銅貨をひろいました。

防雪林鉄路は母の帰らむ色
林の秋母のけむりを幸と云わむ
花売車どこへ押せども母貧し
溝たんぽゝお、かた母の夢短き（『暖鳥』昭29・1）

三行にわたる前書は、「母よ」という大衆性を帯びた呼びかけの台詞とともに、映画のナレーションのような導入となっている。そして続く連作俳句は〈母子別離〉の物語を意識した構成になっている。

――防雪林は本州最果ての地にあって、母が帰る手段である鉄路を守るものだ。自分と母を繋ぐ鉄路を凝視しているうちに、その錆びた色にも愛着がでてくる。林の中の苫屋からは炊事の煙があがり、北国の秋はほどなく到来する冬の寒さを告げている。夕餉の台所から立ちのぼる「けむり」は、あるべき母の存在を思い出させる。溝に咲く「たんぽぽ」が健気に黄色い花をみせている様は、自分の成長を頼みに、厳しい生活に耐えている母の姿を偲ばせるのである――。

「線路の果て」に遠く離れて働く母と、別れて一人勉学に励む子。前書から意識的に構成された連作俳句において、〈母子別離〉の情景を映像的な作品世界として演出している。

◉――駅の情景

〈駅〉は母と最後に別れた場所であり、その鉄路にたたずむ少年の姿が、高校時代の俳句において映像的に印象づけられていた。〈駅〉は別れと新たな人生の出発の場として、その時の想いを象徴する空間として描かれる。*14 例えば作家の水上勉（一九一九――二〇〇四年）が京都の禅寺へ出立する際に、〈母〉と別れた「小浜線若狭本郷駅」を終生忘れえない「故郷の駅」として記している。

出発する日は二月の雪のふるさなかだったので、駅舎も、田圃も、山も、桜の枝も、白一色になっていた。レールだけは二本の黒い糸をのばしたように浮いていた。／母は蓑を着ていた。私は菩提寺の和尚にひきたてられるようにして、線路をこえて、汽車にのった。この時、上り列車がまだ構内へ入ってきていなかったので、連結台のところから改札口の方を見すえると、母が、部落からいっしょについてきた犬を足もとにすわらせて、改札の木柵に両手をついて、私の方を見ていた。私が手をふると、母はペコリと一つお辞儀した。（中略）私は、母のみすぼらしい蓑を着たすがたにではなく、お辞儀がかなしくなって、泣きたくなるのに耐えた。九歳であるから、小学三年のときのことだ。／若狭本郷の駅のことを私は、この日以来わすれたことがない。

（「小浜線若狭本郷駅―故郷の駅」『停車場有情』昭55・11、角川書店）

列車が到着し出発する〈駅〉、それは自分史の中の大きな転換点として記憶され、そこへ立ち帰るたび〈母〉〈故郷〉を想い出し、往時の自分にもどる原点の場として描かれる。それが少年の日の生き別れだけに、いっそう悲しく思い出されるのである。寺山も自己体験としての〈母子別離〉を〈駅〉の情景の中に描いている。

古間木の駅前で、私が最後に聞いた歌は、美空ひばりの「悲しき口笛」であった。

いつかまた逢う指切りで
笑いながらに別れたが
白い小指のいとしさに（ママ）

という歌をききながら、私は改札口を一人でくぐった。見送りに来た母が、私を改札口から送り出したところで、くわえていた煙草を捨てると、その煙草についていた口紅が私の目にとまった。そのときは、休日の鮒釣りにでも出かける位にしか思わなかったが、それが私と母との生きわかれになったのだった。だから、私は美空ひばりの「悲しき口笛」をきくと母のことを思い出す。

（『誰か故郷を想はざる』）

私が母と生き別れをすることになったのは、終戦五年目の夏である。／九州の炭鉱町へ酌婦をしにゆくという母を、青森駅まで送っていって、二人でだまって夜泣きうどんを食べた。……連絡船の汽笛が、ときおりきこえてくるほかは、駅前は森閑としていた。……そのとき、夜泣きうどん屋のラジオから流れだしてきたのが、美空ひばりの「悲しき口笛」であった。

いつかまた逢う／指切りで／笑いながらに別れたが／白い小指のいとしさが

という唄で、「白い小指の」というところから「しーろいー、こゆーびーのー、いーとしさあああが」とひきのばすと、涙がつまってきた。

（『日本童謡集』「プロローグ・私の童謡体験」昭47・11、光文社）

同じ場面を描いたはずの二つのエッセイにおいて、母と別れた場所が「古間木駅」であったり「青森駅」であったりと信憑性に欠ける一面はある。しかし栗坪良樹も『誰か故郷を想はざる』のこの場面にふれ「「悲しき口笛」が、寺山一家崩壊の歴史を際立たせている」と指摘するように（『寺山修司論』）、ここで重要なのは別れた場所が「古間木駅」か「青森駅」かではなく、その時「悲しき口笛」（詞 藤浦洸・曲 万城目正）が流れていたということであろう。[*15]

寺山自身、この「悲しき口笛」について興味深い発言を残している。――「それは、私と母との生き別れを思い出させる一つの「主題曲」となった。私は、この唄をできるだけ聞かないようにしていたが、大ヒットしていたので、否応なしに耳に入ってきた。そのたび、私は母との関係を思い出のなかで反復させられ、しだいに、そのことを複製化してゆくことを覚えた」（「美空ひばりを歴史する試み」未刊行エッセイ『墓場まで何マイル？』収録、二〇〇〇年五月、角川春樹事務所）。〈駅〉の場所が二つのエッセイで異なるのも、「思い出」が寺山自身の中で「複製化」される過程で生じたズレと考えればよいのだろう。

さて「悲しき口笛」のメロディーが流れる駅である。寺山が母と生き別れた昭和二十四年、美空ひばりの出世作となった映画「悲しき口笛」（松竹）は公開された（『新版日本流行歌史』一九九五年一月、社会思想社）。「悲しき口笛」は、戦争で生き別れになった兄と妹の再会物語であり、ストーリーとしては〈母もの〉と同型である。出征する前に兄が作曲してくれた「悲しき口笛」を唯一の肉親の絆として、妹は再び兄とめぐり逢うことが出来るのである。当時の「美空ひばり人気」を南博は次のように分析している

美空ひばりの流行歌は、……少女のジャズ歌手に対抗するために作られた「洋風もの」があるが、それらは美空の本領ではない。……「ひばり物」は、「母もの」映画、「涙もの」映画のファンだけではなく、浪曲の

ファンにもアピールする。封建的な家庭感情の要素をもっている（後略）。（「流行歌の問題」『文学』昭28・11）

美空ひばりの「本領」ともいうべき〈母もの〉の要素を含む「悲しき口笛」は、母子別離の場面を演出するのにふさわしく、その旋律は戦後の哀愁を包容するメロディーとして人々に記憶されるものであったのだろう。

短詩型文学の場合、〈読者〉の〈作者〉に対する興味関心は強い。そして寺山自身がそのことに意識的であったと思われる。自伝エッセイには、この「悲しき口笛」にまつわるエピソードのように、〈母もの〉に通じる大衆性を帯びた自画像がしばしば描かれているのである。

おわりに

最後に再び高校時代の俳句に戻ろう。寺山も投稿していた俳句誌『氷海』を主宰する秋元不死男は、寺山を代表とする青森高校俳句グループの作品を「泣き所を見つけて、ホロリとさせる術を心得る」ものであると評した（「短歌と俳句の間」『短歌』昭30・5）。先にみた「――線路の果てに薔薇が咲きます。母よ。僕は青白い銅貨をひろいました。――」を前書とする連作俳句などは、まさにそれに該当するものであろう。秋元は「泣き所を見つけて、ホロリとさせる」俳句は「文学臭」のあるもので、そこへ傾くことを注意すれば「いい作家がこのグループから輩出する」であろうと助言していた。それというのも秋元は、俳句における連作を否定する立場をとっており、連作における「流れる抒情」は本来「短歌」のもので、「俳句」には不必要であるとの俳句観を持っていた。秋元の忠告は同時に、図らずも「俳句から短歌へ」と寺山の抒情の進むべき方向性を予見するものとなった。

高校生作家として寺山が作る〈母もの〉俳句は、一部に俳句の世界では知られたものだった（第五章参照）。寺山俳句が作品としての虚構化を既に含むものであり、少年時代の寺山が〈母もの〉映画のファンであったという事実を思い合わせるならば、「泣き所を見つけて、ホロリとさせる術」は、〈母もの〉映画の演出から自ずと学んだ手法だったのではないだろうか。〈母子別離〉の抒情を底流とした寺山俳句は、〈母もの〉映画に通底する郷愁と大衆性を感じさせる。

初期の寺山の短詩型文学は、自ら戦後の母子家庭を生きる貧しい若者の一人として、大衆文化の共感的理解の上に形成されたものであった。それは「父還せ」の叫びを低音部に秘めた〈母恋い〉の抒情であり、〈母子別離〉の〈母もの〉映画に涙する、戦後大衆の生活感情と密着した抒情であった。俳句に目覚めた頃より創作家として野心を持つ寺山にとって、〈母恋い〉は創作の源泉でもあり、殊に連作俳句においては〈母もの〉映画さながらの映像的な構成が演出されていた。

その後の創作活動においても、昭和三十年代後半からテレビの仕事で〈母もの〉ホームドラマの脚本を手掛けたり、昭和四十四年には流行歌「時には母のない子のように」をプロデュースしたりと、大衆にアピールする〈母もの〉作品を生み出していく。少年時代に〈母もの〉文化に接して育まれた寺山の大衆性は、後の創作にも活かされたと考えられる。

注

＊1　評伝では「寺山はつ」との確執を中心に語られることが多かった。研究書では野島直子『ラカンで読む寺山修司の世界』（二〇〇七年）が精神分析学の見地から、「十代における句作りの精神分析的考察」をはじめ寺山の親子関係の解読を試みている。

＊2　一九六九年三月二十日に寺山修司と石子順造は、静岡の美術グループ「幻触」の企画する講演会に二人で招かれて、静岡県民会館（当時）で講演を行っている（飯田昭二「石子順造さんとグループ「幻触」」『静岡の文化』61号、二〇〇〇年）。静岡では近年「石子順造とその仲間たち展」という回顧展が行われた（二〇〇一年五月～九月、虹の美術館／本阿弥清編『石子順造とその仲間たち・対談集・静岡からのメッセージ』二〇〇二年十一月、環境芸術ネットワーク）。石子順造の墓石は静岡県藤枝市の長楽寺にある。

＊3　〈母もの〉映画の活字資料としては『日本映画作品辞典・戦後篇』（日本映画研究会編、平10・6、科学書院）、『日本映画俳優全集・女優編』「三益愛子」（佐藤忠男・司馬叡三）も参照した（キネマ旬報増刊一九八〇年十二月）。また早稲田大学演劇博物館が所蔵する謄写版台本があるものは閲覧した。

＊4　山本喜久男『日本映画における外国映画の影響―比較映画史研究』（一九八三年三月、早稲田大学出版部）「母性愛映画」の項によれば、「母もの」の源流は大正末年から昭和初年にかけてアメリカ映画を同化させた形の「母性愛映画」が日本に定着し、戦後に「母もの映画」として復活したという。作品としては「オーバー・ザ・ヒル」や「ステラ・ダラス」などがあげられる。外国映画からの影響は『キネマ旬報』映画評でも指摘されている、「「オーバー・ザ・ヒル」型の陳腐な悲劇」（昭和26年「月よりの母」評他）。

＊5　タイトルも大映・三益作品に原型があり、漢字三字の題名が最も多い（漢字三字のタイトル32作品中、20作品が三益作品）。なかでも「母＋熟語」の組み合わせが多い。「母紅梅」「母灯台」「母月夜」「母千鳥」「母人形」「母山彦」「母時鳥」「母千草」など。水口論では「母」を冠したタイトルの「韻律効果」について言及される。――「大映母ものの大部分を占める「の」無しのタイトルからは、自然の風物を母性と等価値に結びつける直喩力が発せられる」「母は紅梅・椿・千草に宿り、千鳥・鶴・時鳥は母の愛を伝え、月夜に見上げる星が母の面影を呼び、……母の曲が鳩笛に託されている。……「はは」の魂は自然界に宿り、どこかに潜んで最後の砦、最後の防波堤として受け止めてくれる」。

また親子の組合せの原型も大映・三益作品にある。子の数は「一人」が多く全体の六割を占める。性別も含めた親子の組合せとしては「母と一人娘」が多く全体の四割を占める（「母と一人娘」作品31本中、18本が三益作品）。この親子の組み合わせは、山村賢明『日本人と母―文化としての母の観念についての研究―』（昭46・3、東洋館出版社）に分析されるテレビドラマ「おかあさん」（昭和34年〜38年対象）と比較すると対照的である。テレビドラマ「おかあさん」においても子は「一人」が多い（六割）という点は共通するが、子の性別において「息子」が「娘」を上回っている点が映画の〈母もの〉と異なる。山村は「母――息子の関係を扱ったドラマが一番多く41%で、母――娘の関係（34%）にくらべてより〝ドラマチック〟であることがうかがえる」と分析する。

＊6　『全国映画館名簿』（昭33・5、全国映画館新聞社）によると、「歌舞伎座」は洋画中心の映画館で客席定員「八八六人」、青森市内の映画館22館のうちで最も大きいものである。同資料による「青森市人口」は十九万五六五一名。

＊7　戦後復興と共に映画産業は急成長していた。年間16本の〈母もの〉が作られた昭和27年には、年間八億三千二百万人の入場人員を数え、国民一人当たりの映画館入場回数は年間九・七回、昭和33年のピーク時の十二・三回に迫る勢いである（『放送五十年史 資料編』昭52・3、日本放送出版協会）。

＊8　水口論においても『キネマ旬報』「日本映画批評」の〈母もの〉評について、「地方向き、涙頂戴、紅涙型、新派悲劇、浪花節調、おぞましい、などが定型句として固定化した」と概括される。「三益愛子の母ものなら地方では絶対のつよさだろう」（『キネマ旬報』昭29・4・下旬）とあるように、都市部では古い型の「母」は共感を呼ばないが、「地方」では共感されるという意を含んでいる。

＊9　〈母もの〉の「涙」を批判した同時代評から。「「悲しい映画が」一般に女性に受けるのは、女性が、社会意識に目ざめることがおそく、個人的な涙をもっているからだと言われないだろうか。そしていまの日本の「悲しい映画」には、いわゆる家庭悲劇が多いのもそれである。そして映画そのものも、涙をねらったものは、進歩的でないという一般傾向をもつ」（望月衛「映画の大衆性」『夢とおもかげ』思想の科学研究会編、昭25・7、中央公論社）。「母物には、流行歌以上にはっきり日本的マゾヒズムがあらわれている。……しのび泣きや、涙をこらえる姿勢のうちに、日本的マゾヒズムが象徴されている」（南博『体系 社会心理学』昭和32・11、光文社）。

＊10　昭和二十九年の『サザエさん』十四巻に「母もの」の題材があることは、樋口恵子『サザエさんからいじわるばあさんへ――女・子どもの生活史』の「サザエさん年表」に教えられた（一九九六年三月、晩聲社）。

＊11　茨城未亡人連合の機関紙「母子草」の歴史をまとめた、鈴木律子編『未亡人たちの戦後史――茨未連「母子草」から――』（昭58・6、筑波書林）には、未亡人たちが自立を目指して連帯し、内職斡旋などを自分たちで起こしていく活動の歴史で、ミシン内職で三人の子を育てあげた母の体験記等も収録される。

＊12　「芸人の母」を演じる三益愛子について水口論では、他の女優には真似できないものであり「浅草界隈の舞台や観客としっくり馴染む母親役」は、その芸歴（漫才師他）によるところが大きいと分析がある。また「放浪芸人の母」という設定に関しては、「戦後の一般観客の同化作用を考慮するとき、いまひとつ不自然」、「物語の設定する1951年当時にしたところで、日本国内では女性芸人の人口は稀少」であったという。しかしながら「芸人」でなくとも、生活の事情から「放浪」（流転）する「母」は少なからずいたと考えられる。現に寺山母子も生活のために生き別れを余儀なくされ、未亡人の母は職を求めて昭和二十年代の米軍基地を流転した（青森三沢――九州芦屋――東京立川）。

＊13　この一句は自信作であったのだろう。中村草田男主宰『万緑』の他、秋元不死男『氷海』にも「父を亡くして七年母は九州にあり」と前書に変化を加え投稿している（昭和28年7月）。『読売新聞』「青森よみうり文芸」にも入選し（昭和28年8月6日）、「八月入賞者佳作」として再掲載される（昭和28年10月16日）。

＊14　〈母もの〉映画においても、別れや再会のシーンにしばしば〈駅〉は登場する。別離のシーンとして「母恋星」（昭24、大映）から。小間使いゆえに男との仲を裂かれた身重の主人公は、未婚の母として子を産み、母子二人で生きる。十数年後、子の父である男と再会するが、男にはすでに妻がおり、子だけを引き取りたいと迫られる。母は子の将来を思い、悩んだ末に子を手放す決心をする。最後の一日を奈良で遊んだ母子は、奈良駅のホームで別れる。改札口の看板「京都行き」「大阪行き」の案内がクローズアップされ、母はわざと冷たく子を突き放し「京都行き」（成功した父が立派な屋敷に住む）のホームへと子を促す。母は身を引いて一人「大阪行き」（母子が暮して

いた粗末な家がある）のホームへ向う。また〈駅〉における再会シーンとして「母千草」から（昭29、大映／謄写版シナリオ・早稲田大学演劇博物館蔵）。戦前に満州へ出稼ぎに行った母が、戦後帰国して成長したわが子と再会するシーンである。「夜の駅へ列車がすべり込んでくる。美津子（娘）がホームを駆け出して、まだ動いている列車の窓をのぞく。（中略）美津子が気品ある令嬢風で立っている。キミ（母）は我が子の美しさに目を見張って。……「まあ、お前が美津子　お前がお前が」と見得もなく美津子の躰を抱く」。このように〈駅〉は別離と再会の場面に重要な役割を果たす。

＊15　寺山が「悲しき口笛」に特別な思い入れを持っていたことは事実である。鶴見俊輔との対談では、美空ひばりの舞台では必ず「悲しき口笛」を歌ってもらいたいと語っている。そして自作でも評判のフレーズは繰りかえし「再現」しなければ「不誠実」ではないかという。鶴見は「それは芸能人の魂で、いわゆる純文学にはないものじゃないですか」と答えている。「芸能人の魂」というのは、〈大衆文化研究〉を主眼とする『思想の科学』の立場からすると誉め言葉といえよう（「語りつぐ戦後史・今はまだ千早城」『思想の科学』一九六九年十一月）。

【付記】　藤沢市で一九九六年より公演が継続される「遊行かぶき」（遊行寺の本堂を舞台とする）。その実行委員であり、作・演出を手がける白石征は、寺山の〈母もの〉の源泉を中世説教節にみる。――「日本の芸能の一つのルーツといえる場が、神奈川県藤沢市にある。「をぐり」「さんせふ太夫」「しんとく丸」……。人間の受難と再生、別れと再会を哀切に語る説教節をはぐくんだ時宗の総本山、遊行寺だ。……出版社に就職後、編集者として付き合った寺山修司の「身毒丸」の舞台。戦後の復興と繁栄のかげにも、説教節の世界は見え隠れしていた」（白石征「まつりの演劇「遊行かぶき」への道」『遊行フォーラム十五年のあゆみ』二〇一〇年十一月、遊行フォーラム実行委員会発行）。筆者も白石征演出「さんせう太夫――母恋い地獄めぐり」を観劇した（二〇一一年九月九日）。寺山の〈母もの〉の源泉を感じさせられる、鬼気迫る〈母子別離と再会の物語〉であり、厨子王と母の再会に観客は「涙」していた。なお白石征氏は昭和四十年代に、新書館より寺山修司の詩文集（フォア・レディースシリーズ〉を編集し、世に送り出した人物でもある。

第五章　橋本多佳子『七曜』との交流――昭和二十九年 奈良訪問の記

1　『七曜』にみる寺山修司

◉――『七曜』への投句

高校時代の寺山が、学校内や青森県内での文芸活動に飽き足らず、全国の俳句誌にも積極的に投句していた事実は『寺山修司俳句全集』の刊行により明らかになった（一九八六年、以下『俳句全集』と略記する）。山口誓子『天狼』、中村草田男『万緑』、橋本多佳子『七曜』、秋元不死男『氷海』、西東三鬼『断崖』など。これら寺山が投句していた俳句誌のうち『七曜』、『氷海』、『断崖』は、山口誓子が主宰する『天狼』系の俳句誌である。なかでも『七曜』への投句歴は長く、昭和27年5月（高校二年時）から昭和30年1月（大学一年時）まで掲載があり、歌壇デビューを果たす昭和29年にも毎月継続して投句していた（表1参照）[*1]。

『七曜』は昭和二十三年、創刊号の表紙に「天狼系作家集団」と銘打たれるように『天狼』をめぐる俳句誌の一つとして生まれ、『天狼』を目指す若き俳句作家の登竜門としての役割を担っていた（昭23・1）[*2]。創刊号に寄せられた山口誓子の言葉には、『天狼』は「成年」の雑誌で「掴むべきものがわからなくて探し索めるといふのではなく、掴んだものをいよいよ確かめるといふ行き方」を志向し、対する『七曜』は「未成年」の雑誌で「作品は、掴むべきものがわからなくて探し索め、探し索めしてゐる」と、両誌の棲み分けが述べられる（山口誓子「〃七曜〃は」『七曜』昭23・1）。

【表1　昭和29年――俳句雑誌にみる寺山修司の掲載句数】　（青森県内発行の句誌）

	『七曜』	『万緑』	『氷海』	『天狼』	『麦』	『暖鳥』	『寂光』	『青年俳句』
昭29年 1月	3	3	4			25	4	
2月	3		4	1		5	4	
3月	4	3	4			4	5	5（創刊）
4月	4	4						
5月	7	4	4					
6月								
7月	3	4						10
8月	3	4						
9月		4			3	7		10
10月	4	3			10			
＊11月	4	4						
12月	3	3			4			10
昭30年 1月	4					27		
2月								
3月								20
								昭31年12月146句

＊昭和29年11月『短歌研究』五十首応募作品「チェホフ祭」特選・歌壇デビュー

寺山は『天狼』にも熱心に投句したと思われるが、完成度を求められる『天狼』へは、計14句が掲載されるのみである（昭和27年～29年）。他誌と比較するとその採択率は低いと言わねばならない。
一方、「未成年」の句誌であることを許された『七曜』では、延べ百句（重複句を除くと97句）が掲載されている（昭和27年～30年）。高校生の俳句作家として寺山修司の存在は、主宰者橋本多佳子および『七曜』同人に目を留められるものであった。本稿の前半部では、『俳句全集』未収録の資料も併せて、昭和二十年代後半の『七曜』誌上に寺山修司の存在をみていきたい。

●――橋本多佳子による寺山句の評価

寺山が橋本多佳子から受けた影響については、つとに三浦雅士が指摘するところである（『寺山修司――鏡のなかの言葉』一九八七年）。三浦は橋本多佳子『紅絲』（一九五一年六月、目黒書店）の作品世界と、寺山句との接点を「髪」などの語を通じて論究している。そして寺山が、草田男、誓子、三鬼といった俳人から影響を受けつつも、「橋本多佳子の場合はいささか違っているように思われる」として、その理由を夫と死別した女流俳人の情念にみる。「強引にいえば、寺山修司はそこに、若き未亡人である自身の母、しかも遠いところに居る母の姿と重なり合うものを見出しえた」と。[*3] 参考までに『紅絲』から〈母〉の句をあげておこう。

ねむたさの稚子の手ぬくし雪こんこん
子を想ふとき詩を欲るときを枯木立つ
童子寝る凩に母うばはれずに
母の手より穂絮の一つづゝとびゆく
母と子の間白露の幾千万

橋本多佳子の影響は初期の寺山作品にとって重要なものである。そこで〈母〉の句に留意して『七曜』の寺山句をみてゆくと、〈母〉が詠まれる作品は17句が採られている。掲載にあたっては橋本多佳子の選を経ている。

【寺山修司『七曜』掲載の〈母〉の句】

昭和27年（青森高校二年生）
11・12月（合併号）　落穂拾ひ母とこのまゝ昏れてよし
昭和28年（青森高校三年生）
1月　鬼灯赤し母より近きものを恋ふ
　　渡る雁ベッドに母を抱き起す
3月　山鳩啼く祈りわれより母ながき
5月　氷柱滴る母の部屋より海見えず
　　母に沖浪ばかり近きに雪耕され
6月　麦廣らいづこに母の憩ひしあと
7・8月（合併号）　花売車どこへ押せども母貧し
　　母の風呂焚けば夜汽車は遠くさむし
11月　夜濯ぎの母へ山吹流れつけよ
12月　母は息もて竈火創るチエホフ忌
昭和29年（早稲田大学一年生）

1月　溝たんぽゝおゝかた母の夢短かき
2月　防雪林鉄路は母の帰らむ色
3月　冬の森谺はすぐに母を越えて
7月　夏の蝶木の根にはづむ母を訪わむ
8月　芯くらき紫陽花母へ文書かむ
10月　黒穂抜く母と異なるわが故郷

『七曜』誌上に採られた寺山句には、主宰者である多佳子の好みが選にあらわれていると考えられる。それが証拠に寺山の〈母〉の句は好意的に評価されていた。以下、多佳子による寺山句の評文である。

山鳩啼く祈りわれより母ながき　寺山修司

額づいて祈る母と子がゐる。／母と並んで祈つてゐた頭をあげると母はなほ祈りつゞけて額づいてゐるのであつた。山鳩のこゑはこの二人を包む様にほうほうと啼いてゐる。作者は何か心をうたれてなほも母のうなじに眼を落してゐる。／若い美しい句である。

（橋本多佳子「七曜集より」『七曜』昭28・3）

「母はなほ祈りつゞけて額づいてゐる」と、評文には敬虔な聖母の如き〈母〉の像が結ばれている。寺山が多佳子句に「あるべき母の姿」を見たという視点（三浦）は、多佳子の側からも寺山句に対して向けられていたようだ。「心をうたれてなほも母のうなじに眼を落してゐる」という眼差しには、『紅絲』の作者である女流俳人の視線が重ねて感じられよう。

高校卒業後の投句にも選評があり、寺山の成長の様子が温かく見守られている。

芯くらき紫陽花母へ文書かむ　　寺山修司

この句は芯くらきに一切が集中されてゐる。／大きなあぢさゐの花の芯にくらきと翳を発見した作者の感覚は新鮮であり鋭い。／あぢさゐが抱く美しい翳から母の膚を感じ恋ひ、長い手紙を書かせた。「芯くらき」発見は若人の抒情であり、しかも抒情のみに流れない具象性がある。／この作者も最近東京の大学に入つたばかりの若人である。今後が楽しい。

（橋本多佳子「七曜集鑑賞」『七曜』昭29・8　※『俳句全集』未収録）

「あぢさゐが抱く美しい翳から母の膚を感じ恋ひ」という評文には、先の「母のうなじに眼を落としてゐる」と同様、身体的な感覚を通じて、生身の〈母〉を寺山句から看取している様がうかがえる。寺山と多佳子は互いの句の中に、惹かれ合う〈母〉の姿を見ていたと考えられる。

●——寺山から多佳子への鑑賞文

当時、いまだ一学生であった寺山からも、多佳子の一句に寄せて長い鑑賞文が書かれている。

ここ去らじ木の実落ちてはころがる　多佳子

「紅糸」の中にひとりの貌のない少女がいる——五月の海岸の巌にすわったまま、私はどうやらこの句集の中の乙女に恋をしたらしかった。

その日から「紅糸」は私にとって、Livre（リーブル）ではなくて手紙になった。（中略）

「ここ去らじ」の句には少女の「我」と、そして胸をしめつけるような初こひの思い出じみたものがある。

遠い日、私の父の墓参に一緒にいってくれた少女が木の実をしきりに浴衣のたもとにためていた。

「帰ろうよ」

とポツンと、盗むような言い方をする私に少女はだまって首をふるばかりであった。

私は、今拝んだばかりの墓の前に腰を下して、そんな少女の動くともない仕草を黙ってみつめていた。

ニューギニァで莨のけむりみたいに消えさった父の墓――そのあたりに白いコスモスがあったかどうかは今考えても思い出すことは出来ない。

ただ少女がいつしかに成長して、あるいはどこかの林で木の実を拾ってはいはしまいか、という推量だけである。

はじめての夏――少女は雅子と言った。

しかし、そんな私にかかわりはなく、この作品はひとりのときの作品であろう。多佳子の中に一人の少女が住んでいて木の実を欲しがっている。（後略）

（「アンケート――好きな俳句」『七曜』昭29・10 ※『俳句全集』未収録）


これは「アンケート」という形で、同人が「好きな俳句」について答える企画のものだが、寺山の回答は二頁余にもおよぶ長いものだ。多佳子の一句を鑑賞しつつ、途中から自身の「遠い日」に時間は遡り、〈少女〉と〈少年〉の初恋物語に転じている。おそらくは創作であろうが、またそれだけの喚起力を多佳子の一句が内包していたのである。多佳子の句に寄せる思いの深さが、長い鑑賞文を書かせたのだろう。

さてこの鑑賞文のキーワードは「少女」である。寺山は句集『紅絲』の中の「乙女に恋をしたらしかった」という。神田秀夫は多佳子を「祖母にして少女」と記すが（『紅絲』「跋」[*4]）、寺山の場合「少女」の側面に重点を置いて『紅絲』を鑑賞したようだ。関連して、これより二年前の寺山句に「枯野来て少女の母と逢ひにけり」がある（「青森よみうり文芸」『読売新聞青森版』昭27・1・25）。「少女」の面影は、初恋の想い出とともに、「母」の面影にも重なるものであったのか。

◉──『七曜』同人による〈寺山修司〉への賞賛

未完成ながらも若さの抒情を生命線とする『七曜』において、高校生作家・寺山の作る俳句は、主宰者のみならず同人たちからも支持されていた。[*5] 以下は、同人による寺山句の鑑賞文である（一部抜粋）。

　　夜濯ぎの母へ山吹流れつけよ　寺山修司

作者は夜濯ぎに出た母恋しく、闇にも紛れず咲く山吹の辺に佇ちました。その一花を摘もうとすればほろほろと流れに散り浮ぶ花びら。作者の投じた山吹も共に夜の清流に乗りました。作者の願望と愛情を托された山吹は、作者と母との距離を沈むこともなく流れてゆくことでしょう。……私はこの作者程母の句を沢山作られる方を他に知りません。母の句は易しい様でむづかしいと申します。しかしこの方はすべて若く新鮮な感覚で母を詠んで居られます。

（渡辺ゆき子「一句鑑賞」『七曜』昭29・1 ※『俳句全集』未収録）

同人による評文においても寺山の「若く新鮮な感覚」が評価される。また「この作者程母の句を沢山作られる方を他に知りません」と評されるほどに、寺山の作る〈母〉の句は、『七曜』において知られていたことがうかがえる。この他にも『俳句全集』未収録の鑑賞文を二つ紹介しておく（一部抜粋）。

二重瞼の仔豚呼ぶわが誕生日　寺山修司

表現素直なこの作品の放つ匂いは、そのまま作者の心の美しさでありましょうか。世に生を享けてすくすく育つ仔豚のかたち、表情を純化して、「二重瞼の」と表現し得た立派さを尊く思います。

（渡部《（ママ）》ゆき子「一句鑑賞」『七曜』昭29・12）

ひとりの愛得たり夏蝶ひた翔くる　寺山修司

草矢としてすぐに少女の胸ねらふ

抒情を「夏蝶」に仮託し、作者は噴水の虹の上などをひた翔けているのである。その余韻において鑑賞せしめて居るのである。後の句など熱海へでも行けば良く見かけるハート形をした赤い色の的をグルグル回転さしておいて遠くから吹矢で射る。というたわいない遊びをイメージさせるも、不潔にならないのは「草矢」や「少女」という清爽な語からくる働きと想われる。

（乙津敏を「私選私語」『七曜』昭30・4）

以上、昭和二十年代後半の『七曜』誌面に寺山の存在を見てきた。その関係は一方的なものではなく、誌面を通じて同人と交わる双方向的なものであったことが分かる。高校生作家として寺山の作る〈母〉の句は注目され、選者や同人たちから高く評価されていた。寺山の〈母〉の句を最初に発見したのは、橋本多佳子の『七曜』であり、同人との切磋琢磨の中で寺山俳句は洗練されていったのではないか。

2　寺山修司の奈良訪問

◉――昭和29年「年譜」の補足

大学一年生になった寺山は、『七曜』の主宰者である橋本多佳子を奈良に訪ねている。この事実について従来の年譜では、「自筆年譜」の記事を踏襲し簡潔に記されてきた。筆者は近年「寺山修司年譜」を編んだ際、この項を次のように補足した。

・昭和29年　夏休みに奈良へ旅行し、橋本多佳子、山口誓子を訪ねる
（寺山自筆「年譜」『家出のすすめ』）

・昭和29年　七月奈良に旅行し、奈良県立添上高校俳句クラブの卒業生と句会をもち、堀内薫の紹介で橋本多佳子、山口誓子に会う。
（小菅麻起子編「寺山修司年譜」『寺山修司青春書簡』二〇〇五年）

本稿の後半部では、右のように昭和29年の「年譜」事項、「寺山修司の奈良訪問」を補足するに至った背景について記しておきたい。

きっかけは個人的なことからで、昭和二十年代後半の『七曜』を閲覧するために東京の俳句文学館に通っていた時のことである（一九九八年五月〜七月）。そこで偶然にも近刊の『七曜』（一九九八年五月号）が目に留まり、なかに「丸谷たき子」という名前を見つけて驚いた。なぜなら「丸谷たき子」とは、筆者が今し方閲覧していた五十年近く昔の『七曜』に、寺山と同じく高校生でありながら常連投句者として名を連ねていた人物だったからであ

る。（丸谷たき子氏は当時奈良県立添上高校の学生であり、後に『牧羊神』の同人ともなる。）

その号は奇しくも「『七曜』五十周年・六百号記念号」であり、その「五十周年記念俳句賞」の受賞者として、「丸谷たき子」の15句が掲載されていたのである、――「曼珠沙華胸を押しつけてはならぬ」。筆者は丸谷氏が現在も『七曜』の同人であることを知り、連絡を取ることが出来た。以下、丸谷氏の直話と関係資料に基づき、昭和二十九年七月に実行された、寺山修司の奈良訪問の足跡を辿りたい。

◉――堀内薫と添上高校俳句クラブ

まず寺山の奈良訪問は歌壇デビュー（昭和29年11月）以前のことであった、という事実を押さえておく必要がある。寺山は『七曜』誌上には存在を認められていたものの、いまだ十八歳の学生には違いなかった。その一介の学生が戦後俳壇の中心的存在であった「山口誓子、橋本多佳子」に簡単に面会が叶うものではない。両者の邂逅には、『七曜』の同人であり教師でもあった堀内薫と、教え子の奈良県立添上高校俳句クラブの少女たちが、陰で労をとったのである。

青森高校の寺山と地元俳句誌『暖鳥』『寂光』との関係の如く、[*6] 奈良市内（あやめ池）に居を構える橋本多佳子の『七曜』には、添上高校の俳句クラブが参加していた。このようなことが可能だったのは、同校教頭であった堀内薫の存在ゆえである。

堀内薫は一九〇三年、奈良県添上郡に生まれ、県立郡山中学、高知高校を経て、昭和四年京都帝国大学文学部国文科を卒業。一九四六年、西東三鬼、平畑静塔、橋本多佳子らと共に「奈良俳句会」（日吉館）に参加する。一九五〇年に奈良県立添上高校の教頭となり、「俳句クラブ」を発足させ顧問を務めていた。堀内は『七曜』においては多佳子の右腕であり、多佳子没後の一九六三年から一九九一年まで、長きにわたり主宰を務めた（一九九

六年没／堀内結編「堀内薫年譜」『堀内薫全句集』一九九八年八月、富士見書房）。

この堀内薫の縁から、俳句クラブは橋本多佳子宅に出入りを許され、直接指導を受ける機会に恵まれた。学校のクラブ活動でありながら「七曜添高支部」として、その存在を『七曜』誌上に公認されていた。例えば、昭和27年8月22日に実施された「あやめ池吟行句会」のレポート（「七曜添高支部」）が掲載されている。――「多佳子先生、美代子さんに迎へられた私達はそれからすぐに多佳子先生、美代子さん御一緒に遊園地の方へ吟行に出かけました。いつもより人出も少くて遊園地には静かに睡蓮の花が咲いていました。又所々に小学生達が夏休みの宿題の写生を一所懸命にしていました。我々も負けずに句を作りました。」（『七曜』昭27・10）。ここに「遊園地」というのは、多佳子宅の最寄り駅「菖蒲池」（近鉄奈良線）北口に隣接する「近鉄あやめ池遊園地」である。園内には大きな池があった（一九二六年六月十一日開園、二〇〇四年六月六日閉園）。丸谷氏は当時を回想して記す。

堀内先生は夏休みに入ると再々橋本多佳子先生宅へ句会につれて下さった。……添高俳句クラブだけの句会である。多佳子先生の直接の指導に参加させる為だった。……多佳子先生宅は草庵の趣をそなえていた。騒々しい高校生を迎えるというだけなのに、打水がされ、細やかな心遣いがされていて、何となく赤土でわざと汚したような靴が気になった。クーラーも無い時代である。黒い扇風機がゆるやかに回っていた。うちわ立てに美しいうちわがあり、競って好みのうちわを取る。多佳子先生の特選に入れば短冊を頂けるのである。

（丸谷たき子「教師・堀内薫の仕事」奈良県立添上高等学校文化部『学校紀要』第2号、一九九七年十二月）

◉――『七曜』と『牧羊神』――高校生たちの交流

一方、寺山を中心とした青森高校俳句グループは、添上高校俳句クラブで『七曜』の投稿常連者でもあった丸谷たき子、石野佳世子、宮村宏子らを巻き込み、高校卒業間際の昭和二十九年二月、十代の俳句雑誌『牧羊神』を創刊する。多佳子は『牧羊神』のために題字を揮毫している。[*7]

寺山は『七曜』を通じて、添上高校俳句クラブの存在を知り得たと思われる。『七曜』の投句欄には、作者名の上に居住県が記載されるが、青森高校と添上高校の学生に限っては、その所属が「青森高」「添高」と学校名で記載されている。青森高校と並ぶもう一方の高校の存在を、寺山が意識したであろうことは想像に難くない。

溝暮れてより虻がとぶ逢うべきや　青森高　京武久美
胸痛きまで鉄棒に凭り鰯雲　青森高　寺山修司
飛ぶ蛍不信抱くは愚かなる　添高　宮村宏子
浴衣着せらる母の手のなすまゝに　添高　丸谷タキ子
身に余る木綿服着て祖母の昼寝　添高　石野佳世子（『七曜』昭28・10）

近年刊行された松井牧歌『寺山修司の「牧羊神」時代　青春俳句の日々』（二〇一一年）には、大阪出身で『牧羊神』同人であった著者（松井）宛の、寺山を含む同人からの書簡が公開される。なかで高校三年の冬（昭和28年12月）の寺山書簡は記す。――「冬休み中に奈良へ行って貰いたいのです。そしてわが同人丸谷タキ子君に逢って欲しい。（中略）小生らの俳句革新運動を説き同志を獲得して欲しいのです。彼女らの高校には実に五十人近くの七曜会員がいます」。松井は受験雑誌『学燈』の投句欄を通じて寺山と知り合い、青森高校の山彦俳句会「青い森」の同志となった。松井が大阪在住だったことから、隣接県である奈良『七曜』同人への接見を頼んだのであろう（丸谷たき子氏の直話では、松井とは文通は続けたものの、直接には会えずじまいだったという。二〇一二年三月十六日）。

高校三年の秋に寺山が企画した「全国高校生俳句コンクール」（昭28・10、青森高校の文化祭記念）の結果も、上位入賞者を青森高校と添上高校で占めている。青森高校からは一位京武久美・二位寺山修司・三位近藤昭一・七位伊藤レイ子、添上高校からは六位石野佳世子・八位丸谷タキ子・九位西口孝子・十位宮村宏子（『牧羊神』二号掲載、昭和29年3月）。寺山が奔走の末、無事に発行の運びとなった『牧羊神』誌上でも、添上高校からの参加者は主要な位置を占めている。

かたき滝水肩に受け神信じる　石野佳世子（『牧羊神』二号・昭29・3）
逢ふ時間雪解け駅の鏡広し　丸谷タキコ（『牧羊神』三号・昭29・4）

青森と奈良、地理的にも時間的にも遙か遠い距離にあった当地の高校生は、『七曜』誌上を通じて学生俳句の同志となり、青森発行『牧羊神』のメンバーとして、その活動と交流は高校卒業後も続けられた。

◉――寺山修司の奈良訪問――昭和二十九年七月

昭和二十九年七月、夏休みに奈良を訪問することを計画した寺山は、添上高校俳句クラブの窓口であった丸谷たき子に手紙で連絡をとり、橋本多佳子に会いたい旨を伝えてきた。この大胆な寺山の申し出に困惑した丸谷は、恩師の堀内薫に相談した。堀内は教え子の頼みならばと、橋本多佳子、山口誓子に面会できるよう手配し、俳句クラブの教え子たちも一緒に奈良で句会を催す労をとった。[*8] 以下、丸谷氏の文章より。

寺山修司は文通の中で、奈良旅行の時は、全国学生俳句大会の選者を依頼するため、是非、山口誓子、橋本多佳子に逢ってみたいと云った。私は石野佳世子さんと、堀内先生に相談を持ちかけた。『天狼』『七曜』という二人の先生の主宰する俳誌の同人でもあられた先生は早速連絡をとって下さった。その上、唯お逢いするだけではもったいない、是非句会をして、御指導を願おうと二人の先生の御宅での句会まで計画に入れることになり、句会のあとは、厚いもてなしを受けたのである。……句会はクラブ員の参加しやすいようにと、櫟本、和爾、丹波市、橋本多佳子先生宅（あやめ池）、山口誓子先生宅（芦屋）等で開くことになった。

（「寺山修司と添上高校の思い出」奈良県立添上高等学校文化部『文化』第16号、一九九三年十二月）

文中に出てくる「櫟本、和爾、丹波市」は奈良県天理市内の地名である。添上高校も天理市櫟本にあった。この時の句会記録は、寺山直筆のガリ版刷で現在その一部が残されている。男子学生は寺山一人であり、女性陣に囲まれて、華やかに会が催された雰囲気が伝わってくる。*9

「Ａｒｃｈｉｖｅ　ｏｆ　Ｐａｎ（Ⅳ）」7月21・22・24日

奈良・丹波市・蓮迎寺　櫟本町　丸谷宅　和爾町　石野宅

はじめに童話があった。それから桃と泉とイムポシボル《ママ》な愛情があった――。しかしそんなことは問題ではない。時は7月、場所は奈良。俳句少女たちは実にまじめに作品を創ったのだから。（中略）宮村さんは演劇の女優、天理大の生徒でしづかに暖かい感じ、佳世子さんはｐａｎの中では一番のｂｅｌｌｅ　岩井さんは内向型の文学少女。（中略）タキ子さんは白い薔薇の中の旗手である。

（「牧羊神東京俳句会」会報 昭29、寺山修司記念館蔵）

寺山の句会記録で文中に「蓮迎寺」とあるのは誤記で、正しくは「迎乗寺」（浄土宗白雲山迎乗寺・天理市丹波市町）[*10]であると、塚原哲の指摘がある。

既に多くが社会人となっていた俳句クラブの卒業生達は、勤め先のやりくりを付け、万障繰り合わせて句会に出席し、遠来した寺山修司を歓待した。案内役を勤めた丸谷氏も天理市役所に勤めていたが、自宅に寺山を宿泊させ、かなりの時間を割いて寺山の日程に付き合ったという。[*11]それだけに丸谷氏は「夏休みに奈良へ旅行し、橋本多佳子、山口誓子を訪ねる」との簡略な年譜に、せめて恩師である「堀内薫」先生の名前だけでも記してもらいたかったという、積年の思いがあった。

かくして筆者は「昭和29年　七月奈良に旅行し、奈良県立添上高校俳句クラブの卒業生と句会をもち、堀内薫の紹介で橋本多佳子、山口誓子に会う」と「年譜」を補足するに至ったのである。後に寺山はこの時代をふりかえり語っている。

中学へ入るようになって、短歌や俳句を作りはじめるようになると、私は恐山の和讃や浪曲の台本の他に句書、歌書の類を読み漁るようになった。なかでも西東三鬼、橋本多佳子らのものが好きで三鬼の『今日』の全作品を大学ノートにきれいに浄書し直したり、多佳子に逢いに、高校の夏休みに奈良まで無銭旅行に出かけて行ったりした頃が、私の書物への初恋時代だったと言えるかも知れない。

（「読書遍歴」『週刊読書人』昭43・2・12）

ここに「高校の夏休み」と記すのは寺山の記憶違いであり（あるいは意図的なものか）、正確には「大学一年生の夏休み」である。また「奈良まで無銭旅行」とはやや誇張した物言いであり、このエッセイを書いた時点での脚色が含まれていよう。実際には事前からの綿密な計画のもと、添上高校俳句クラブのメンバーと顧問・堀内薫の協力を得て実現した、実りの多い奈良の俳句旅行であった。

寺山が『短歌研究』五十首詠の応募原稿「父還せ」（発表時「チェホフ祭」と改題）をまとめたのは昭和二十九年八月、奈良訪問の翌月のことである。

注

＊1　《表1　昭和29年――俳句雑誌にみる寺山修司の掲載句数》は、小菅麻起子編「編年寺山修司俳句リスト」（一九九九年度立教大学大学院修士論文・資料編）に基づいて作成した。『俳句全集』の作品は単行本未収録作品以外、編年にはなっていないので、各俳句雑誌の初出から編んだ俳句リストである。その調査過程で『俳句全集』未収録の中島斌雄『麦』への投稿句が確認できた。なお青森の『暖鳥』『寂光』『青年俳句』については、久慈きみ代『孤独な少年ジャーナリスト寺山修司』（二〇〇九年）に収録される資料と照合した。

＊2　昭和23年1月『七曜』創刊の辞より。「誓子先生を中心とする人々の集りが私のまわりにあつた。今回『天狼』の創刊によりそれ等の人々によつて新人会が結成され『七曜会』と名付けられた。そして雑誌『七曜』が生れ『天狼』をめぐる衛星の一つとして発足せむとするものであります」（橋本多佳子「私の立場」）。「『七曜』を構成するもの、それは出るや直ちに俳壇に鬱然たる権威を確立せる巨星『天狼』を目指す若き作家集団である」（七曜同人「出発の言葉」）。

＊3　三浦雅士はまた、寺山における俳句から短歌への転身理由も多佳子句に惹かれたところにあるとみる。――「母ひとり子ひとりという主題は俳句以上に短歌にふさわしいものであった。もしも寺山修司が、橋本多佳子の句のなかにあるべき母の姿を垣間見たとすれば、それは句のなかに歌の萌芽を見たに等しいのである」。俳句から短歌への転換について付言するならば、寺山が中城ふみ子の「乳房喪失」（『短歌研究』昭和29年4月、第一回五十首詠特

選）に刺激され、自らも短歌をまとめたというエピソードが想起されよう。――「中城ふみ子にカンゲキして作った歌が入選」（昭和29年11月22日、中野トク宛書簡）。喜多昭夫は寺山が「中城ふみ子から継承した精神」として「母と子の絆」をあげ、「寺山が『乳房喪失』の中で、最も興味を示したのは、「女」への揺らぎを内に秘めた、中城の母性のありかたではなかったのか」という（「寺山修司の精神世界――自己変革のための〈私〉を求めて」『石川県立錦丘高等学校紀要』24号、一九九六年三月）。確かに〈母〉であり〈女〉であることを正面から歌った中城の作品は、同じ〈未亡人〉である〈母〉の姿と重なり、寺山の心を揺さぶるものがあっただろう。「中城ふみ子にカンゲキ」した所以である。〈橋本多佳子から中城ふみ子へ〉――この二人の存在が、寺山における俳句から短歌への導火線となったのではないか。

＊4　神田秀夫は『紅絲』「跋」に「祖母にして少女」と言及する。――「就中、父を喪つたお孫さんを守る祖母多佳子の童女の句、母たらんか俳人たらんかの往反に於ける孤独の句、又さういふ遠心力と求心力との挟み撃ちに遭つて狂気の瞬刻に相対した鹿や狐や、その他の動物の句、或いは又、しびれるばかりの黒髪と稲妻の句など、殊に得難き逸品に富んでゐる。……祖母にして少女、凍蝶にして曼珠沙華なる「紅絲」が上梓されるといふ。これほど嬉しいことはない。」（『紅絲』一九五一年六月、目黒書店）

＊5　「『七曜』はどこまでも新人の雑誌として、同人各自の色彩をあきらかに、若人の持つ情熱、溌剌さを生命とし、新人の真の自覚に立つて進んでゆくものであります」（橋本多佳子「私の立場」『七曜』昭23・1）。多佳子は寺山句をして「若人の抒情」「若い美しい句である」と繰り返し称えている。

＊6　青森の俳句誌『暖鳥』『寂光』における寺山修司の存在は、久慈きみ代『孤独な少年ジャーナリスト寺山修司』に詳細に整理されている。

＊7　『牧羊神』の題字（四号・橋本多佳子）については、山形健次郎の記述から教えられた。「特筆すべきは、あの達筆の橋本多佳子の「牧羊神」の題字が表紙を飾ったことです。「牧羊神」第二号が出た昭和二九年三月、私は奈良あやめ池近くの橋本多佳子宅を訪ねています。そして〈霧に鳩あゆめり信濃に着きしなり〉の短冊を書いて貰いま

したが、題字の揮毫を頼んだ覚えは全くないので、当時「七曜」に出句していた丸谷タキ子らの働きかけによるものと考えられます」（山形健次郎「「牧羊神」と寺山修司」『鬼』21号、二〇〇八年五月 復本鬼ヶ城・発行人）。

＊8 昭和二十九年五月の松井牧歌宛書簡に「十七日は添上高校の修学旅行で堀内薫が上京の由」（昭和29年5月13日）、「堀内薫と逢いました」（昭和29年5月20日）とある。詳細は分からないが、寺山は奈良訪問以前に堀内薫と面識があったようである（松井牧歌『寺山修司の「牧羊神」時代』）。

＊9 寺山の奈良訪問は堀内薫編「橋本多佳子年譜」にも記されている。「七月、二十日、東京の寺山修司を迎え、「七曜」添高俳句クラブで、丹波市の迎乗寺で歓迎句会。翌二十一日、薫は多佳子宅に案内、紹介する」（『橋本多佳子全集』第二巻 一九八九年十一月、立風書房）。「二十日、……迎乗寺で歓迎句会」の日付が、寺山の句会記録（21日）と一日ずれるのは堀内の記憶違いか。

＊10 塚原哲は寺山の誤記「蓮迎寺」について、「当時、迎乗寺は天理では蓮の花が多く咲いていたので、それが印象に残り勝手にそういう名にしたのかもしれない」と記す。（塚原哲「十七文字の青春——添上高校俳句クラブ栄光の歩み」『文化』第18号 一九九五年十二月、奈良県立添上高校文化部）。また堀内薫に師事した川北憲央（一九五〇年卒業）による「伸びやかに楽しく——回想・添上高校俳句クラブ——」は記す。「先生の慈父の如き温かさが、生徒達の尊敬を集めたのである。その結びつきの強さは、次の一句に象徴的である〈師と逢へば素手に素顔に稲香る〉石野佳世子」。川北氏の文章に続いて、文化部担当の矢尾米一氏による「石野佳世子句集」が添えられている。石野佳世子は丸谷たき子の同級生で、『牧羊神』の主要同人でもあった。一九五七年四月二十日逝去（享年二十一歳）（『学校紀要』創刊号一九九六年十二月、添上高校文化部 矢尾米一編集）。親友の早世は丸谷氏にとっても痛恨の極みであった。

＊11 丸谷は国鉄奈良駅で寺山を出迎え、在来線（奈良——桜井線）で櫟本駅へ案内した。そして自宅に寺山を宿泊させ、家族ぐるみで歓迎した。——櫟本は古い小さな田舎町。寺山修司はいい町だと言ってくれた。わが家での夕食、職人の父は常に無口、賑やかなのは母唯一人。「寺山はん、まむし食べはりまっか？」寺山修司はおどろいてとび

上がった。「えっ！　あの毒まむし？」「いえ、違いまんがな。うなぎでんが」と平然と母は言う。口に入れながらも、寺山修司の顔には不信がつづく。「こっちでは、うなぎのこと、まむしとも言いまんねん。安心して食べなはれ」と兄は言った。本好きの兄は彼のいい話相手だった。――（「寺山修司と添上高校の思い出」前掲出）。

この年の秋（昭和29年11月）、丸谷は寺山の要請によって上京する。寺山は『牧羊神』同人に集合をかけ、山形健次郎（北海道）の句集『銅像』の出版記念会を企画した。松井牧歌宛の「牧羊神の会」案内葉書に見ると、「11月3日10時」に「飯田橋駅」に集合し、「牧羊神」の会終了後に「出版記念会」を行うとある（『寺山修司の「牧羊神」時代』）。『銅像』は昭和29年11月1日「牧羊神俳句会」発行、発行者「寺山修司」。寺山は解説「火を創る少年、山形健次郎へ」を書いている。寺山の山形健次郎宛書簡は世田谷文学館『寺山修司の青春時代展』で公開された。この時、丸谷たき子宛の書簡一通も展示され、図録に収録される（平15・4、世田谷文学館）。以下、その時の丸谷宛書簡より。――「何とかして出て来て下さい。山形、京武らとのプランは次の通り。2日の朝七時。彼ら上野着。一緒に早稲田大学へゆく。そのあと僕の下宿で話しあい、散歩――川畔から銀座まで。……とにかく出て来ませんか。皆タキちゃんの顔みたがっています。見られるの、僕おっかないけど　とにかくこうやって皆かたまって青春を謳歌する日もやがてめぐって来なくなるかも知れないし」。寺山は再三にわたり丸谷に上京を呼びかけている（昭和29年10月末）。

かくして昭和29年11月、東京に集合した『牧羊神』同人は、早稲田大学構内で記念写真を撮っており、『新潮日本文学アルバム寺山修司』（一九九三年）にも掲載されている（20頁上「早稲田大学構内にて、友人たちと」丸谷は寺山の一人おいて右）。

【付記】　寺山の奈良訪問については、丸谷たき子氏（長崎市在住）から多くの貴重な話を拝聴させて頂きました（一九九八年八月～九月・二〇〇五年十二月・二〇一一年三月十六日）。深く感謝申し上げます。丸谷氏は結婚で長崎に転居した後は生活の人となられたが、長い休止期間を経て『七曜』へ戻り、「五十周年記念俳句賞」を受賞された。丸谷氏が還暦を過ぎて再び俳句を始めたのは、寺山修司らと共に、俳句に情熱を傾けた高校時代を思い出したからであったという。近年刊行された松井牧歌『寺山修司の「牧羊神」時代』にも、丸谷氏は重要な同人として記されている。

第六章　樫村幹夫『青銅文学』への参加

はじめに――『空には本』出版記念会の案内

寺山修司が『青銅文学』（昭和27年〜42年、全27冊）という同人雑誌に参加していたという事実は、これまでの寺山研究において言及されなかったように思う。一つには『青銅文学』そのものが揃った形で図書館等に保存されておらず、[*1] 小さな同人雑誌の運命として散逸してしまったことにもよるだろう。その『青銅文学』と寺山との関係をたどるきっかけとなったのは、『空には本』「出版記念会」に際しての案内葉書からであった。

【昭和33年7月11日消印・中野トク宛書簡】

寺山修司歌集　空には本・出版記念会

寺山修司君の退院と歌集「空には本」（的場書房刊）の出版を記念して、下記のパーティを開きます。たのしい集りにするため、是非、貴兄姉の出席をお待ちいたします。会場の都合上、出席の方にはチケットをお送りいたしますから、10日までに必着の示、折返しご通知ください。チケットの御持参なければ入場出来ません。■１９５８年7月16日（水）ＰＭ６〜９　銀座・白馬車・６階ホール（みゆき通り）　会費¥５００（当日会場受付にて）■福井峻作曲〈寺山修司の短歌によるシャンソン〉発表　■寺山修司作・子供のための詩劇〈ひまわり帽子〉テープ発表（長崎放送局制作）その他いろいろなプラン……

発起人　樫村幹夫

この出版記念会は、寺山の三年半近くにおよんだ闘病生活の退院と、第一歌集の出版という、二重の祝い事を含んだものだった。[*2] しかしながらこの会についても、現在のところ情報に乏しい。[*3]

さて、筆者が注目したのは葉書末尾に記される「発起人　樫村幹夫」という人物である。『青銅文学』と同じく「樫村幹夫」についても、これまで〈寺山修司〉をめぐる言説の中で取り上げられることはなかった。しかし彼こそが『青銅文学』の主宰者であり、当時、寺山と親交のあった人物なのである。寺山は樫村とどのようにして知り合ったのだろうか。それにはまず「樫村幹夫」の経歴を知らねばならない。

1　樫村幹夫について

◉――昭和二十九年『サンデー毎日』「年少作家」特集

おそらく現在、作家としての「樫村幹夫」を知る人は少ないと思われる（文学事典の類にも登載がない）。しかし、昭和二十年代の終わりには年少作家の一人として注目されていた。昭和二十九年、週刊誌『サンデー毎日』は、戦後に台頭してきた〈十代〉の特集記事を続けており、その一環として「続・十代のフンベツ――この年少作家たち」という特集を組んだ。[*4] 中心は「さかんな十代の文学活動を物語る同人雑誌」の紹介であるが、なかで樫村幹夫は〈小説〉の世界、寺山修司は〈短歌〉の世界で活躍する「年少作家」としてクローズアップされている。樫村は「夜のかざり」という少年愛を描いた作品が紹介され、樫村も所属する雑誌「十代」のグループは、「ラディゲの弟子達」「三島由紀夫の後輩」とその文学的傾向が括られている。そして『青銅文学』のことにもふれられている。

樫村君の文学経歴も短いものではない。育ったのは北海道。札幌南高校に入学以来『青銅文学』というなかなかすぐれた文芸雑誌を主宰、北海道でも有力な札幌文学や文章倶楽部あたりでも〝ガリ版刷りなどにしておくのは惜しいものだ〟と推薦されたほどのものだったが、学校当局からは、とにかく非道徳的だと、にらまれていたところへ、その同人で加清純子というのが、突然、自殺してしまった。純子さんは天才画家といわれて当時、北海道では、なかなか評判だった女子学生で樫村君と同じく札幌南高校生。二十七年の正月のある朝、純子さんは突然いなくなってしまった。そして四月にはいって、雪融けがはじまった阿寒湖の美しいほとりで、ただひとり、眠るように死んでいた。……学校はあわてふためき、かねて、問題のある『青銅文学』の樫村が悪いのだと、強制退学をさせられてしまった。それで致し方なく上京し、国学院大学付属高校へ（後略）。

（「続・十代のフンベツ――この年少作家たち」『サンデー毎日』昭29・12・5）

ここに言及される「加清純子の自殺」と「樫村の転校」については後でふれる。

一方、寺山は「十代を迎える機運」という歌壇動向の中で記される。――「歌壇では、十代の歌が問題になりだしたのは、ここ最近のことだが「立春」とか「青炎」などでは、十代の短歌という欄が設けられ、この機運をつかまえ『短歌研究』では〝十代作品特集〟を試みた。……特選になった寺山修司は「荒野」にも加わっている。昭和十一年一月の生まれで早稲田大学の教育学部一年の学生である。青森に生まれて上京するまでは、都会生活をまったく知らず、郷里でグループをつくって、もっぱら文学研究をやっていた」。

戦後世代の「新しい十代」が、週刊誌等のメディアに注目されていた時期である（第一章参照）。寺山が上京した昭和二十九年、同じ首都圏の大学で文学活動に携わる者同士として、この『サンデー毎日』「年少作家」特集の記事前後に、樫村と寺山は知り合ったものと思われる。

◉――樫村幹夫の著書

樫村幹夫の著書は国会図書館に二冊が所蔵されている。[*5] 一冊は『十代作家作品集』（昭30・8、和光社／縦17㎝横11㎝、全二〇八頁）で、同書には樫村を含む四人の作品が収録されている。

石崎晴央　「初夏譚・焼絵玻璃」（一九三四年生）
樫村幹夫　「象形文字」（一九三四年生）
三谷茉沙夫　「無邪気な悪漢小説」（一九四〇年生）
堀田珠子　「死暈」（生年不明）

右のうち、石崎晴央の「焼絵玻璃」は昭和三十年、第一回新潮同人雑誌賞を受賞している。また石崎は「日々の戯れ」（昭33・4『文学界』）で第39回芥川賞候補にもなった（昭和33年上半期）。しかし四人のうち、その後も作家としての活動を続けたのは、この時十五歳の三谷茉沙夫（歴史・推理小説作家）一人である。

同書の序文（「はしがき」）は三島由紀夫が書いている。――「あらゆる年齢の、腐りやすい果実のやうな真実は、たとへそのもぎ方が拙劣で、果実をこはすやうな破目になつても、とにかくもいでみなければわかるものではない。私は四氏がいづれも、果物が熟れて落ちてくるのを待つてゐられないせつかちな若者たちであるのを、美しいと思ふ」。『サンデー毎日』特集記事にも、十代の同人雑誌の傾向をして「三島由紀夫の後輩」と言われていたが、その三島自らが「十代作家」の彼らにエールを送っている。

もう一冊は樫村の単著として、小説集『木乃伊座』（昭31・7、創造社／縦18㎝横13㎝、全一三四頁）がある（四つの短編が収録）[*6]。『木乃伊座』巻末の「著者略歴」より樫村の文学経歴を紹介しておく（抜粋・要約）。

一九三四年　小樽市生。
一九五〇年　中学・高校初期の作品を編んだ小冊子『幼い慰め』、譚詩集『海の孤独』『船歌』刊行。
一九五一年　札幌南高校在学中〈青銅文学会〉を組織して雑誌〈青銅文学〉を創刊。
一九五三年　国學院高校卒業。東京にて〈青銅文学〉〈独立文学〉〈10代〉〈札幌文学〉に創作を発表。
一九五六年　国學院大学四年在籍

樫村は寺山より一学年上の同世代であり、中学時代より自作の「小冊子」を編集し、高校時代に文学会を組織している。後に寺山も参加する『青銅文学』は、札幌南高校二年時に創刊したものだ。ここにみる樫村の早熟な文学経歴は、寺山の経歴と大変よく似たものである。寺山も中学時代より創作を始め、自作の句集や歌集を編み、青森で俳句会を組織し、全国の高校生に呼びかけて十代の俳句誌『牧羊神』を創刊している。

樫村の『木乃伊座』は昭和三十一年刊行、寺山の初めての作品集『われに五月を』（昭32）より一年早い。樫村幹夫は当時、同じく〈十代〉でデビューした寺山に、その文学経歴を含めて、大変近しい存在の人物であったと考えられる。

2 『青銅文学』掲載の寺山作品

◉――『青銅文学』例会への参加

『青銅文学』は昭和二十六年九月、札幌南高校の文学グループによって誕生した。しかし、翌二十七年に中心人物の樫村が東京の高校へ転校し、活動の場は東京に移される。樫村は大学入学後も『青銅文学』を続け、そこに昭和二十九年、上京して早稲田大学の学生となった寺山が参加することになる。

最初に記したように、寺山が『青銅文学』に関わっていたという記事は、文献上には見られなかったが、インターネット上にその証言を見出すことが出来た。それは「奈良泰秀のホームページ」で、奈良氏が國學院高校在学中、文芸部と『青銅文学』に籍を置いていた時期があることから記されたものだ。

> 高校時代、……文芸部の責任者を務めた。入学して直ぐ部の先輩が主宰していた『青銅文学』という同人雑誌に誘われ、短期間だが籍を置いた。ここの例会に早稲田を中退して闘病生活をしていた寺山修司が時どき顔を出していた。
>
> (コラム「宗教新聞・神道つれづれ52」二〇〇八年十二月二日閲覧)

「部の先輩が主宰していた」というのは「樫村幹夫」のことだろう。「早稲田を中退して」というのは奈良氏の勘違いであるが(序章参照)、「闘病生活をしていた寺山」というのは一時退院の時期にか、あるいは病院から外出して『青銅文学』の例会に参加していた、ということになろうか。

そしてもう一人の証言者として、『青銅文学』同人であった副田義也がいる。副田氏は、小説「闘牛」で第38

回芥川賞（昭和32年下半期）候補となり（『新潮』昭32・12、全国同人雑誌推薦小説特集）、昭和33年に第四回新潮同人雑誌賞を受賞した（『文芸年鑑　昭和三三年度版』昭33・5、新潮社）。その後社会学者として、漫画評論、社会福祉学の分野で活躍する。筆者が近年「寺山修司と『青銅文学』」について研究発表した際（国際寺山修司学会、二〇一〇年五月十五日　愛知学院大学）、『中日新聞』の記者・加古陽治氏が記事にして下さった。その際、加古氏が副田氏に連絡をとられたところ、副田氏は「樫村がどこかで寺山と知り合って連れて来た。会合で何度か一緒になった」というコメントを寄せて下さった（『中日新聞』二〇一〇年五月十四日「寺山修司、同人誌に寄稿」）。副田義也は『青銅文学』の20号に小説「死人の行列」（昭30）、21号に「新刊書評」（昭32）、22号にエッセイ「憎悪について」（昭33）を寄稿している。

かつて『青銅文学』の同人であった奈良泰秀・副田義也の両発言は、寺山が『青銅文学』の例会に確かに参加していたという証言になろう。

◉――『青銅文学』掲載の寺山作品

寺山の作品は、『青銅文学』19号～23号（昭30～昭37）に掲載される。このうち現物を確認できたのは20号から23号の作品である。19号の作品「椰子の木影で」については確認できなかったが、22号掲載の「既刊号主要目次」（15号～21号）に寺山の作品タイトルが記載されていたものである。

『青銅文学』は小冊子に近いスタイルの体裁である（縦21㎝・横15㎝のA5サイズ、ホッチキス止め製本）。しかしながら寺山と交流のあった人物――詩人の谷川俊太郎、岸田衿子、嶋岡晨、青森の京武久美――等も作品を寄せている。[*7]同人の本の広告もあり、21号には寺山『われに五月を』の広告が、樫村幹夫小説集『木乃伊座』、谷崎真澄詩集『知らないひとたち』とともに、「青銅文学の仲間たちの近頃の仕事です。小会宛ご注文に限り著名入りをお送りいたします」と宣伝されている。

以下、『青銅文学』掲載の寺山作品を整理しておく。括弧内（※）には第一作品集『われに五月を』に収録される同一作品との異同を記した。

①『青銅文学』19号　椰子の木影で（未見）

②『青銅文学』20号（全32頁）昭和30年8月20日発行　詩二編「少年」「部屋」（※『われに五月を』収録。）

少年

夏休みになつた

僕のなかで父がめざめた（※「僕のなかに」）
火山は遠く翳つた（※「火山はやさしく遠く」）
――そして再たび
僕は戸口に立つて
青空をばかり
なみだ流して（※改行「小鳥たちのように」挿入）

告白なさらなくともいいのです
奥さん（※次行、一行空き）
いまどこかで走つているのは
あれは馬だ。

部屋

処刑ときまつた僕は
それから喉がかわいた
青空は縦に長すぎるのです（※「目から青空は」、改行「縦に引裂かれているのです」）

がらんとした壁に
椅子はなげられてある

僕がすわると
僕は立ちあがる
僕がだまると
戸口全部が哄いだした

僕は鳥をみたのだつた
そして
それは嘘です

③『青銅文学』21号（全24頁）昭和32年7月1日発行　詩一編「五月にわれは」（※『われに五月を』収録。）

五月にわれは（※「五月の詩　序詞」）

きらめく季節に
たれがあの帆を歌つたか
つかのまの僕に
過ぎてゆく時よ

夏休みよ　さようなら
僕の少年よ　さようなら
ひとりの空ではひとつの季節だけが必要だつたのだ　重たい本（※次行の「すこし」がこの下に続く）
すこし雲雀の血のにじんだそれらの歳月たちよ（※「歳月たち」）
萠ゆる雑木は僕のなかにむせんだ

僕は知る　風のひかりのなかで
僕はもう花ばなを歌わないだろう
僕はもう小鳥やランプを歌わないだろう
春の水を祖国とよんで　旅出つた友らのことを（※「旅立った」）
そうして僕が知らない僕の新しい血について
僕は林で考えるだろう
木苺よ　寮よ　傷をもたない僕の青春よ
さようなら

きらめく季節に
たれがあの帆を歌つたか
つかのまの僕に
過ぎてゆく時よ（次行、一行空き）
二十才　僕は五月に誕生した
僕は木の葉をふみ　若い樹木たちをよんでみる
時こそいま　僕は僕の季節の入口で（※「いまこそ時」）
はにかみながら　鳥たちへ
手をあげてみる
二十才　僕は五月に誕生した

④『青銅文学』22号（全44頁）昭和33年3月20日発行　エッセイ「間奏曲」（2頁／筆者注「間奏曲」はジャン・ジロドウの戯曲）

⑤『青銅文学』23号（全36頁）昭和37年11月1日発行　エッセイ「2／ジロドオ・ノオト　オンデーヌ」（3頁／筆者注「オンデーヌ」はジャン・ジロドオの戯曲。22号のエッセイ「間奏曲」の続編である。）

●──「五月にわれは」と「五月の詩・序詞」

『青銅文学』掲載作品のうち20号・21号の詩は、『われに五月を』（昭32）に同一作品が収録されている。20号の詩（「少年」「部屋」）は昭和30年8月発行であるから、『青銅文学』が〈初出〉誌と考えられる。

しかし21号の詩「五月にわれは」については、その前後関係に考察を要する。発行年月日のみを問題にするなら、『われに五月を』は昭和32年1月、『青銅文学』21号は昭和32年7月で、『青銅文学』の方が六ヶ月遅い。よって『われに五月を』「五月の詩・序詞・」を〈初出〉とし、その後に『青銅文学』掲載詩「五月にわれは」という順序になる。

ところがここで一つ問題がある。『青銅文学』20号（昭30・8）と21号（昭32・7）の間には、約二年の空白期間があるということだ。そこで「五月にわれは」の詩を、『われに五月を』を編集する前の段階で『青銅文学』に寄稿していた可能性が浮上してくる。『青銅文学』21号の発行が遅れたために原稿が保留された形になり、『われに五月を』が先に発行されたという経緯も考えられるということだ。[*8] この場合〈推敲〉の順序は、『青銅文学』（寄稿原稿）から『われに五月を』となり、発行とは逆順になる。

本文の異同は三ヶ所で、内容的に大きなものではない。しかし、注目すべきはタイトルの異同である。『青銅文学』の詩が「五月にわれは」で、作品集は「五月の詩・序詞・」である。作品集の表題が『われに五月を』であることを鑑みれば、『青銅文学』の詩のタイトル「五月にわれは」が、作品集の表題『われに五月を』に先行しているように思われる。つまり『青銅文学』に寄稿したまま保留となっていた詩「五月にわれは」が、作品集『われに五月を』の表題を生んだとは考えられないだろうか。そして「五月にわれは」の詩は、作品集全体を統率する「序詞」として、巻頭に置かれるべき位置を与えられたのではないか。

以上はあくまでも推測の域を出ないものである。しかしながら「五月の詩・序詞・」は、寺山の第一作品集『われに五月を』の巻頭詩であり、代表作の一つでもある。それだけに同一作品の『青銅文学』掲載の事実と、その推敲過程は見過ごすことが出来ないものとなろう。

3　渡辺淳一『阿寒に果つ』のなかの『青銅文学』

ところで『青銅文学』という雑誌は、寺山とは一見無関係な場で、かつ著名な作家の作品に登場する。それは『阿寒に果つ』という渡辺淳一の長編小説である。書誌は初出『婦人公論』一九七一年七月〜一九七二年十二月連載後、一九七三年十一月に中央公論社から単行本化され、『渡辺純一全集』第五巻「阿寒に果つ　冬の花火」（平8・2、角川書店）に収録される。[*9]

『阿寒に果つ』は渡辺淳一の初恋の人「加清純子」をモデルとした小説で、全集の「月報」には、二人の関係が略記される。それによると、昭和二十五年四月、高校の統合により道立札幌南高校が誕生し、ここに渡辺淳一と加清純子が同級生（二年生）として出会い、二十五年秋、二人の間に恋愛感情が育つ。しかし二十七年一月、高校卒業間際に純子は阿寒湖の近くで服毒自殺する。
小説は全六章から構成され、各章にヒロイン（時任純子）と関係のあった人物を配し、語り手の「私」（渡辺淳一をモデルとする）が、それぞれの関係者から「純子」の話を聞き、「六面体の水晶を浮き上らせるように、彼女の実体を浮きぼりにすること」を試みたという（渡辺淳一「自作再見『阿寒に果つ』――関わった六人通して少女へのレクイエム」『朝日新聞』一九九〇年一月七日）。
なかで『青銅文学』は、第五章「あるカメラマンの章」に出てくる。純子と関係のあった「カメラマン」は「殿村知之」という人物で、その弟「康之」が『青銅文学』の中心人物として設定されている。以下、小説より『青銅文学』に関する部分を抜粋する。

雑誌の名前は人間の原点に戻るという意味から、『青銅文学』と名付けられた。……『青銅文学』第一号は大きな反響をよんだ。……ハイティーンの若い奔放な男女の集団が現れたという、文学とはいささか無縁な理由からだった。……殿村はすでに彼等にとって教祖的な存在だったし、その男に愛されている女として純子は彼等の上に君臨していた。その配下につくのは、もちろん康之をはじめとする『青銅文学』の同人たちである。

ここには誌名の由来、「人間の原点に戻るという意味」まで記されている。「純子」の恋人「殿村」が指導者（教祖）的存在であり、「純子」は特別扱いのメンバーとして描かれている。「殿村」の弟「康之」が『青銅文学』の中心人物とされているが、この兄弟関係は小説内のフィクションである。[*10]
小説内の記述と併せて、「加清純子」没後四十三年目に、実姉の日野原冬子が編んだ『わがいのち『阿寒に果つ』とも――遺作画集』（一九九五年四月、青娥書房）を紹介しておきたい。日野原冬子の解説には「時は流れ、当時の事件は風化し、純子に係わった人々も消えていく」、画自体も散逸し劣化してゆく中で、妹の作品を画集として形に遺しておきたかったという、祈りのような思いが綴られている。「分かっていることは、純子が当時画家の登竜門であるさまざまな展覧会に入選したこと、北海道のマスコミがこぞって天才少女画家として持ち上げたことである」。そして『青銅文学』のことも記される。

『青銅文学』は、昭和二十六年九月創刊、札幌南高生による同好文芸誌である。純子を中心とし、樫村幹夫、岡村春彦、中川幸一郎、皆川怜子らが活躍した。しかし、『青銅文学』は純子の死などにより四号で解散（同人七十名）、樫村はその後東京に移り、二十七号をもって終刊した。純子は『青銅文学』に「芸術家の毛皮」「二重ＳＥＸ」「一人相撲」「無筆の画家」等を発表している。

『遺作画集』には純子が描いた『青銅文学』の表紙画や、『青銅文学』に寄稿した短編「無筆の画家」も収録されている。「純子の死」が契機となり、樫村と『青銅文学』が東京へ移ったことは、『サンデー毎日』の記事にもなっていた。――「学校当局からは、とにかく非道徳的だと、にらまれていたところへ、その同人で加清純子というのが突然自殺してしまった。純子さんは天才画家といわれて当時、北海道では、なかなか評判だった女子学生で樫村君と同じく札幌南高校生。……かねて問題のある『青銅文学』の樫村が悪いのだと、強制退学をさせられてしまった」。

夭折した北海道の天才少女画家「加清純子」の一件は、寺山と直接の関係はない。しかしこの一件によって、樫村と『青銅文学』が東京へ移動し、そこへ青森から上京した寺山が参加した事実を考え合わせると、全く無関係なこととも思えないのである。

昭和二十年代後半から若者の自殺が、社会問題としてマスコミに取り上げられるようになる。[*11] 昭和二十九年の新聞には「死に急ぐ青少年が激増」という見出しで「昨年（昭和二八年）の自殺者（東京都）は……計千三百五十人。二十歳未満　二百六十二人　二十一～二十五歳　三百五十一人　ようやく大人の世界に足を踏みこんだ多感な二十歳前後が最も多い」と報じられる（『朝日新聞』東京版 昭29・1・23）。

「加清純子」が自殺した昭和二十七年、寺山は「青森高校文学部会議」を組織しているが、その中心メンバーで、詩誌『魚類の薔薇』にも参加した「近藤昭一」「塩谷律子」という二人の近親者が「自殺」している。[*12] 北海道と青森、そう遠くはない場所で、同じ時代に、同じ年頃の若者が自殺している。戦後の新教育制度のもとに育った、寺山と同世代の若者たちである。彼らは「新しい十代」として、折からメディアの脚光を浴びた。しかしその一方、戦後の転換期において新旧の価値観が交錯する中、彼らは非常に危うい橋の上に立っていたのではなかったか。

昭和二十七年、『青銅文学』の同人であった「加清純子」の自殺を契機として、高校在学中の樫村幹夫と『青銅文学』は北海道から東京への移動を余儀なくされた。それは樫村にとっても大きな痛手を負うものであった。

昭和二十九年、早稲田大学入学を契機に上京した寺山は、〈十代作家〉として注目されていた樫村と知り合い、樫村の主宰する『青銅文学』同人となった。作品を寄稿し例会にも時々顔を出した。〈十代歌人〉として注目されていた寺山の参加は歓迎されたことだろう。

昭和三十三年、樫村は自らが主宰する『青銅文学』の仲間として、また作家の先輩として、寺山の退院祝いを兼ねた『空には本』の出版記念会を「発起人」となって仲間に呼びかけ、寺山の新たな門出を祝福したのである。

5　その後の『青銅文学』

寺山のエッセイ「間奏曲」が『青銅文学』に掲載されたのが、昭和33年3月発行の22号。しかしその直後から雑誌は休刊状態となり、次の23号が出たのは昭和37年11月である。寺山はその復刊号にエッセイ「オンデーヌ」を寄稿している。そして『青銅文学』は昭和42年1月、27号をもって終刊となる。その間の経緯を樫村幹夫は「若き訣別の譜――青銅文学十六年史抄」と題して書き残している（『新潮』一九六七年三月、見開き二頁）。以下、ここまで述べた事項に関連する部分を抄出しておく。

加清純子の失踪事件……札幌南高における青銅文学の中心人物は退学処分、高校生の組織としての青銅文学は一年たらずの期間で華華しく崩壊したのである。……しかし雑誌は東京から……続刊された。……後に新潮同人雑誌賞を受ける副田義也がこの時期に参加し、つづいて久米博、有馬煌史、清水達也、鶴岡弘康、寺山修司、京武久美という有力メンバーが参加して、青銅文学は若い世代の文学同人誌として充実していった。……「十代のフンベツ――この年少作家たち――」というタイトルのもと樫村幹夫、小山正一、矢島進、寺山修司、京武久美といった連中が脚光を浴びた。……そのスクープ記事が無垢な（？）文学少年に英雄を気取らせ、小さな英雄に仕立てあげてしまったのも無理からぬことであった。勢い青銅文学は代表選手のもと憧れにみちた文学少年・少女のサロンと化し、それに反撥する副田、久米、清水ら有力同人の大挙退会に遭遇した。その間、樫村は青銅文学続刊よりも芥川沙織の装幀による作品集『木乃伊座』の出版やあちこちに雑文の類いを書くことに没頭しだしたが、いかんせん大学在学中の若輩には訪れた機会も有利に転用するだけの下地がなかつた。文学の世界は歌屋の世界とはわけがちがい、装飾過多の見せかけはとても通用する代物ではなかつたのである。……昭和三十八年（ママ※筆者注「三十七年」）に復刊二十三号を出した。だが既に昔日の意欲はなく、樫村ひとりで原稿から費用までがまかなわれる個人誌の域を脱することはできなかつた。

雑誌は五年近くの空白期間を経て復刊されたものの、先細りの状態となり、主宰者の樫村にとっては無念な最後を余儀なくされた。[*13] ――「文学の世界は歌屋の世界とはわけがちがい、装飾過多の見せかけはとても通用する代物ではなかつた」、名前こそ出されてはいないものの、ここには樫村の寺山に対する思いが表出しているのではないか。「文学の世界」とは樫村が年少作家としてデビューを果たしつつも、作家として立つことの難しかった文壇を指し、対する「歌屋の世界」とは寺山が『短歌研究』でデビューし、その後の足がかりともなった歌壇を指すものと思われる。

寺山は昭和二十九年のデビュー以来、入退院の期間も含め、三十年代半ばまで歌壇の総合誌である『短歌研究』と『短歌』に好意的に活躍の場を与えられる。短歌や評論を発表し、論争や討議の場においても中心的存在となっていた。おそらく樫村は、退院後の寺山の活動にも目をとめ、気にかけていたのであろう。しかしそれゆえに、寺山が躍進する歌壇を「歌屋の世界」と矮小化し、短歌を「装飾過多の見せかけ」と貶めなければならなかった。そこには嫉妬も含むであろう、樫村の複雑な心境が見え隠れする。昭和二十九年、ともに〈年少作家〉として注目された寺山と樫村のその後は、寺山の退院・歌集刊行を境として、時間の経過とともに距離の隔たったものとなっていったようだ。

昭和四十二年一月『青銅文学』の終刊は、樫村にとって文学との訣別でもあった。同じ頃、寺山も別な形で文学とは訣別し、演劇実験室「天井桟敷」を設立する。

注

＊1　『青銅文学』の所蔵は、東京・近代文学館に20号〜27号（うち23号は欠号）、国立国会図書館に23号〜27号が所蔵される。

＊2　『空には本』の刊行案内はもう一通あり、こちらは寺山の退院通知を兼ねている。僕もこの七月六日で退院しました。新アドレスは豊島区高田南町2〜483（石川方）です。／さて、「空には本」をごぞんじですか。／「空には本」は僕の歌集の決定版で、同時に僕の処女歌集でもあります。（昭和三十三年七月三十日消印、中野トク宛葉書）

＊3　『空には本』の「出版記念会」については、小川太郎『寺山修司その知られざる青春』に短い記述があるのみである。――「昭和三十三年七月十六日、東京・銀座のみゆき通りのレストラン・白馬車の六階ホールで歌集「空には本」の異色の出版記念会が行われた。五百円のチケットを前に買わないと入場できないまったく型破りの会で、福井峻作曲の〈寺山修司によるシャンソン〉が発表された。歌人だけでなく、さまざまなジャンルの若い芸術家が一堂に会した賑やかな出版記念会だった」。

＊4　昭和二十年代後半、メディア上にクローズアップされる「十代」は、映画「十代の性典」にはじまり（昭和28年2月5日封切）、昭和三十二年頃まで各誌にみられる。歌壇においても、昭和28年12月『短歌研究』誌上で五島美代子が「十代と歌」という時評を書いており、昭和29年10月には寺山も参加する『荒野』という十代の短歌誌が創刊される。（詳細は第一章参照）。

＊5　樫村幹夫の著書として、未見ではあるがもう一冊『男色の部屋』（昭34・8）というタイトルのものが、ネット上の「ヤフーオークション目録」に出ていたので記しておく（二〇〇九年十二月閲覧）

＊6　樫村幹夫『木乃伊座』に収録される四つの短編は、いずれも不倫か同性愛をテーマとした作品である。「化粧枕」（若い継母に恋心を抱く息子の物語）、「象形文字」（有閑マダムと青年の恋、青年と友人との同性愛）、「コントラストの玩具」（モダンバレエスタジオの美少年をめぐるパトロンと絵描きの争い）、「木乃伊座」（同性愛者「ぼく」と

「おまえ」の物語)。

＊7　以下、寺山と交流のあった作家の『青銅文学』掲載作品。京武久美の詩——20号「仲間とジャズを」、22号「僕は消えず」。谷川俊太郎の詩——21号「五月」。岸田衿子の詩——20号「奥さんとライオン」、21号「サワとサエの物語」、22号「るり子蝶」。嶋岡晨の詩——20号「現場目撃者」、21号「くるしみの海を渡って」。

＊8　原稿保留の可能性に関連して。寺山のエッセイ「間奏曲」が『青銅文学』22号に掲載されたが(昭33・3)、その後、雑誌は休刊状態となる。昭和37年に23号が出た際、寺山はその続編として同じジロドオについてのエッセイ「オンデーヌ」を寄稿している。この二つのエッセイも、その関連性から見て間を空けずに書かれたと考えられるが、雑誌が五年近く休刊状態だったために掲載の間隔ができたものと思われる。

＊9　『渡辺純一全集』第五巻収録の作品「阿寒に果つ」「冬の花火」は、ともに昭和二十年代後半の北海道を舞台に、夭折した若い女性をモデルとした小説である。『冬の花火』は第一回『短歌研究』五十首詠特選となり、その三ヶ月後、乳癌で亡くなった歌人の「中城ふみ子」をモデルとしている(享年32歳)。寺山は中城のデビュー作「乳房喪失」に刺激されて、短歌を応募したという経緯がある。

＊10　『阿寒に果つ』五章「殿村康之」の人物造形には「樫村幹夫」もモデルとなっている部分があると思われる。また純子が『青銅文学』に寄稿した小説「二重セックス」の主人公は「幹夫」という名である。——「幹夫という十九歳の青年は男がみても惚れ惚れする美男子である。街を歩いていても、喫茶店にいても常に女達が寄ってくる」。

＊11　『自殺死亡率統計』(一九九〇年九月、厚生省)には「死亡率の総数では22年の15・7から若干の起伏を経て、20年代後半から30年代前半にかけて大きな山を形成した」と概括される。以下同時代の記事から。

・昭和30年3月6日『週刊朝日』「若人よなぜ死にたがる?——〝十代の自殺〟の実態」——「愚劣なる社会」「不安定な年頃」「おとなの無理解」「暗い受験勉強」等が背景としてあげられている。

・昭和31年1月『婦人公論』特集「新しい青春の発見」、真下信一「日本の青春——青年たちの記録より」——「一昔前までにくらべての、戦後今日における、青春らしい青春というものの幅の拡大ということである。……青春の自覚が古い世代や支配的なものとの調和の中でではなく、それらとの違和の中でしかおこなわれえないところに、今のわが国の最大の不幸の一つがある」。

・昭和33年5月12日『週刊朝日』巻頭特集「理由なき自殺」――「三十年度『人口白書』によると、わが国の自殺率は世界第一位だ。……なかでも、二十――二十四歳の層では十万人につき六十六人という高率だ。これは、昭和十八年と比べて、約五倍という激増ぶりである」。

＊12　寺山自筆「年譜」（『寺山修司青春歌集』昭47・1、角川文庫）に以下のようにある。「昭和二七年（一九五二）一六歳　青森県高校文学部会議を組織。京武久美、近藤昭一（のちに自殺）、塩谷律子（のちに自殺）。詩誌「魚類の薔薇」を編集発行」。関連する証言として京武久美「高校時代」（『現代詩手帖　寺山修司』一九八三年十一月臨時増刊）から。――「寺山は、仲間だけで、詩誌「魚類の薔薇」を発行することになった、と記憶している。そして全国の十代のモダニズム詩人を網羅した詩誌にしようとしたが、新編集長の自殺（筆者注・「塩谷律子」）という思いがけない出来事により「魚類の薔薇」は、まぶしいままでの光を秘めたまま、四号で終焉することになってしまった」。

＊13　一九六六年四月『青銅文学』26号には、二人の作品（樫村幹夫、高山武子）が掲載されるのみ。しかし一九六七年一月終刊27号には、九人の作品が並んでいる。なかに、札幌南高校時代の同人、岡村春彦が「群れの終末――青銅文学創刊の前後」を寄稿している。――「同人の一人の死は、他の同人をもそれに惹きよせる。何人かの自殺未遂者が出、同時にその時起った白鳥事件と左翼弾圧の波にもまれて青銅文学の第一期は終る。／ひとつの〝群れ〟の〝徒党〟への試みがなされ、それは終る。それは「死をも含めて」の試みであった。彼等にとって死は日常であった。生こそが怖しい。本当の生とは何なのか。それが成り立つことの不確かさ、不信、を彼らは知っている。本当にぎりぎりに生きるときにしかその連続の中にしか自己は生きられず、他とのつながりも本当にはない。（中略）二十七年六月、札幌の青銅文学は東京にうつされ樫村幹夫によって発行される。それは札幌で発行されたものの性格ではなくなる。〝群れ〟の雑誌は〝個〟の雑誌となる」。創刊当時、岡村は樫村と「二人で紙や原紙を買って

来て彼が書き、僕が刷った」という共同作業で雑誌を発行していた。

【付記】 本稿が初出誌『寺山修司研究』4号（二〇一一年一月）に掲載された後、思いがけないことに「樫村幹夫」夫人の樫村武子さんより直接に御連絡頂いた（二〇一一年二月十日）。武子さんは樫村と同年生まれ（当時76歳）。樫村とは二十代の頃に知り合ったが、遅い結婚で八年ほどの結婚生活だった。武子さんも『青銅文学』の同人だった（筆名「高山武子」）。二人とも「電通」で編集の仕事を続けていたが、樫村は晩年に再び小説を書きたいといっており、その矢先に病気がもとで急逝したことが惜しまれた（平成元年八月一日、享年54歳）。武子さんは筆者が「樫村幹夫」を取り上げて書いたことを大変喜んで下さった。感謝である。

Ⅱ　第一歌集『空には本』の基礎的研究

第七章　作品集『われに五月を』における短歌構成

はじめに——作品集刊行の経緯

寺山が世に出した最初の単行本は、『われに五月を・寺山修司作品集』である。昭和32年1月1日初版で作品社から刊行された。大きさは縦17・3㎝、横13・5㎝のB6小型本である。発行部数は千部と少ない。しかもその後再版はされなかった。[*1]

巻頭の「五月の詩・序詞・」に「二十才　僕は五月に誕生した／僕は木の葉をふみ若い樹木たちをよんでみる／いまこそ時　僕は僕の季節の入口で／はにかみながら鳥たちへ／手をあげてみる／二十才　僕は五月に誕生した」とうたわれるとおり、また巻末「僕のノート」に「作品たちは全て僕の内に棲む僕の青年の所産である。言葉を更えて言えばこの作品集を発行すると同時に僕の内で死んだ一人の青年の葬いの花束」と記されるとおり、寺山にとって作品集は「二十才」の青春の記念碑であり、創作家としての誕生を意味するものであった。内容もそれまでの創作一切（俳句、詩、短歌、ジュリエット・ポエット＝散文詩、エッセイ）が収められている。

作品集は、寺山をデビューさせた『短歌研究』の編集長、中井英夫の尽力により刊行された。当時寺山は病気入院中であり、中井は「これほどの希有な才能を、一冊の本も残さずに死なせてたまるかという気持ちだった」と後に語っている（『週刊読書人』「追憶　寺山修司」昭58・5・23）。編集者として、万一の時には「遺稿集」とする考えもあったと思われる。以下、具体的な作品集刊行の経緯を中野トク宛書簡から拾ってみる。

①昭和31年8月6日（消印）　作品社から作品集を出してもらうことがきまり、今、歌や詩やコントを製理《（ママ）》しているが清書してくれる人がいないので弱っています。

②昭和31年8月30日（消印）　カット入りで詩歌エッセイの僕の作品集は今日作品社に渡したので秋にはできます。方形版できれいになりそうです。

③昭和31年9月13日（消印）　僕の作品集は豪華本で詩だの歌だの散文詩を一杯いれてカットもいれていま印刷しています。知人友人に案内状を配って紹介しせいぜい売行きよくしたりしたい。

④昭和31年10月28日（消印）　なかなか印刷進行しないで弱っているので作品社へ一読者を装って「ナゼ出ナイカ、早クダスノヲタノシミニシテイル」というような葉書出して下さい。うんときれいない、本が出る筈なり。

⑤昭和31年11月14日（消印）　僕は大分癒くなりました。この分でいくとことし一杯で退院できそうです。退院する前に僕の本がでる。

⑥昭和31年12月10日（消印）　本はこの二、三日中にでます。

⑦昭和31年12月20日（消印）　僕の本は今日、署名入りの本へ署名しました。そちらにもすぐ届くでしょう。

⑧昭和32年1月7日（消印）　僕の本どうです？　感想きかして下さい。

⑨昭和32年1月15日（消印）　僕の本の批評きかして下さい。（中略）一月十日で二十一才になった。

ここに見る限り、編集作業そのものは、昭和三十一年の夏に比較的短期間で行われたようである。完成原稿を八月末に出版社に渡しており、当初の予定では秋に出版されることになっていた様子だ。しかして十月末、印刷が上がらないことに不満をもらしている。その後十二月十日以降、二十日までの間に印刷は仕上がり、本の奥付（昭和32年1月1日）よりも十日ほど早く、署名入りの本が関係者に届けられた。年が明けて昭和三十二年「一月十日で二十一才」、実際に本が刊行されたのは二十一才の誕生日を迎える直前となった。

さて『われに五月を』に収録される短歌は全〈112首〉で「森番」「真夏の死」「祖国喪失」の章から構成される。

1　作品集「森番」　1番〜51番　51首――歌集『空には本』へ37首収録
2　作品集「真夏の死」　52番〜78番　27首――歌集『空には本』へ26首収録
3　作品集「祖国喪失」　79番〜112番　34首――歌集『空には本』へ29首収録
計　112首――歌集『空には本』へ92首収録

『われに五月を』収録短歌のうち〈92首〉が、『空には本』にも収録されている。『空には本』（昭和33年6月）の全歌数が〈303首〉であることを考えれば、その約三分の一が、『われに五月を』の編集時点までに詠出されていたことになる。よって歌集に先だって編集された『われに五月を』が、歌集『空には本』の誕生準備を担った側面もあったと考えられる。本稿では『われに五月を』の短歌構成を中心に、『空には本』との関連性を考察していきたい。

1 『われに五月を』を初出とする19首

『われに五月を』に収録される短歌の大半が、〈①短歌雑誌〉を初出とし、〈②作品集『われに五月を』〉を経て、〈③歌集『空には本』〉に収録されるという経緯を持つ。その過程で、『われに五月を』を初出とする短歌が19首見出された。しかしうち16首（●）は、その後歌集には収められず、『われに五月を』に限られた作品となった。以下、『われに五月を』を初出とする歌群19首を章ごとに整理する。（○）は『空には本』への収録作品（3首）。歌番号は作品集における短歌の通し番号。（表記は初版本『われに五月を』に拠る、昭32・1、作品社）

① 森番（11首）

● 17 石もって小鳥落さむことにのみわれは頼もしき恋人なりき

● 20 やわらかな桃の毛の下を地平としふるさと捨つるまた一人あり

● 23 寄宿舎に少女を訪わむポケットに汗ばむ甲虫にぎりしめ

● 24 母馬の二重瞼をしみじみと見てをり復活祭の夜明けに

● 29 あゝ五月暗き馬小舎にて読みしジャンコクトオも肥料の匂ひ

● 31 卵一つにぎりて町を帰りきぬ復活祭も貧しきわれは

● 34 浮巣より孵りし小鳥たしかめぬ愛されぬ日の秘密のごとく

★○ 39 パン焼けるまでのみじかきわが夢は春のヨットをなつみと翔くる

● 45 春は巨きパイプが大地を貫ぬきて来て噴きだせり青春も斯く

● 46　日あたりの仔馬を越えてわが思い失ないし詩の一つにおよぶ
● 51　ふり向けばすぐ海青し青春は頬をかすめて時過ぎてゆく（末尾歌）

② 真夏の死（2首）

● 72　籠の雲雀放たむとしてわが町のどこまで来ても見られていたる
★〇 78　胸病めばわれにも青き山河ありスケッチブック閉じて眠れど（末尾歌）

③ 祖国喪失（6首）

● 80　雨季来たり黒き帽子を脱ぐときの神父にもふとけものの匂い
☆● 99　巨いなる地主の赤き南瓜など蹴りなぐさむや少年コミュニスト
☆〇 101　山小舎のラジオの黒人悲歌を聞けり大杉に斧打ち入れしまま
● 107　他人の血すこしにじみし聖書の上わが頬杖はたそがれやすく
● 110　酔えばわれラスコーリニコフ電柱に頭おしつけひとり笑えり
● 112　春の水を祖国とよびて新しき血にさめてゆく日をわれも持つ（末尾歌）

右の歌群のなかで★印を付した2首〈39・78〉は、他とは異なる経緯を持つ。〈作品集〉を初出とし、〈短歌雑誌〉に収録され、〈歌集〉に収録されている。〈①短歌雑誌〉と〈②作品集〉の順序が逆という珍しいケースである。以下、表記の異同に注目したい。

【39の経緯】

①作品集　昭和32年1月「森番」『われに五月を』

三九　パン焼けるまでのみじかきわが夢は春のヨットをなつみと翔くる

②雑誌　昭和32年2月「僕らの理由 Ⅱ夏美の歌」『短歌研究』

パン焦げるまでのみじかきわが夢は夏美と夜のヨットを馳らす

③歌集　昭和33年6月「夏美の歌」『空には本』

パン焦げるまでのみじかきわが夢は夏美と夜のヨットを馳らす

①作品集「春のヨットをなつみと翔くる」から、②雑誌「夏美と夜のヨットを馳らす」に推敲されている。なかでも固有名詞「なつみ」が、「ひらがな表記」から「漢字表記」に改められていることに留意したい。①作品集の「なつみ」の歌は1首のみで表記も「ひらがな」である。これに対して②雑誌では「夏美の歌」というタイトルの連作10首がある（『短歌研究』「僕らの理由」全50首）。うち4首に「夏美」が詠み込まれている。

表記の問題であるが、「夏美」の場合、固有名詞そのものが「夏」という季語的な役割を含みもつ印象がある。よって作品集「なつみ」から雑誌「夏美」への推敲にともない、作品集「春のヨット」から雑誌「夜のヨット」へと、「春」という四季の名詞が「夜」という一般名詞に変更されたのではないだろうか。

作品集においては単独であった「なつみ」の歌が、雑誌において連作「夏美の歌」として確立し、それをベースに歌集へ移動したと考えられる。歌集においては「夏美」はすべて漢字表記で、「夏美の歌」という相聞歌の一章を形成している。

【78の経緯】

①作品集　昭和32年1月「森番」『われに五月を』

78　胸病めばわれにも青き山河ありスケッチブック閉じて眠れど

②雑誌　昭和32年2月「僕らの理由　I記憶する生」『短歌研究』

胸病めばわが谷緑ふかからむスケッチブック閉じて眠れど

③歌集　昭和33年6月「記憶する生」『空には本』

胸病めばわが谷緑ふかからむスケッチブック閉じて眠れど

二、三句目が①作品集「われにも青き山河あり」から、②雑誌「わが谷緑ふかからむ」へ推敲されている。これは戦後、日本で上映されたアメリカ映画「わが谷緑なりき」（監督ジョン・フォード、一九四一年、日本一九五〇年・五一年）のタイトルを取り込んだものと思われる。映画は『キネマ旬報』一九五一年度ベストテン・外国映画の部で三位に入っており話題性があった（『キネマ旬報』昭27・2上旬号）。一首の主題は映画の内容とは関係がないが、同時代文芸の受容と同じく、映画のタイトルを歌に取り込み読者に印象づけるという方法は、寺山の得意とするところであった。

〈39・78〉ともに、歌集に収録されたものは雑誌と同じ表記である。よって作品集『われに五月を』を初出とし、雑誌発表の際に推敲され、それを決定稿として歌集へ収められたと考えられる。

また☆印を付した2首、99「巨いなる地主の赤き南瓜など蹴りなぐさむや少年コミュニスト」、101「山小舎のラジオの黒人悲歌を聞けり大杉に斧打ち入れしまま」は、デビュー作の応募原稿「父還せ」の作品である（「チェホフ祭」発表時に削除された）。よって短歌雑誌には掲載されていないが、作品集編集時に詠出されたものではない。ここから推測されることは、『われに五月を』を初出とする他の作品についても、同様の経緯を持つ可能性もあるということだ。しかしながら作品集初出の19首中、16首が歌集に採られなかったという事実もある。雑誌掲載を経ている作品の大半は、歌集へも収録されており、そこに編集者の客観的な判断を経ているか否かという違いがある。

この他【『われに五月を』を初出とする19首】において特徴的なことは、三つの章の末尾歌〈51・78・112〉には、すべて『われに五月を』を初出とする作品が置かれていることである。これは偶然ではないだろう。各章の末尾歌としてふさわしい作品が、作品集編集時に詠出されたものと考えられる。

2　歌集『空には本』未収録歌——「かずこ」の歌

作品集『われに五月を』から歌集『空には本』へ収録されなかった作品は20首ある。うち16首は先にみたように作品集限定の歌だ。しかしてあとの4首は、また別の事情をもつ歌群である。作品集「森番」の〈13〜16〉の4首がそれにあたる。短歌雑誌に発表された後、作品集には収められたが、歌集で外された歌である。前後の作品も含めて以下にあげる。括弧内（　）は初出誌。

12　草の笛吹くを切なく聞きており告白以前の恋とは何ぞ（「チェホフ祭」『短歌研究』昭29・11）
13　小鳥飼うある日のかずこ夢に見てわれは眠れり外套のまま（「真夏の死」『短歌研究』昭30・9）
14　怒濤よりあるいは早くめぐり来むかずこなからばわが真夏の死（「真夏の死」『短歌研究』昭30・9）
15　黒蝶はかずこの天使なりと決む丸太挽く音ひゞかせながら（「猟銃音」『短歌研究』昭31・4）

16　逢わぬ間も沼に鱒の子育つごとくかずこ歌えりわが内にして（「猟銃音」『短歌研究』昭31・4）
17　石もって小鳥落さむことにのみわれは頼もしき恋人なりき（作品集初出歌／歌集未収録歌）

〈13〜16〉は一見して明らかなように、女性の固有名詞「かずこ」を詠んだ連作である。これら「かずこ」の歌の前後に〈12・17〉が配置されている。この2首は内容からみて意識的に前後に置かれ、〈12〜17〉の6首続きが「かずこ」の歌＝相聞歌群として構成されたようにみえる。

しかし〈12〉を除いて、あとの5首は歌集へは採られなかった。それには次のような理由が考えられる。

まず12「草の笛吹くを切なく聞きており告白以前の恋とは何ぞ」は、初出が「チェホフ祭」であり、もとより「かずこ」の歌として詠出されたものではない。しかし「告白以前の恋とは何ぞ」と相聞歌には適した内容の歌である。よって作品集では「かずこ」の歌の〈序歌〉として配置することも可能であり、歌集においてはまた別の歌群（一章「燃ゆる頬――森番」収録）に配置することも可能だったのではないか。

それに対し17「石もって小鳥落さむことにのみわれは頼もしき恋人なりき」は、作品集を初出とし、最初から「かずこ」の歌を意識して詠出されたと考えられる。結句が「恋人なりき」と過去形で歌われているのも、この歌をもって相聞歌群を意識的に閉じ、作品集内における「かずこ」との恋を完結させたものと考えられる。〈13〜17〉が『空には本』で外されたのには、歌集には相聞歌のみで構成された「夏美の歌」という章があり、別の女性の固有名詞を詠み込んだ歌群が入ることは、構成上（心情的にも）無理があったからだと思われる。

以上、「かずこ」の歌4首と、先にみた作品集限定の16首と、合計20首が、作品集から歌集への編集過程で『空には本』には収録されなかった作品となる。

3　『われに五月を』「森番」歌群の構成

作品集『われに五月を』に収められる短歌112首中、92首が歌集『空には本』へ収められた。その大半（89首）が〈①短歌雑誌→②作品集→③歌集〉という収録経緯である。以下、この編集過程を作品集における歌群ごとの構成を中心にみていきたい。A〈短歌雑誌から作品集『われに五月を』の構成〉、B〈作品集から歌集『空には本』への収録先〉の順で整理する。

【A　森番　51首　短歌雑誌からの構成】

昭和29年11月	チェホフ祭（全34首）	5首	『短歌研究』（短歌研究社）
30年1月	森番（全34首）	20首	『短歌研究』
30年5月	麦藁帽子（全10首）	6首	『短歌研究』
30年9月	真夏の死（全5首）	4首	『短歌研究』
31年4月	猟銃音（全30首）	4首	『短歌研究』
32年1月	開かれた本（全30首）	1首	『短歌』（角川書店）
32年1月	作品集初出	11首	
		計51首	

【B　森番　51首　歌集への収録先】

一章　燃ゆる頬（森番・海の休暇）	25首

二章	記憶する生	3首
三章	季節が僕を連れ去ったあとに	1首
四章	夏美のうた	1首
五章	チェホフ祭	1首
九章	熱い茎	1首
十一章	少年	3首
十二章	蜥蜴の時代	2首
歌集未収録		14首
		計51首

作品集「森番」から歌集へ最も多くの作品が収められたのは一章「燃ゆる頬」である（51首中25首が収録。「燃ゆる頬」はさらに二つのパートに分けられ、前半「森番」、後半「海の休暇」となる）。作品集「森番」から歌集「燃ゆる頬」への移動が多いことは、雑誌「森番」から作品集「森番」へ20首が移動していることにも連動している。うち14首が歌集「燃ゆる頬――森番」へ収録される。三つの編集過程でタイトル「森番」のもとに一貫して構成された、いわば動かぬ14首の作品が、「森番」を形成する中心と考えられる。以下、その14首（短歌上の数字は作品集における通し番号）。

1　とびやすき葡萄の汁で汚すなかれ虐げられし少年の詩を（巻頭歌）

5　胸病みて小鳥のごとき恋を欲る理科学生とこの頃親しき

7　そら豆の殻一せいに鳴る夕べ母につながるわれのソネット
10　夏川に木皿沈めて洗いいし少女はすでにわが内に棲む
11　倖せをわかつごとくに握りいし南京豆を少女にあたう
18　わが通る果樹園の小舎はいつも暗く父と呼びたき番人が棲む
19　果樹園の中に明日あり木柵に胸いたきまで押しつけて画く
26　故郷の訛りなくせし友といてモカ珈琲はかくまでにがし
28　森駈けて来てほてりたるわが頬を埋めむとするに紫陽花くらし
32　夏帽のへこみやすきを膝にのせてわが放浪はバスになじみき
35　吊るされて玉葱芽ぐむ納屋ふかくツルゲエネフを初めて読みき
36　智恵のみがもたらせる詩を書きためて暖かきかな林檎の空箱
38　五月ならりつきよう鳴らし食うときも教師とならむ友を蔑すむ
40　草の穂を噛みつゝ帰る田舎出の少年の知恵は容れられざりし

巻頭歌「とびやすき葡萄の汁で汚すなかれ虐げられし少年の詩を」に明らかなように、「森番」の基調は〈少年の詩〉である。7「われのソネット」、28「わが頬」と一人称で歌うもの、1「少年の詩」、40「少年の知恵」と三人称で歌うものと視点は異なるが、〈少年〉が主人公であることに変わりない。川や森、果樹園といった牧歌的な自然を背景に、「詩」を読み、自らも「詩」を書くことの好きな〈少年〉の姿が造型されている。

〈少年〉により歌われる相手は、身近な関係にある〈母〉〈父〉であり、〈少女〉である。ことに〈少女〉をうたう11「倖せをわかつごとくに握りいし南京豆を少女にあたう」は、〈少女〉を合わせ鏡として、彼女に向き合う〈少年〉の存在を明るく照らし出している。雑誌「麦藁帽子」から作品集「森番」（歌集「燃ゆる頰・森番」）に採られた3「海を知らぬ少女の前に麦藁帽のわれは両手をひろげていたり」なども同じ発想である。

作品集「森番」へは、雑誌「チェホフ祭」「麦藁帽子」「真夏の死」「猟銃音」からも、各々4首〜6首が選出されているが、いずれも「森番」＝〈少年の詩〉にふさわしい作品群である。たとえば雑誌「チェホフ祭」からは次のような作品が選出される。

9　ころがりしカンカン帽を追うごとくふるさとの道駈けて帰らむ
12　草の笛吹くを切なく聞きており告白以前の恋とは何ぞ
21　勝ちて獲し少年の日の胡桃のごとく傷つきいしやわが青春は
25　一粒の向日葵の種蒔きしのみに荒野をわれの処女地と呼びき
50　列車にて遠く見ている向日葵は少年の振る帽子のごとし

寺山初期歌の代表的なスタイルは、雑誌「チェホフ祭」「森番」でその原型が形成され、作品集「森番」の段階に至ってほぼ完成したと考えられる。ゆえに歌集においても、それをスライドさせる形で、巻頭章「燃ゆる頰―森番」を構成することが可能だった。よって三つの編集過程で継承されたタイトル「森番」とその作品群は、寺山の初期歌を総称するものといえるだろう。

かつて中井英夫は、寺山短歌を「青春の香気」と称え、「読む者の少年時代をも仄かに照らし出す夢のランプ」、「十代の少年の内部自体をこれほど明るく懐かしく映し出したという例はかってなかった」と評した（『寺山修司青春歌集』昭47）。菱川善夫によっても「「青年の感傷」は、寺山修司の登場によって、はじめて戦後歌壇にもたらされた」、「感傷もまた青春をうるおす生命の露である。その露の光を言語でとらえるということは、思想をとらえる以上に実は至難なことである」と、短歌表現における青春の感傷性が高く評価されている（『歌のありか』一九八〇年六月、国文社）。編集者中井英夫によって見出されたのは、青春歌人としての〈寺山修司〉であり、デビュー後第一作の「森番」（昭30・1）により、さらに中井の尽力で刊行された『われに五月を』によって、寺山はいよいよその期待に応えたといえよう。

4　『われに五月を』「真夏の死」歌群の構成

【A　真夏の死　27首　短歌雑誌からの構成】

昭和29年11月	チェホフ祭（全34首）	6首
30年1月	森番（全30首）	3首
30年5月	麦藁帽子（全10首）	1首
30年9月	真夏の死（全5首）	1首
31年4月	猟銃音（全30首）	14首
作品集初出		2首
		計27首

【B　真夏の死　27首　歌集への収録先】

二章　記憶する生	2首

五章	チェホフ祭	3首
八章	浮浪児	1首
九章	熱い茎	4首
十一章	少年	1首
十二章	蜥蜴の時代	13首
十三章	真夏の死	2首
歌集未採択		1首
		計27首

『われに五月を』の二つ目の歌群「真夏の死」、タイトルそのものは雑誌「真夏の死」で既に起用されていたものだ（『短歌研究』昭30・9）。「真夏の死」は三島由紀夫の小説『真夏の死』から取り込んだと思われるが（『新潮』昭27・9、第十章参照）、初出時において同タイトルを読み込んだのは次の作品である

14　怒濤よりあるいは早くめぐり来むかずこなからばわが真夏の死　（「真夏の死」『短歌研究』昭30・9）

しかし右の歌は作品集「真夏の死」へは採られなかった（「森番」の章に「かずこ」の歌として配置）。歌群の構成からみても、雑誌「真夏の死」から作品集「真夏の死」へは1首、作品集「真夏の死」から歌集「真夏の死」へも2首しか採られていない。従って「真夏の死」は歌群の変遷とは無関係に、タイトルのみが継承されていったことになる。このことは「森番」において、中心を成す歌群が一貫して同じタイトル「森番」のもとに構成された

のと対照的である。

さて、そのような構成状況においても、タイトル「真夏の死」のもとに一貫して収められた作品が一首ある。

52　うしろ手で春の嵐のドアとざし青年はすでにけだものくさき　（「真夏の死」『短歌研究』昭30・9）

一首を含む初出雑誌「真夏の死」は全5首で意識的な構成にはなっていない。しかし作品集において一首は「真夏の死」の巻頭歌として配置され、歌群全体のモチーフを方向づけていると思われる。先にみた「森番」が巻頭歌「とびやすき葡萄の汁で汚すなかれ虐げられし少年の詩を」により「少年」を中心人物としたのに対し、「真夏の死」では「青年」を中心人物に設定している。内容も「青年」としての成長に応じてか、「森番」にはみられなかった屈折した愛をテーマとしたものや、陰影を含む心理描写の作品が多い。「真夏の死」への収録が14首と最も多かった雑誌「獵銃音」（『短歌研究』昭31・4）から作品をあげておく。

54　愛されていしやと思うまといつく黒蝶ひとつ虐げて来て
55　汗の群衆哄笑をして見ていしが片方の犬噛み殺されぬ
59　電話より愛せめる声はげしきとき卓の金魚はしづかに退る
60　胸病むゆえ真赤な夏の花を好く母にやさしく欺されていし
61　誰か死ねり口笛吹いて炎天の街をころがしゆく樽一つ
62　跳躍の選手高飛ぶつかのまを炎天の影いきなりさみし
64　日傘さして岬に来たり妻となりし君と記憶のかさならぬまま

70　鰯雲なだれてくらき校廊にわれが瞞せし女教師が待つ

「虐・殺・欺・死・瞞」といった不吉なイメージを連想させる語彙が頻出し、主人公の屈折した心理が象徴される。このような作品傾向は、雑誌「チェホフ祭」「森番」から、作品集「真夏の死」に採られた作品にも同様にみられる。例えば「母」を詠んだ歌。

56　くちづけする母をば見たり枇杷の樹皮むきつつわれは誰をにくまむ（初出「森番」『短歌研究』昭30・1）
57　夾竹桃咲きて校舎に暗さあり饒舌の母をひそかに妬む（初出「チェホフ祭」『短歌研究』昭29・11）

56「くちづけする母」、57「饒舌の母」と悪女的なイメージの〈母〉と、その〈母〉に対する「われ」の嫌悪感が詠まれている。先にあげた「猟銃音」から採られた60「胸病むゆえ真赤な夏の花を好く母にやさしく欺されていし」も同様の〈母〉である。

「真夏の死」を構成する〈母〉の歌は、「森番」の「そら豆の殻一せいに鳴る夕べ母につながるわれのソネット」に象徴される〈母恋い〉の対象としての〈母〉のイメージからは逸脱している。設定される中心人物が、「森番」の〈少年〉から「真夏の死」の〈青年〉へと変化したことに伴い、それに応じた歌群構成が意識されたものと考えられる。

5　『われに五月を』「祖国喪失」歌群の構成

【A　祖国喪失　34首　短歌雑誌からの構成】

29年11月　チェホフ祭（全34首）　15首
30年1月　森番（全30首）　2首
30年5月　麦藁帽子（全10首）　1首
31年4月　猟銃音（全30首）　10首
作品集初出　6首
計34首

【B　祖国喪失　34首　歌集への収録先】

一章　燃ゆる頰　1首
五章　チェホフ祭　12首
六章　冬の斧　2首
七章　直角な空に　2首
八章　浮浪児　2首
九章　熱い茎　2首
十二章　蜥蜴の時代　3首
十四章　祖国喪失　5首
歌集未収録　5首
計34首

作品集に構成される最後の歌群「祖国喪失」は、雑誌「チェホフ祭」から採られた作品が15首と最も多く、歌集への収録先も「チェホフ祭」が12首と最も多い。[*2] デビュー作「チェホフ祭」の応募原稿「父還せ」から発表時に削除された次の2首も、作品集「祖国喪失」において復活している。

99　巨いなる地主の赤き南瓜など蹴りなぐさむや少年コミュニスト（歌集未収録）
101　山小舎のラジオの黒人悲歌を聞けり大杉に斧打ち入れしまま（歌集「チェホフ祭」）

作品集では99「巨いなる――」に続けて100「アカハタ売るわれを夏蝶越えゆけり母は故郷の田を打ちていむ」が配列されている。99「少年コミュニスト」と100「アカハタ売るわれ」は、同一の主人公として読むことができる。99「巨いなる――」は雑誌「チェホフ祭」では編集者により削除されたものの、寺山としては「アカハタ売るわれ」と同列の作品として捨てがたかったのであろう。しかし歌集には収録されなかった。

一方、歌集「祖国喪失」へは作品集「祖国喪失」から5首が採られるのみで、それぞれの末尾歌も異なる。

・作品集「祖国喪失」春の水を祖国とよびて新しき血にさめてゆく日をわれも持つ（作品集初出）
・歌集「祖国喪失」　復員服の飴屋が通る頃ならむふくらみながら豆煮えはじむ（「熱い茎」『短歌研究』昭32・8）

作品集においては「祖国」に重ねて「新しき血」への覚醒と、前向きな希望で一巻が閉じられている。一方の歌集においては、いまは「飴屋」となった「復員服」に象徴される人物（復員軍人）を登場させ、重い戦争の傷痕を日常風景のひとコマに描いて一巻を閉じている。[*3] よって作品集と歌集の同タイトル「祖国喪失」における歌群のテーマは、これを同じものと見ることは出来ない。

＊

最後に作品集の各歌群のタイトルについて言及しておきたい。「森番」と「真夏の死」は、作品集以前に短歌雑誌の連作タイトルとしてあったものだ。しかし「祖国喪失」は短歌雑誌に発表がない（作品集刊行後もない）。よって「祖国喪失」は、『われに五月を』の編集時点で考案されたものと考えられる。しかも作品集「祖国喪失」の章頭歌は寺山の代表作「マッチ擦るつかのま海に霧ふかし身捨つるほどの祖国はありや」である。もともと一首は、初出において「猟銃音」と題する連作の冒頭歌であった（『短歌研究』昭31・4）。以下に一首を含む〈雑誌・作品集・歌集〉の冒頭部分をあげておく。

①タイトル「猟銃音」『短歌研究』昭和31年4月
マッチ擦るつかのま海に霧ふかし身捨つるほどの祖国はありや
さむきわが望遠鏡がとらえたる鳶遠ければかすかなる飢え
一団の彼等が唱うトロイカは冬田の風となり杭となる

②タイトル「祖国喪失」作品集『われに五月を』昭和32年1月
マッチ擦るつかのま海に霧ふかし身捨つるほどの祖国はありや
雨季来たり黒き帽子を脱ぐときの神父にもふとけものの匂い
亡き父の勲章のみを離さざり母子の転落はひそかにはやし

③タイトル「祖国喪失」歌集『空には本』昭和33年6月
マッチ擦るつかのま海に霧ふかし身捨つるほどの祖国はありや
鼠の死蹴とばしてきし靴先を冬の群衆のなかにまぎれしむ
鷗とぶ汚れた空の下の街ビラを幾枚貼るとも貧し

①初出雑誌においては「祖国」から三首目「トロイカ」へと、ロシア民謡の世界をイメージさせる「祖国」である。②作品集では「祖国」から三首目「亡き父の勲章」へと戦争の傷痕が前景化する。③歌集では「祖国」から二首目「群衆」、三首目「貧し」き「街」に貼る「ビラ」と、闘争的な色合いが濃くなる。

このように〈雑誌・作品集・歌集〉と冒頭三首による歌群の方向性は微妙に異なるが、「マッチ擦る――」の一首はすべて冒頭に位置する。しかし同じ一首でも、タイトルが「猟銃音」か「祖国喪失」かでは大きく異なる。「祖国」という言葉のとらえ方は、年代によって異なるものである。例えば戦後まもない時代、引き揚げ者によって「祖国」は次のように歌われている。

・昭和20年～22年（『昭和萬葉集』巻七、昭54・4、講談社）
いのち生きて祖国に還る船に見し星条旗はためく沖縄の島　伊藤静思
朝雲に抱かれて見ゆかぎろひの波間にゆれてわが祖国見ゆ　中津賢吉
・昭和23年～24年（『昭和萬葉集』巻八、昭54・7、講談社）
祖国帰還知らせる声に作業やめ一散に駈ける麓めざして　岡本荘平
背に幼児炊事道具は胸にさげ祖国の土に夢かと立てり　松田末子

戦中を外地で過ごし苦難の末に帰還した人々にとっては、「夢」にまでみた「わが祖国」であり、その地に「いのち生きて」再び立つことは悲願であった。しかして寺山ら戦後世代の若者にとって、「祖国」の意味は大きく転換する。歌集『空には本』には、「祖国」が詠み込まれる歌が三首ある。

52　かなか（ママ）なの空の祖国のため死にし友継ぐべしやわれらの明日は
160　地下室の樽に煙草をこすり消し祖国の歌も信じがたかり
278　マッチ擦るつかのま海に霧ふかし身捨つるほどの祖国はありや

「祖国のため死にし友」（52）の思いを「継ぐべしや」の「や」は、「身捨つるほどの祖国はありや」の「や」と同様、反語の意を含むものであろう。ここに一貫して歌われる「祖国」への懐疑は、「祖国喪失」という戦後的な命題に行き着く時、決定的なものとなるのではないか。

一首における「身捨つるほどの祖国はありや」という問いかけは、「祖国喪失」のタイトルと響き合ってこそ、より強く読者の胸に迫るものとなろう。[*4]

歌集においては最終章に位置するだけに、一首とタイトルの役割は大きい。寺山の第一歌集であり青春歌集として知られる『空には本』が、「祖国喪失」という戦争の傷痕を刻んだ重いテーマによって閉じられることは記憶されるべきであろう。

ここにタイトル「祖国喪失」と代表歌「マッチ擦る――」の組み合わせは、作品集『われに五月を』編集時点において誕生したものであり、作品集が歌集誕生の重要な一面を担ったことを確認しておきたい。

注

＊1　初版発行部数千部は出版案内葉書による（昭和31年10月1日 中野トク宛書簡）。寺山没後三回忌の一九八五年に思潮社から復刊された『われに五月を』は、収録作品は同じであるものの、装丁は異なる。近年、日本図書センターから「初刊のデザインの香りをつたえる新しい愛蔵版詩集シリーズ」の一冊として『われに五月を』も刊行された（二〇〇四年）。こちらは初版本に近いデザインで作られているが、同じ装丁の復刻版というわけではない。しかしながら、現在初版本の入手は困難で、一般的にはこれら復刊本で『われに五月を』を読むことが出来る。

＊2　雑誌「チェホフ祭」から作品集「祖国喪失」に採られた作品のなかで、〈81・87〉の歌については編集過程において推敲が見られる。

〔81〕

雑誌初出（昭和29年11月「チェホフ祭」『短歌研究』）

①亡き父の勲章はなを離さざり母子の転落ひそかにはやし

作品集『われに五月を』（「祖国喪失」81）

②亡き父の勲章のみを離さざり母子の転落はひそかにはやし

歌集『空には本』（第十二章「蜥蜴の時代」）

③亡き父の勲章はなお離さゞり母子の転落ひそかにはやし

雑誌と歌集がほぼ同じ表記で、作品集に異同がみられる。第二句②「勲章のみを」については①③「勲章はなお（を）」の方が、戦後の時間が経過しつつあるなかで、いまだなお「父の勲章」を心の支えとする母子の悲劇をより切実に表現していると思われる。第四句の①③「母子の転落」か、②「母子の転落は」かは、定型の音数に忠実であろうとするならば「母子の転落」である。

〔87〕

雑誌初出（昭和29年11月「チェホフ祭」『短歌研究』）

①西瓜浮く暗き桶水のぞくとき還らぬ父につながる想ひ
作品集『われに五月を』（87「祖国喪失」）
②桃うかべし暗き桶水のぞくとき還らぬ父につながる想い
歌集『空には本』（第五章「チェホフ祭」）
③桃うかぶ暗き桶水替うるときの還らぬ父につながる想い

　主として上句に推敲がみられる。三句目①②「のぞくとき」→③「替うるときの」については、①②「のぞくとき」が意識的な動作であるのに対して、③「替うるときの」は何気ない日常作業の一コマとして読める。初句の推敲についても、②「桃うかべし」はやや作為的な感じを受け、①「西瓜浮く」③「桃うかぶ」の方が自然な感じを受ける。①「西瓜浮く」→②「桃うかべし」→③「桃うかぶ」の推敲は、「桃」を媒介として、②作品集が③歌集への橋渡しをしたようにも見える。「桃」の浮かぶ「桶水」を替えるという日常の動作の中で、暗い水面に自身の顔が映ったその瞬間、少年の潜在意識にある「還らぬ父」への「想い」が甦ってくる、という③歌集が決定稿である。

＊3　歌集『空には本』の巻末歌301「復員服の飴屋が通る頃ならむふくらみながら豆煮えはじむ」。栗坪良樹はこの首を含む『空には本』の最終章「祖国喪失」から「復員軍人の孤影」を読み取り、「生きて帰還したばかりに〈祖国喪失〉者となった兵隊たちの〈歴史的残像〉」をそこにみる（『寺山修司論』）。

第八章　『空には本』と『寺山修司全歌集』――「初期歌篇」をめぐる問題

はじめに

寺山修司の初期短歌は『空には本』に集大成される歌群である。『空には本』は昭和三十三年六月、的場書房より刊行された（定価四百円）。寺山は既に二冊の本――作品集『われに五月を』（昭32・1、作品社）、散文詩集『はだしの恋唄』（昭32・7、的場書房）を世に出していたが、歌集としては初めてのものである。

『空には本』は寺山の第一歌集であるにもかかわらず、その全貌は意外と正確には知られていない。それは現在出版される〈寺山歌集〉の多くが、『寺山修司全歌集』（昭46・1、風土社／以下、本稿では「全歌集」と略記する）を底本とする場合が多いことに起因する。

しかし、全歌集は編集時点で新たに作品の組み替えがなされている。よって全歌集をテキストとした場合、単行本（初版）の『空には本』が見えにくくなる上に、作品の出典が混乱するという問題がつきまとう。単行本から全歌集における組み替えは、『寺山修司全詩歌句』（一九八六年五月、思潮社）の巻末「編注」に記されており、[*1] 周知の事実であるはずだが、一般的にはあまり知られていないようである。

むろんこの問題に意識的な論もある。野島直子『孤児への意志――寺山修司論』（一九九五年）は、主に第二歌集『血と麦』、第三歌集『田園に死す』を対象とするが、全歌集における「再編」の意味を論究している。

しかし一般的に寺山短歌をめぐる批評の場においては、全歌集からの作品引用のために、出典が混乱している場合が多い。寺山の初期短歌を研究するにあたっては、一首ごとの成立（初出）を明らかにした上で、歌集および全歌集における作品の位置付けを考える必要がある。

1　単行本歌集と全歌集

まず単行本と全歌集の関係を確認しておきたい。寺山の生前に出版された単行本歌集は三冊ある。第一歌集『空には本』（一九五八年）、第二歌集『血と麦』（一九六二年）、第三歌集『田園に死す』（一九六五年）。それらを改編し、未刊歌集（単行本未収録歌）を併せた形で、『寺山修司全歌集』が構成されている。以下、上段に全歌集の目次と収録歌数、下段に対応する単行本歌集と収録歌数をあげておく。

【『寺山修司全歌集』目次】

田園に死す――一九六四年　（103首）
初期歌篇　――一九五七年以前　高校生時代　（140首）
空には本　――一九五八年　（134首）
血と麦　――一九六一年　（263首）
未刊歌集　テーブルの上の荒野
　　――一九六二年　（91首）
計　731首

【単行本歌集】

『田園に死す』　一九六五年　（103首）
『空には本』　一九五八年　（303首）
『血と麦』　一九六二年　（296首）
702首

全歌集には、各歌集タイトル頁の裏に「年代」が記されている（例えばタイトル「田園に死す」の頁裏には「一九六四年」という具合に）。この記載された「年代」に目を留めれば、成立の新しい『田園に死す』を最初に配し、以下は「初期歌篇 ――一九五七年以前」と成立の古い順から構成されたようにみえる。しかし『田園に死す』以外の、「初期歌篇」『空には本』『血と麦』に関しては作品の一部と記載の「年代」が合致していない。

『血と麦』の組み替えについては、先の野島論に整理と考察があるが、簡単にふれておく。『血と麦』は単行本時点で『空には本』と重複歌群があり、全歌集ではその重複箇所が削除された。また『空には本』から二章分が全歌集『血と麦』に移動し、『血と麦』の一章分は全歌集「初期歌篇」へ移動した。この結果、全歌集版『血と麦』は単行本に比べ収録歌数が33首減っている。

以下本稿では、全歌集「初期歌篇」・『空には本』と単行本『空には本』の関係について、作品の組み替えと短歌の成立時期に留意し、これを検証していきたい。

2 『空には本』と全歌集

単行本『空には本』の構成（各章タイトルと収録歌数）を上段に、下段に全歌集への移動先をあげておく。上段の囲み部分は全歌集版『空には本』には収録されていない章である。

【単行本『空には本』の構成】			【全歌集への移動先】
1 燃ゆる頬	47首	→	「初期歌篇」

2	記憶する生	16首	→	「初期歌篇」
3	季節が僕を連れ去ったあとに	5首	→	「初期歌篇」
4	夏美の歌	27首	→	「初期歌篇」
5	チエホフ祭	29首		
6	冬の斧	21首		
7	直角な空に	26首		
8	浮浪児	8首		
9	熱い茎	20首		
10	マダムと薔薇と黒ん坊と	10首	→	全文削除
11	少年	7首		
12	蜥蜴の時代	30首	→	『血と麦』
13	真夏の死	21首	→	『血と麦』
14	祖国喪失	24首		
	差し込み頁	2首		
	計	303首		

一見して明らかなように、全歌集版『空には本』は、単行本『空には本』から大幅に移動および削除がなされている。一章〜四章（105首）が「初期歌篇」に、十章「マダムと薔薇と黒ん坊と」（10首）が全文削除、十二章

「蜥蜴の時代」(30首)・十三章「真夏の死」(21首)は第二歌集『血と麦』へ移動している。

よって全歌集版『空には本』は全七章となり、単行本『空には本』全十四章の半分の構成となっている。収録歌数にみても、単行本では全303首のところ、全歌集版では134首と、半数以下の作品で構成されている。この事実から、単行本『空には本』と全歌集版『空には本』とは、これを同じものと見ることはできない。

3 全歌集「初期歌篇—十五才」について

単行本『空には本』の冒頭(一章から四章)を含む全歌集「初期歌篇」は次の五つのタイトルから構成される。[*2]

【『寺山修司全歌集』「初期歌篇」構成】

1	「燃ゆる頬」——「森番」	28首
	「燃ゆる頬」——「海の休暇」	18首
2	「記憶する生」	16首
3	「季節が僕を連れ去ったあとに」	15首
4	「夏美の歌」	25首
5	「十五才」	38首
計		140首

この「初期歌篇」の最後に収録される「十五才」について、先行の野島論を参照しつつみておきたい。

初出と歌のわかれ版（＊全歌集を指す／筆者注）の決定的な違いは、まず、第一歌集、第二歌集から少年期を詠んだものが「初期歌篇」として集められ、短歌における「少年時」を自らの手で成立させていることである。寺山の作歌活動は少年期より始まっているのは事実だが、初出が第二歌集であり、しかも、遠ざかる少年期を、ある距離のもとで詠んだと解釈できるものまで、この「初期歌篇」に加えているところからすると、「初期歌篇」というタイトルは、いかにも制作時を思わせるものだが、実際は、人生の初期、つまり少年期を詠んだ歌篇、ということになりそうである。一九七〇年の寺山は事後的に「少年期」を捏造しているのである。

（野島直子『孤児への意志――寺山修司論』）

筆者も野島の見解に賛同する。「初期歌篇」が一見「制作時」を意味するタイトルのようで、実はそうではないという事実は重要である。なかでも「初出が第二歌集であり」という箇所、これは「十五才」というタイトルの連作を指すものと考えられる。そこで連作「十五才」の経歴を詳しくみると、以下のようになる。まず「十五才」の出典（「初出」）であるが、第二歌集『血と麦』の「呼ぶ」というタイトルの連作が、タイトルを「十五才」と改め、内容はそのまま全歌集の「初期歌篇」へ移動している。さらに「呼ぶ」の初出を短歌雑誌に遡ると、一九五九（昭和34）年～一九六一（昭和36）年に発表された作品であることが確認できる。

【全歌集「初期歌篇――十五才」――『血と麦』「呼ぶ」全38首の初出】

1　一九五九年　一月　「洪水以前」　『短歌研究』　24首
2　一九五九年　四月　「氷湖に趨れ」　『短歌』　1首

3　一九五九年　九月「飛ばない男」『短歌研究』8首
4　一九五九年　十月「他人の時」『短歌』3首
5　一九六一年　三月「映子を見つめる」『短歌研究』2首
計　38首

この歌群の中には今日よく知られる次の一首も含まれる。

一本の樫の木やさしそのなかに血は立つたまま眠れるものを　（「洪水以前」『短歌研究』一九五九年一月）

一首は一九五九年一月『短歌研究』に発表された後、一九六二年『血と麦』「呼ぶ」に収録され、一九七一年全歌集で「初期歌篇――十五才」に収録という経歴になる。初出は寺山二十三才の時の発表作品である。「初期歌篇――十五才」の初出は、基本的に『空には本』（一九五八年）刊行の翌年以降に発表された歌群であり、年齢で言えば寺山修司〈23才~25才〉当時の作品である。それをあえて「十五才」という創作時の年齢を連想させる如きタイトルでくくり、「一九五七年以前 高校生時代」と付記した「初期歌篇」に組み込んだのは、「少年期の捏造」（野島）と批評されることをもよしとした、挑発的な寺山の編集方法と考えられないだろうか。

4――『空には本』冒頭四章と全歌集「初期歌篇」

ここまで単行本『空には本』と全歌集との基本的な関係を確認した。ここでさらに踏み込んで、単行本『空には本』一章～四章と全歌集「初期歌篇」との関係を問題にしたい。

全歌集版『空には本』は「チエホフ祭」の章からはじまる。「チエホフ祭」はデビュー作のタイトルでもあり、全歌集版『空には本』がその「チエホフ祭」から始まることも、読者にはある意味自然に受け止められることだろう。（※「チエホフ祭」の「エ」は単行本、全歌集ともに並字。短歌雑誌の初出タイトルは小字「チェホフ祭」。）しかし元来の単行本『空には本』においては「チエホフ祭」の前に、「燃ゆる頬」から始まる一章～四章があり、「チエホフ祭」は五番目の章である。よってそれぞれの巻頭歌も異なる。

森駈けてきてほてりたるわが頬をうずめむとするに紫陽花くらし　（単行本『空には本』巻頭歌）
一粒の向日葵の種まきしのみに荒野をわれの処女地と呼びき　（全歌集版『空には本』巻頭歌）

全歌集を底本としたテキストが多い現在、『空には本』一章～四章の部分は、『空には本』の作品というより「初期歌篇」の作品として扱われることの方が多い。例えば、高校の国語教科書に掲載される寺山短歌の約八割が『空には本』からの作品であるが、[*3]全歌集を底本としているために『空には本』の作品であることは知られていない。[*4]その場合問題となるのは、繰り返すが、作品の出典および成立時期である。全歌集「初期歌篇」は『空には本』の前に位置し、しかも次の但し書きが付記される。

「初期歌篇」――「一九五七年以前　高校生時代」

この但し書きに従うならば、「初期歌篇」は『空には本』以前の「高校生時代」の作品ということになり、実際そのように受け取る読者も多い。しかしながら「初期歌篇」の作品が、寺山の「高校生時代」に創作されたという事実は、筆者の調査の限りではない。そもそも『空には本』の作品で、昭和29年11月のデビュー以前に創作された短歌は少ない。デビュー作「チェホフ祭」（全34首）からしても、高校生時代に初出が確認できたものは三首にとどまる（第二章参照）。

さらに「初期歌篇」に「一九五七年以前」と付記される根拠も曖昧である。先の項で「初期歌篇――十五才」が一九五九年から一九六一年の発表作品であることを確認したが、「初期歌篇」収録の「燃ゆる頬」から「夏美の歌」（単行本『空には本』一章から四章に該当する）についても同様である。一首ごとの成立を短歌雑誌に遡れば、「一九五八年」に発表された歌も「初期歌篇」には22首含まれている（単行本『空には本』一章～四章には24首）。以下その24首をあげておく。

【『空には本』冒頭四章・全歌集「初期歌篇」における一九五八年初出の歌――24首】

＊表記は初版本『空には本』（昭33・6、的場書房）による。

＊初出雑誌との表記異同については左横カッコ内に記した。ただし字体および仮名遣いの新旧は省略した。

・二章「記憶する生」〈全16首〉

56　罐に飼うメダカに日ざしさしながら田舎教師の友は留守なり　（一九五八年一月「冬の斧」）

・三章「季節が僕を連れ去ったあとに」〈全15首〉

66　遠ざかる記憶のなかに花びらのようなる街と日日はさゝやく　（一九五八年一月「空について」）

70　漂いてゆくときにみなわれを呼ぶ（よぶ）空の魚（さかな）と言葉と風と　（一九五八年一月「空について」）

71　萱草に日ざしさゝやく午後のわれ病みおり翼なき歌かきて　（一九五八年一月「空について」）

74　わが胸を夏蝶ひとつ抜け《ぬけ》ゆくは言葉《ことば》のごとし失ないし日の　（一九五八年一月「空について」）

75　海よその青さのかぎりないなかになにか失くせしまゝわれ育つ　（一九五八年一月「空について」）

76　空のなかにたおれいるわれをめぐりつゝ川のごとくにうたう日日たち　（一九五八年一月「空について」）

77　たれかをよぶわが声やさしあお空をながるる川となりゆきながら　（一九五八年一月「空について」）

78　駈けてきてふいにとまればわれをこえてゆく風たちの時を呼ぶこえ（日日を継ぐこえ）　（一九五八年一月「空について」）

・四章「夏美の歌」〈全27首〉

80　空にまく種子選ばむと抱きつつ夏美のなかにわが入りゆく　（一九五八年六月「翼ある種子」）

81　わが寝台樫の木よりもたかくとべ夏美のなかにわが帰る夜を　（一九五八年一月「空について」）

82　夜にいいし（「いりし」／「いいし」は誤植か。）他人の空にいくつかの星の歌かきわれら眠らむ　（一九五八年一月「空について」）

83　樫の木のすぐ上の夜の空をとぶ寝台にわれと夏美と声と　（一九五八年六月「翼ある種子」＊全歌集削除）

84　空のない窓が夏美のなかにあり小鳥のごとくわれを飛ばしむ　（一九五八年六月「翼ある種子」）

85　遅れてくる夏美の月日待ちておりとぶ寝台に星あふれしめ　（一九五八年六月「翼ある種子」）

86　木や草の言葉でわれら愛すときズボンに木洩れ日がたまりおり　（一九五八年一月「空について」）

89　草にねて恋うとき空をながれゆく夏美と麦藁帽子と影と　（一九五八年一月「空について」＊全歌集削除）

92　木がうたう木の歌みちし夜の野に夏美が蒔きし種子をみにゆく　（一九五八年六月「翼ある種子」）

93　空撃ってきし猟銃を拭きながら夏美にいかに渇きを告げむ　（一九五八年一月「空について」）

94　愛すとき夏美がスケッチしてきたる小麦の緑みな声を喚ぐ　（一九五八年一月「空について」）

99　青空のどこの港へ着くとなく声は夏美を呼ぶ歌となる　（一九五八年六月「翼ある種子」）

100　野兎とパン屑に日ざしあふれしめ夏美を抱けりベットの前に　（一九五八年一月「空について」）
103　どのように窓ひらくともわが内に空を失くせし夏美が眠る　（一九五八年一月「空について」）
104　青空より破片あつめてきしごとき愛語を言えりわれに抱かれて　（一九五八年一月「空について」）

右一覧に確認できるように、『空には本』冒頭四章には一九五八（昭和33）年の作品が24首含まれている。よって『空には本』の内部においても一章～四章の作品だけが、特別早い制作時期とは言えない。制作時期の別によってこの部分を単行本『空には本』から切り離し、全歌集「初期歌篇――一九五七年以前　高校生時代」とする理由はないのである。以上のことから、歴史的な時間軸に従うならば、「初期歌篇――一九五七年以前　高校生時代」という寺山による但し書きは、正確な記述とは言えない。

「初期歌篇」はあくまでも歌群の内容から、人生における「初期」を歌った「歌篇」として構成されたもので、野島論の指摘する「少年期を詠んだ」歌を集中させた歌群と解釈できる。このことは『空には本』に先だつ作品集『われに五月を』の巻頭「森番」の章に、〈少年〉を主人公とした歌群を構成していることとも連動する。なぜなら『空には本』一章「燃ゆる頬――森番」は、『われに五月を』「森番」をベースに構成されているからである（第七章参照）。『空には本』の冒頭部（一章～四章）は、『われに五月を』「森番」の〈少年〉を継承する形で物語を展開させ、一連の流れを意識して構成されている。それは人生における〈少年期〉＝〈初期〉を演出した歌群であり、その意味においてこそ「初期歌篇」というタイトルはふさわしい。しかし制作時期の面から、これを『空には本』以前の「初期歌篇」と解釈することは出来ないことを改めて強調しておきたい。

おわりに

寺山歌集における作品の組み替え、制作年代の改編による挑発的な編集方法は、句集においても同様に行われていることであり、寺山作品を知る人にとっては特別目新しい事実ではないかもしれない。

しかしながら『空には本』一章～四章＝全歌集「初期歌篇」の作品については、高校の国語教科書にも採られることが多く、寺山短歌のなかでも一般読者に紹介される機会が多い作品群である。それだけに、作品の出典が混乱している事実は問題だと思う。『空には本』の作品を研究するにあたっては、まず単行本歌集に立ち返り、さらには初出雑誌に遡って、一首の出典および成立時期を確認することが必要である。

初版の『空には本』は現在入手困難であるが、近年「覆刻」版が刊行された（二〇〇三年九月、沖積舎）。その他入手しやすいテキストとしては、現代歌人文庫『寺山修司歌集』（一九八三年十二月、国文社）、『現代短歌全集』第十三巻（一九八〇年十一月、筑摩書房）があり、いずれも初版本『空には本』を底本としている。なかで現代歌人文庫『寺山修司歌集』は歌人の福島泰樹による編集で、その意図を次のように語っている。

もう単行歌集、いまじゃ古書展行ったって手に入らないだろうし、そればっかりじゃない。歌集一巻一巻を歴史的に意義づけてみたいしね。だから俺、思い切って三巻の歌集を、刊行時に遡って再現することにしたんだよ。寺山さん、何て言うかな。

（『寺山修司歌集』解説「寺山修司さびしき鷗」）

ここに「歌集一巻一巻を歴史的に意義づけ」るという作業は、寺山短歌における今後の研究課題であろう。筆者の歌集論もこの立場から試みようとするものである。

注

＊1　『寺山修司全詩歌句』は没後三年を記念して一九八六年に思潮社から刊行された。「編注」に「著者が生前に作成した企画書に基いて集成された」とある。収録短歌は『寺山修司全歌集』を底本としているが、「初版本との異同が示され、「初版本によらなかったのは、全歌集版での訂正が多岐にわたり、一達成点を示していると思われたからである」と編集の意向が記されている。全歌集における「一達成点」の検証についても今後の研究課題となろう。

＊2　連作「初期歌篇――十五才」は全歌集において「初期歌篇――夏美の歌」の一部として頁が組まれているが、目次では別立てになっている。もとより「夏美の歌」は「十五才」と内容面での関連性はない。また全歌集と『寺山修司全詩歌句』では、目次に若干の違いがみられる。全歌集「初期歌篇」に該当する項が、『寺山修司全詩歌句』においては「十五才――初期歌篇」となっており、メインタイトル「十五才」のもと「初期歌篇」がサブタイトルとなっている。さらに連作「十五才」が完全に「夏美の歌」の一部として収録されている。『寺山修司全詩歌句』は寺山自身の企画に基づくというから、これも寺山の意図的な編集方針であったのか。

＊3　高校の国語教科書に掲載される寺山短歌について筆者が調査したデータより。一九九八年度使用版で、寺山短歌掲載の教科書は33冊、短歌の種類は48首、延べ101首。短歌の種類〈48首〉中、約八割に当たる〈37首〉が『空には本』からの作品であった（詳細は拙稿「教科書に載る寺山修司」『蘖（ひこばえ）』16号、三沢ペンクラブ発行一九九八年十二月）。同じく二〇〇二年度使用版についても、掲載教科書30冊、短歌種類51首、延べ98首。短歌種類〈51首〉中、約八割に当たる〈39首〉が『空には本』からの作品であった。

＊4　例えばかつて三省堂『現代文』では「燃ゆる頰――森番」28首が一挙掲載されたが（平成6年2月 文部省検定済）、これも全歌集「初期歌篇」を出典としている。

第九章　『空には本』の構成方法――八章「浮浪児」・十一章「少年」を中心に

はじめに

戦後の歌壇に新鋭の評論家として登場した菱川善夫（「敗北の抒情」新人評論入選『短歌研究』昭29・11）は、その後長く前衛短歌の伴走者となったが、寺山の第三歌集『田園に死す』（昭40）の構成について次のように述べる。

『田園に死す』のもう一つ顕著な特質は、発表当初の短歌群の中から、作品を自由に撰び出し、新に推敲構成し、書き下ろし作品を加えて一巻の「自伝」を編んだことにある。短歌のそういうとらえ方は従来ない。独立した一章の中から短歌は自由にえらびだされ、また前後の作品関係の中で、その一首は常に新しく生きうる可能性を附与されている。そういう歌物語的可変性、ないし相対性を寺山の短歌が強い性格として持っているということは、逆にいえばまた、厳密な意味での一首の独立性を、寺山の短歌が欠いている、ということにもなる。（「寺山修司総論」『日本文学』昭42・8／『戦後短歌の光源』収録）

ここに「発表当初の短歌群の中から、作品を自由に撰び出し、新に推敲構成し」一巻の歌集に仕立てるという方法は、『田園に死す』のみならず、第一歌集『空には本』（昭33）、第二歌集『血と麦』（昭37）、さらには三冊の歌集を合本した『寺山修司全歌集』（昭46）においても同様である。初出雑誌の歌群から単行本へ、単行本から全歌集へと、その都度作品を編集し直す手法は、寺山歌集における一貫した構成方法であった。

関連して、小川太郎『寺山修司 その知られざる青春』には、『空には本』の出版社元であった北川幸比古の逸話が紹介されている。――「〝寺山の病気はなおらない。死ぬかも知れない。そう思うと一刻も早く歌集を作ってやりたい〟北川は作業を急いだ。実は健康を回復しつつあった寺山はそんな北川の気持ちを無視するかのように土壇場で、歌の順序を変えたりして、出版費用がかさんだ」。出版の裏話として添えられたエピソードではあるが、「土壇場で、歌の順序を変えたりして、出版費用がかさんだ」という下りは、歌集の構成を考える上で興味深い。寺山が最後まで「歌の順序」（構成）にこだわっていた様子がうかがえるからだ。

本稿では第一歌集『空には本』の構成について整理した上で、全十四章のなかから八章と十一章を中心に具体的な考察を加えたい。その際、「厳密な意味での一首の独立性を、寺山の短歌が欠いている」（菱川）と指摘される弱点は保留し、「前後の作品関係の中で、その一首は常に新しく生きうる可能性を附与されている」という側面を重視して考えてみたい。考察の手順としては、短歌雑誌に発表された歌群（※以下〈初出歌群〉と略記する）から歌集への組み替え、および表記の異同を手がかりとしたい。

1　『空には本』の編集過程

『空には本』を歌の変遷から考えた場合、次の三段階を経て成立したと考えられる。

① 短歌雑誌に発表された初出歌群（昭和29年11月～昭和33年6月）
② 第一作品集『われに五月を』の編集（昭和31年8月頃／昭和32年1月刊行）

③　第一歌集『空には本』の編集（昭和32年後半〜昭和33年前半／昭和33年6月刊行）

①初出歌群から③歌集『空には本』に至る間に、②作品集『われに五月を』がある。これに関しては先に考察したが（第七章参照）、簡単にふりかえっておくと、作品集には短歌作品112首が収められ、うち94首が『空には本』にも収録される。よって作品集の刊行が歌集準備の一端を担ったといえる。例えば歌集一章「燃ゆる頬―森番」は『われに五月を』「森番」で中核となる歌群が形成された後に、それをスライドさせて歌集「燃ゆる頬―森番」が構成された。また「祖国喪失」という章タイトルは『われに五月を』で初登場した後、歌集の最終章に活かされている。よって初出歌群から『空には本』への編集過程に、『われに五月を』が挟まるような形で存在すると考え、『われに五月を』についても必要に応じて言及したいと思う。

ところで『空には本』の編集作業については、どのような状況で行われたかが見えにくい。編集されたであろう時期の伝記的資料が少ないからである。『空には本』の出版記念会（昭和33年7月16日）は、寺山の退院祝い（退院は昭和33年7月6日）を兼ねたものであった。よって、入院中に編集された歌集であることは確かである。作者が〈病床〉の人であることは、『空には本』の著者近影にも明らかだ。ベットの上に浴衣姿で半身を起こし、やや力無い表情でこちらを向いて笑っている写真に、「もし世界の終りが明日だとしても／僕は林檎の種子を蒔くだろう／どんなときにでも／しなければならないことは……／ゲオルギウ」というエピグラムが添えらる。『空には本』を手にした読者は〈寺山修司〉について、明日の命をも分からぬ〈病床の歌人〉というイメージを抱いたのではないだろうか。しかし「僕は林檎の種子を蒔くだろう」という明日への希望、この蒔かれた「種子」こそ、寺山にとっての〈短歌〉であったと思われる。

一方、北川幸比古のもう一つの証言として、「歌集「空には本」の編集が進行していた頃は、寺山はすっかり元気になって、年中外出し、いつ退院してもいいんだと言っていた」(『寺山修司 その知られざる青春』)ともある。

この時期、中野トク宛書簡も途絶える。昭和32年6月5日に散文詩集『はだしの恋唄』の案内が送られた後、昭和33年7月11日の「空には本・出版記念会」案内までの約一年間は、便りの空白期間となっている。寺山の中野宛書簡は「ながい手紙下さい、手紙と本位しかたのしみもなし」(昭和30年11月17日)という状況で書かれたものが多い。その書簡が途絶えたということは、ベットから動くことが出来ないような、危機的状態からは脱したものと推察できる。

以上のことから『空には本』の編集時期として、昭和32年後半(『はだしの恋唄』刊行前後)から、昭和33年前半(『空には本』刊行の少し前)を推定しておく。

2 『空には本』の構成一覧

『空には本』の全十四章を構成する一首ごとの初出を、短歌雑誌に遡って整理した結果(【表1 『空には本』の構成一覧】)、次のことが言える。

【表1 『空には本』の構成一覧】

初出タイトル 掲載年月↓	初出雑誌短歌数	歌集章 タイトル←	1燃ゆる頬 (森番)
チェホフ祭 昭29・11	34		6
森番 30・1	30		15
麦藁帽子 30・5	10		4
真夏の死 30・9	5		1
猟銃音 31・4	30		
開かれた本 32・1	30		
僕らの理由 32・2	50		1
熱い茎 32・8	30		1
火山の死 32・8	15		
空について 33・1	30		
冬の斧 33・1	30		
翼ある種子 33・6	(48)		
「われに五月を」 32・1 (112)			
歌集初出歌			1
計	294		29

1燃ゆる頬（海の休暇）	2記憶する生	3季節が僕を連れ去ったあとに	4夏美の歌	5チェホフ祭	6冬の斧	7直角な空に	8浮浪児	9熱い茎	10マダムと薔薇と黒ん坊と	11少年	12蜥蜴の時代	13真夏の死	14祖国喪失	差し込み頁	計	初出雑誌からの未収録歌数	計
				16		1					5		3		31	3	34
3	1	1		1			2	1		2	4				30	0	30
	2						1	1		2					10	0	10
										1		1			3	2	5
	1			2	2	2		6		1	12	1	2		29	1	30
8	6	2	1	3	4	1	1	2				1	1		30	0	30
6	3	3	10			7	3	2			7	3	5		50	0	50
1	2			1	8	6	1	4		1	2		2		29	1	30
												15			15	0	15
		9	9					1	10						29	1	30
	1				7	8		1					11		28	2	30
			6											2	8	(40)	(48)
	「僕らの理由」へ(1)		「僕らの理由」へ(1)	1											1		
			1	5		1		2							10		
18	16	15	27	29	21	26	8	20	1	7	30	21	24	2	303	10	

①　歌集初出歌は少ない（10首）。
②　初出歌群から歌集への未収録歌は少ない（10首）。※昭和33年6月「翼ある種子」は除外した。
③　初出歌群の連作は基本的には解体され、歌集の各章ごとに再構成されている。

右のことから、『空には本』がデビュー作（「チェホフ祭」昭29・11）から、歌集刊行時（昭33・6）までの期間に、短歌雑誌（『短歌』『短歌研究』）に発表された歌を再構成した歌集であることが確認できる。歌集初出歌は少なく（10首）、初出歌群から歌集への未収録歌も少ないことから（10首）、基本的に編集時点における手持ちの歌で構成されたといえる。しかしながら、初出歌群は編集過程において新たな意味付けのもとに再構成されている。[*1]

歌集各章の構成について、初出歌群から歌集への作品移動の傾向から、次の四つに分類を試みた。

A　初出歌群にはない章タイトルを設定し、そのテーマに合致する歌を各初出歌群から選出して構成。（八章「浮浪児」・十一章「少年」）

B　一つの初出歌群をベースとし、そのテーマに合致する歌を他から補足して構成。（一章「燃ゆる頬—森番」・三章「季節が僕を連れ去ったあとに」・五章「チエホフ祭」・十三章「真夏の死」・十四章「祖国喪失」）

C　二つないしは三つの初出歌群をベースとし、他からも補足して構成。（一章「燃ゆる頬—海の休暇」・二章「記憶する生」・四章「夏美の歌」・六章「冬の斧」・七章「直角な空に」・九章「熱い茎」）

D　一つの初出歌群の一部を歌集にそのまま移動して構成。（十章「マダムと薔薇と黒ん坊と」）

3　『空には本』――八章「浮浪児」の構成

本稿では先に試みた分類のうち、A群から八章「浮浪児」と十一章「少年」について具体的な分析と考察を加えてみたい。まず八章「浮浪児」から。（表記は初版本『空には本』に拠る。／昭33・6、的場書房）

【『空には本』八章「浮浪児」・（ ）内は初出時の連作タイトル】

182　口あけて孤児は眠れり黒パンの屑ちらかりている明るさに（「森番」昭30・1）
183　地下道のひかりあつめて浮浪児が帽子につゝみ来し小雀よ（「森番」昭30・1）
184　広場さむしクリスマスツリーで浮浪児とその姉が背をくらべていたり（「熱い茎」昭32・8）
185　浮浪児が大根抜きし穴ならむ明るくふかく陽があつまれる（「麦藁帽子」昭30・5）
186　われの明日小鳥となるな孤児の瞳にさむき夕焼燃えている間は（「僕らの理由」昭32・2）
187　にんじんの種子吹きはこぶ風にして孤児と夕陽とわれをつなげり（「僕らの理由」昭32・2）
188　わがシャツを干さむ高さの向日葵は明日ひらくべし明日を信ぜむ（「僕らの理由」昭32・2）
189　孤児とその抱きし小鳩の目のなかに冬の朝焼け燃えおわるとき（「開かれた本」昭32・1）

八章「浮浪児」のタイトルは初出歌群にはなく、歌集編集時に考案されたものだ。この章は全8首と小さい章であるが、五つの初出歌群から「浮浪児」ないしは「孤児」を詠み込んだ作品を選出して章が構成される。しかし、なかで188「わがシャツを干さむ高さの向日葵は明日ひらくべし明日を信ぜむ」には「浮浪児」の語が入らない。いま一首の初出歌群における位置と、歌集へ移動した際の位置を比較してみる。

一首を含む初出歌群「僕らの理由」は四つのパートから構成され、それぞれに小タイトルがつく。188は最後のパート「群衆の血」に配置される。以下「群衆の血」から特徴的な歌を抜粋する。

【初出歌群「僕らの理由――Ⅳ群衆の血」全16首中から。『短歌研究』昭32・2】

※上の数字は「群衆の血」における通し番号。括弧内の数字は歌集の通し番号と収録章。

1　群衆のなかに昨日を失いし青年が夜の蟻を見ており（283「祖国喪失」）
2　地下室に樽ころがれり革命を語りし彼は冬も帰らず（284「祖国喪失」）
5　鷗とぶ汚れた空の下の街ビラを幾枚貼るとも貧し（280「祖国喪失」）
6　すこし血のにじみし壁のアジア地図もわれらも揺らる汽車通るたび（281「祖国喪失」）
9　外套の酔いて革命誓いてし人の名知らず海霧ふかし（164「直角な空に」）
12　地下室の樽に煙草をこすり消し祖国の歌も信じがたかり（284「祖国喪失」）
◎13　われの明日小鳥となるな孤児の瞳にさむき夕焼燃えている間は（186「浮浪児」）
◎14　にんじんの種子吹きはこぶ風にして孤児と夕陽とわれをつなげり（187「浮浪児」）
15　冬の斧日なたにころげある前に手を垂るるわれ勝利者ならず（173「直角な空に」）
◎16　わがシャツを干さむ高さの向日葵は明日ひらくべし明日を信ぜむ（188「浮浪児」）

初出歌群においても、末尾の四首中（13〜16）、三首が歌集八章「浮浪児」に移動し（◎印）、うち13、14は「孤児」の歌であることから、16についても「浮浪児」との関連性は見いだせる。

しかしながら、連作「群衆の血」を形成する中核の歌としては、「1　群衆のなかに昨日を失いし青年が夜の蟻を見ており」、「9　外套の酔いて革命誓いてし人の名知らず海霧ふかし」、「12　地下室の樽に煙草をこすり消し祖国の歌も信じがたかり」などが注目されよう。「群衆」――「革命」――「祖国」というキーワードの連鎖から、タイトル「群衆の血」に繋がる意思表示の歌群として読める。そしてこれらの末尾歌として、16「わがシャツを干さむ高さの向日葵は明日ひらくべし明日を信ぜむ」は位置しているのである。一連の文脈を締めくくる「明日」という語は、例えば石川啄木の歌った「新しき明日の来るを信ずといふ／自分の言葉に／嘘はなけれど――」（明治45年『悲しき玩具』）の「新しき明日」を志向するものとして解釈することも可能だろう。

それでは歌集「浮浪児」の章に一首「わがシャツを干さむ高さの向日葵は明日ひらくべし明日を信ぜむ」が置かれた場合はどうであろうか。太陽に向かって大きく咲こうとする「向日葵」と、「明日ひらくべし明日を信ぜむ」と力強く結ばれた下句との呼応。「向日葵」の開花に込められた「明日」への希望は、当然のことながらタイトル「浮浪児」によせて読むことが出来、一首は浮浪児（孤児）への応援歌となろう。

つまり188の歌は、初出歌群「群衆の血」から歌集章「浮浪児」に構成されることにより、初出歌群「群衆の血」に顕著であった〈新しき明日〉への志向性は幾分後退し、歌集では「浮浪児」への応援歌としての意味合いが強められる形となった。

寺山短歌において「一首は常に新しく生きる可能性を附与されている」という「歌物語的可変性」（菱川）は、初出歌群から歌集へ再構成される際の、連作における位置付けの微妙な変化を通して見ることが出来る。

4 『空には本』——十一章「少年」の構成

次に十一章「少年」の構成について見ていきたい。

【『空には本』十一章「少年」全七首・（ ）内は初出時の連作タイトル】

220 サ・セ・パリも悲歌にかぞえむ酔いどれの少年と一つマントのなかに（「真夏の死」昭30・9）
221 わが内の少年かえらざる夜を秋菜煮ており頰をよごして（「森番」昭30・1）
222 わけもなく海を厭える少年と実験室にいるをさびしむ（「麦藁帽子」昭30・5）
223 縦長き冬の玻璃戸にゆがみつゝついに信ぜず少年は去る（「猟銃音」昭31・4）
224 ねむりてもわが内に棲む森番の少年と古きレコード一枚（「麦藁帽子」昭30・5）
225 木菟の声きこゆる小さき図書館に耳きよらなる少年を待つ（「森番」昭30・1）
226 さむき地を蚤とべりわれを信じつつ帰る少年とわれとの間（「熱い茎」昭32・8）

十一章のタイトル「少年」も歌集編集時に考案されたものであり、同タイトルに合う歌を四つの初出歌群から選出して構成されている。すべて「少年」を詠み込んだ歌で構成されるのは、先の八章「浮浪児」の構成方法と同様である。

ところで『空には本』には「少年」を詠み込んだ歌が多く（全22首・全歌の7％）、それらは主に歌集前半部に配置されている。ではなぜ後半部に、そのタイトルも「少年」という章が構成されたのだろうか。

そこで改めて十一章の歌群を見ると、他者としての「少年」を詠んだものが多いことに気づく。歌われる主体である「われ」と、「少年」との間には微妙な距離が感じられる。しかしその「少年」は、224「ねむりてもわが内に棲む森番の少年」とあるように、かつての「われ」であったかもしれない存在だ。[*2]

具体的に作品をみてみよう。例えば221「わが内の少年かえらざる夜を秋菜煮ており頬をよごして」は、初出が昭和30年1月の「森番」にあり、発表時期からいえば最初期の作品に当たる。一見すると一章「燃ゆる頬――森番」に配置されても良さそうな一首である。しかも初出歌群には同じく「秋菜」を詠み込んだ作品があり、こちらは一章「燃ゆる頬――森番」の方へ構成されている。

15　秋菜漬ける母のうしろの暗がりにハイネ売り来し手を垂れており（歌集一章「燃ゆる頬――森番」）

221　わが内の少年かえらざる夜を秋菜煮ており頬をよごして（歌集十一章「少年」）

15は「秋菜漬ける母」と「ハイネ売り来し」（われ）が対置される構図の歌であり、（われ）の存在は「手を垂れており」と現在形で詠まれている。221の主体（われ）も「秋菜煮ており」という行為は現在形であるが、その（われ）は「わが内の少年かえらざる」という感懐を抱いている。それは結句「頬をよごして」と呼応し、取り戻すすべのない感傷となっている。初出を同じくし、同じ「秋菜」という題材を詠み込んだ一首でありながら、歌われる主体（われ）の微妙な立ち位置によって、「秋菜漬ける――」は一章「燃ゆる頬」に、「わが内の少年かえらざる――」は十一章「少年」へと、それぞれ別の章に配置されることになったのではないか。

同じく224「ねむりてもわが内に棲む森番の少年と古きレコード一枚」も、初出は昭和30年5月「麦藁帽子」（『短歌研究』）と早い時期に発表された一首である。「森番の少年」の表記は、雑誌初出時においては「海水着の少女」となっており、作品集『われに五月を』に収録される時点で「森番の少年」へ推敲されている。

初出　ねむりてもわが内に棲む海水着の少女と古きレコード一枚（「麦藁帽子」『短歌研究』昭30・5）

224　ねむりてもわが内に棲む森番の少年と古きレコード一枚（『われに五月を』昭32・1／歌集十一章「少年」）

『われに五月を』における歌群は三章構成（「森番」「真夏の死」「祖国喪失」）であり、「海水着の少女」から「森番の少年」へと推敲された一首は「森番」の章に配置されている。作品集の構成時に、章のタイトル「森番」に呼応させた形での改稿であると考えられる。ところが歌集において一章「燃ゆる頰――森番」と「森番」のタイトルが入る章があるにもかかわらず、後半十一章「少年」に配置された。

考えられる理由の一つは、作品集では全三章という少ない歌群の構成から、歌集では全十四章となり、テーマが細分化されたことにもよるだろう。併せて先の221「わが内の少年かえらざる――」でも考察したように、歌われる主体（われ）と「少年」との距離感の問題があろう。「森番の少年」と並列される「古きレコード一枚」、その「古き」というアクセントには過去への郷愁、および主体（われ）と「少年」との距離感が示唆されているようだ。

見てきたように十一章「少年」の歌群は、歌われる主体（われ）と微妙な距離感を置いた、他者としての「少年」が詠まれていた。それゆえに少年期を中心に構成された歌集前半部からあえて距離を置き、後半部にそのタイトルも「少年」という章が構成されたのではないか。

以上、『空には本』の八章「浮浪児」、十一章「少年」の歌群構成について、初出歌群から歌集への組み替え、連作における一首の位置づけの変化、および推敲過程について考察した。寺山短歌における「歌物語的可変性」

という特徴の一端を、具体的に歌集の作品構成に即して検証することが出来たと思う。八章、十一章に見られる歌群の構成方法は、基本的に『空には本』全体に見られるアウトラインでもある。

注

＊1 〈初出歌群〉から〈歌集〉へ再構成される際の変化については、初出歌群のタイトルと歌集の各章タイトルについても同様である。以下に初出歌群のタイトルを整理しておく。□は、歌集の章タイトルにもなっている。

1	昭29・11		チェホフ祭	34首	『短歌研究』
2	昭30・1		森番	30首	『短歌研究』
3	昭30・5		麦藁帽子	10首	『短歌研究』
4	昭30・9		真夏の死	5首	『短歌研究』
5	昭31・4		猟銃音	30首	『短歌研究』
6	昭32・1		開かれた本	30首	『短歌』
7	昭32・2		僕らの理由	（50首）	『短歌研究』
		Ⅰ	記憶する生	14首	
		Ⅱ	夏美の歌	10首	
		Ⅲ	蜥蜴の時代	10首	
		Ⅳ	群衆の血	16首	
8	昭32・8		熱い茎	（30首）	『短歌研究』
			冬の人たち	13首	
			崖の下	17首	

9　昭32・8　　火山の死　　15首　『短歌』
10　昭33・1　　空について――シャンソンのための三つの試み（30首）『短歌研究』
　　　　　Ⅰ　季節が僕を連れ去つたあとに　11首
　　　　　Ⅱ　ガラスの仔鹿　11首
　　　　　Ⅲ　そらのうた　8首
11　昭33・1　　冬の斧　　30首　『短歌』

歌集の15タイトル中、9つのタイトルが初出歌群にあったものをスライドさせていることが分かる（※歌集は十四章から成るが、一章については前半「燃ゆる頬――森番」と後半「燃ゆる頬――海の休暇」に分けた。よって全部で15タイトルの扱いとした）。しかし連作内容はタイトルごと歌集へ移動しているわけではない。タイトルと連作内容の組み替えがなされている場合もある。例えば九章「熱い茎」は昭和32年8月に発表された連作タイトルである。しかし歌集九章「熱い茎」（20首）は、初出歌群「熱い茎」からは〈4首〉しか作品が採られていない。残りの〈16首〉は、七つの初出歌群から計〈14首〉と、歌集初出歌〈2首〉から構成されている。つまり九章「熱い茎」は同じタイトルの初出歌群と、歌集の同タイトルの章は内容的には別物である。十三章「真夏の死」も同様で、歌集章はタイトルこそ昭和30年9月「真夏の死」から採っているものの、内容は昭和32年8月「火山の死」をベースに構成されている（第十章参照）。よってタイトルと連作の関係についても、初出歌群と歌集各章との比較考察が必要となってくる。

＊2　歌集前半部における「少年」の歌にも、34「日あたりて遠く蝉とる少年が駈けおりわれは何を忘れし」と、歌われる主体（われ）と「少年」との間には「遠く」という距離感が、そして「蝉とる少年」の姿から「われは何を忘れし」と現在の「われ」の喪失感が詠み込まれる（第十章参照）。しかしながら十一章の主体（われ）と「少年」

との距離感は、そこからさらに進んで決定的なものとなっているようだ。

第十章　『空には本』における同時代文芸という方法
――堀辰雄・ラディゲ・三島由紀夫の受容から

はじめに

『空には本』は、寺山修司が昭和二十九年「チェホフ祭」で歌壇デビューして以来、短歌雑誌に発表した歌群を集大成して、昭和三十三年に刊行した第一歌集である。総歌数303首（挿絵頁の2首を加える）が全十四章より構成されている。歌集編集にあたっては初出歌群の連作枠組みをいったん解体し、新たに歌集各章のテーマにそって再構成する方法を採っている（第九章参照）。

歌集の始めと終わりの見返しには、短歌をシャンソンにアレンジした〈楽譜〉が挿まれている。大岡信が「折々のうた」で『空には本』を取り上げた際にも「見返しに楽譜を印刷するなど造本にも装飾性への目くばりがきいていた」（『朝日新聞』平13・4・14）と紹介している。フランス文化、大衆化された〈シャンソン〉が、戦後十年を経過した街にシャンソン喫茶等の形で現われ、若者を中心に静かに広まりつつあった。あわせて詩の世界では「詩劇」や「シャンソン」への接近、「歌う詩・演ずる詩」の試みがなされており、寺山と交流のあった谷川俊太郎は、そのリーダー的存在でもあった。――「詩人は歌えぬことを恥としなければいけない。……歌と劇とは、常に詩の遠い母親であった。今日、奇妙に発育しすぎたひよわい子供である詩を、もう一度母の懐に帰してはどうだろうか」（谷川「新しい歌のために」『ユリイカ』昭32・1）。短歌からシャンソンへのアレンジはこの「歌う詩」からの影響もあってのことだろう。歌集の見返しに楽譜を採り入れた寺山の試みは、短歌という伝統形式に時代の空気を取り入れたモダンな趣向として、若い世代を中心に迎えられたのではないだろうか。刊行当時二十二才という若い歌人の、第一歌集への意欲はこんなところにも感じられる。

さて当時の歌壇状況であるが、寺山のデビュー前夜においては、〈リアリズム〉短歌いまだ優勢といった感は否めない。戦後短歌に占める『アララギ』の位置は大きく、その中心人物であった土屋文明は、「生活即文学」の立場から、短歌における現実主義（リアリズム）を唯一絶対のものとして打ち出していた。[*1] 文明に呼応する形で、戦後短歌の方向性を促した杉浦明平の『戦後短歌論』（昭26・3、ペリカン書房）においても、〈リアリズム〉路線は「更に深化発展させる義務を負うている」と強調されている。

しかし現実の〈リアリズム〉短歌は、凡庸な生活雑詠に流されがちで停滞を余儀なくされていた。歌壇時評には「茂吉、迢空の二巨星を喪つた損失と、戦後派の後を継ぐべき新人の貧困と、更に根本的な短歌の行きづまり」を解決する策はあるのかと問われていた（無署名「歌壇ＮＥＷＳ」『短歌研究』昭29・1）。

新人待望の声は上がっていたが、「現代は新人の名にふさわしい作家が一人もいない」（大野誠夫「新人の不幸」『短歌研究』昭29・2）と失望の声のみが聞こえるばかりであった。このような歌壇の閉塞状況を打破すべく、昭和二十九年より『短歌研究』が新人発掘のために「五十首作品」を募集し、歌人の新旧交代が短歌雑誌ジャーナリズムによって進められようとしていた（第一章参照）。寺山のデビューによって「若々しい世代の台頭が、現実的なエネルギーを拡大しつゝある現在、世代の交替はやがて必至」（菱川善夫「何が終わろうとしているか／何が始まろうとしているか」『短歌研究』昭30・1）と新たな方向への予見が示され、「長いアララギの時代が続いたが、今年へ入つて、歌壇もそう単純なものでなくなつて来た」と総括された（「三星点」加藤克巳・窪田章一郎・福田栄一『短歌研究』昭29・12）。歌壇は昭和二十九年の中城ふみ子、寺山修司の登場を機に変局を迎えつつあった。昭和三十年代に入り歌壇革新の気運が高まる中、寺山は若手の新進歌人として期待され、それを編集者（中井英夫、杉山正樹）が支え、歌壇に活躍の場を与えられたのであった。

しかし実作者としての寺山は、デビューの翌年病に倒れ、約三年半にわたる闘病生活を強いられた（昭和30年3月〜33年7月）。『空には本』の収録作品の大半が闘病生活の中で詠まれたものだ。しかし、そのような状況にあっても「僕は決してメモリアリストではない」と宣言したとおり（「入選者の抱負—火の継走」『短歌研究』昭29・12）、生活記録型（リアリズム）短歌を批判した寺山は、自らの闘病を短歌の題材に採ることはしなかった。

だが現実には、「僕はもう半年も石ころ一つ、草一本見ていない。物の認識がすっかりぼけてしまっている」と焦りを洩らすほど事態は逼迫しつつあった（「森での宿題」『短歌研究』昭31・1）。厳しい作歌状況、一切の外界、自然に触れることも叶わない闘病生活のなかで、寺山は自らの短歌世界を構築する方法の一つとして、同時代文芸（書物）からの題材受容を糧とすることを試みている。本稿では『空には本』における〈同時代文芸〉の受容と、歌集におけるその成果を中心に考察していきたい。

1 〈堀辰雄〉の受容——一章「燃ゆる頬——森番」

『空には本』の巻頭章はタイトル「燃ゆる頬」のもと全47首から構成される。その中で、前半29首と後半18首のパートに分け、それぞれにサブタイトル（「森番」「海の休暇」）が付く。次の一首は前半「森番」の巻頭歌である。

（※短歌上の数字は歌集における通し番号。）

1　森駈けてきてほてりたるわが頬をうずめむとするに紫陽花くらし

初出は、デビュー後の第一作として発表された「森番」にある（『短歌研究』昭30・1）。初出時の構成では表題「森番」のもと、冒頭歌「日あたりて雲雀の巣藁こぼれをり駈けぬけすぎしわが少年期」、二首目「とびやすき葡萄の汁に汚すなかれ虐げられし少年の詩を」に続く、三首目の歌として位置している。よって初出時の構成においてみれば、特に一首に強いアクセントが置かれているわけではない。それが歌集編集にあたり、雑誌にはない新たなメインタイトル「燃ゆる頬」のもとに、同タイトルに直接響き合う内容の一首として、歌集の巻頭にクローズアップされたものと考えられる。

息をはずませて一心に走る少年の姿。ここに〈青春〉を歌う寺山初期歌の代表的なスタイルが提示されている。一首における「森」のイメージは、同章「蛮声をあげて九月の森に入れりハイネのために学をあざむき」を参考に考えると、ハイネの恋愛詩集に目覚めた少年を、学校とは異なる世界に誘う、青春の迷路にも喩えられるだろう。本林勝夫は一首を評して「彼は深い森の奥で何を見てきたのであろうか。それはロマネスクな一つの物語として読者の想像に委ねられている」と記す（「評釈　寺山修司の短歌20首」『国文学』平6・2）[*2]。少年が駈けぬけて来た「森」の謎めいたロマネスクによって、上句のほてる頬の熱さと、下句の「紫陽花」の暗さ（植物性の冷たさ）とのコントラストもいっそう際立つものとなるだろう。

さてメインタイトルの「燃ゆる頬」を考えた場合、フランスの作家レイモン・ラディゲの詩集『燃ゆる頬』（一九二〇年）と、ラディゲに影響を受けた堀辰雄の小説「燃ゆる頬」（初出『文芸春秋』昭7・1）が想起されないだろうか。堀辰雄は寺山がデビューする前年（昭和28年）、結核による長い闘病生活の末に亡くなった。没後すぐに多くの雑誌で追悼特集が組まれ、翌年には全集の刊行も開始された。戦中戦後も含め、広く文学青年に愛された作家だった。寺山も愛読者の一人であり、高校三年時のエッセイに追悼の言葉を記している。——「堀辰雄さんが亡くなりましたね。あの方のページには本当に黒ン坊の少女のマンドリンのような詩がありましたのに」（エッセイ「山のあなた」『暖鳥』昭28・7）

そこで、まず堀の小説「燃ゆる頬」から想起されるイメージをみてみよう。「燃ゆる頬」は、寄宿舎を舞台とした少年期の生活と精神世界が描かれる短編である。以下は題名にも関わる「頬」にまつわる描写部分で、小説の最初と最後に位置する個所である。

……三枝と云う私の同級生が他から転室してきた。……彼は瘠せた、静脈の透いて見えるような美しい皮膚の少年だつた。まだ薔薇いろの頬の所有者、私は彼のさういふ貧血性の美しさを羨んだ。私は教室で、しばしば、教科書の蔭から、彼のほつそりした頚を偸み見ているようなことさえあつた。

……その数年の間に私はときどきその寄宿舎のことを思ひ出した。そして私は其処に、私の少年時の美しい皮膚を、丁度灌木の枝にひつかかつてゐる蛇の透明な皮のやうに、惜しげもなく脱いできたやうな気がしてならなかつた。

……医者は私を肺結核だと診断した。が、そんなことはどうでもいい。ただ薔薇がほろりとその花弁を落すやうに、私もまた、私の薔薇いろの頬を永久に失つたまでのことだ。（『堀辰雄全集』一巻　昭52・5、筑摩書房）

右の個所に従えば、「燃ゆる頬」とは「薔薇いろの頬」を所有した〈少年〉、「私」と「三枝」に共通する身体的特徴であり、その「美しい皮膚」は「少年時」のナルシズムを象徴するものとして描かれている。[*3]このような視点から『空には本』「燃ゆる頬」を読んだ場合、次のような歌群があることに気づくだろう。

6　蝶追いきし上級生の寝室にしばらく立てり陽の匂ひして
14　胸病みて小鳥のごとき恋を欲る理科学生とこの頃したし
38　鳩の巣はまるく暮れゆく少年と忘れし夏を待つかたちして

これらの歌群は、小説「燃ゆる頬」に描かれる〈少年〉の世界を、物語の源流として漂わせている。「忘れし夏を待つ」(38)という、彼らだけの時間を共有する者たちの世界である。「胸病みて小鳥のごとき恋」(14)に憧れる「学生」というのも、堀辰雄の詩世界を連想させるものだろう。

小説「燃ゆる頬」の主題に関しては、「失われた少年期への、そしてまた、死によって隔てられた愛するものへの追憶の物語」と指摘される(槇山朋子「燃ゆる頬」『解釈と鑑賞』平8・9)。「失われた少年期」という主題は、『空には本』巻頭章「燃ゆる頬」の低音部を流れる旋律である。

16　列車にて遠く見ている向日葵は少年のふる帽子のごとし
34　日あたりて遠く蝉とる少年が駈けおりわれは何を忘れし
40　日あたりて雲雀の巣藁こぼれおり駈けぬけすぎしわが少年期
47　少年のわが夏逝けりあこがれしゆえに怖れし海を見ぬまに

〈少年〉の語は、『空には本』に詠まれる名詞のうち、登場回数の最も多い「空」(29首、9.6%)に次いで多く用いられる体言である（22首、7.3％）。「体言はつねに寺山の分身であり、寺山の愛するものだ」（岩田正「合評」『短歌』昭37・9）との同時代評に倣うならば、この〈少年〉も歌われる主体（われ）の「分身」といえよう。しかしながらその〈少年〉に、現在の「われ」は微妙な距離を感じている。例えば34「日あたりて遠く蝉とる少年が駈けおりわれは何を忘れし」、蝉捕りに興じる「少年」と「われ」との間には、「遠く」という言葉で表現される微妙な距離があり、そこから「われは何を忘れし」という現在の喪失感が生まれてくる。

同じく16「列車にて遠く見ている向日葵は少年のふる帽子のごとし」においても、列車の窓から「遠く」に咲く向日葵を眺める（われ）と、その向日葵に重なってみえる「帽子」をふる「少年」の姿。しかしそれも列車の進行と共に、徐々に（われ）から遠のいていく。中井英夫が当初から一貫して称えた「みずみずしい青春歌」という寺山初期歌は、過ぎゆきつつある〈少年〉期への愛惜と表裏一体のものであったともいえよう。

「森駈けてきてほてりたるわが頬をうずめむとするに紫陽花くらし」――再び巻頭歌に戻ろう。寺山歌における〈少年〉の「頬」の熱さは、堀小説「燃ゆる頬」の〈少年〉世界に通じるものであり、過ぎてしまえば二度と戻らない一時の〈少年〉の時間を象徴する「頬」であった。その意味においても「燃ゆる頬」のタイトルと一首は、青春歌集としての『空には本』の巻頭を飾るのにふさわしいといえるだろう。

2　日本における〈ラディゲ〉の受容

「燃ゆる頬」はフランスの作家レイモン・ラディゲの第一詩集名でもある。もっとも堀辰雄がラディゲに傾倒していたことを思えば、三つのタイトルは同一線上にならぶものである。*4

まず同時代の文学事典から、当時の日本に紹介されていた〈ラディゲ〉像をみてみよう。――「〈小説のランボー〉ともいうべき異常な青年」（『現代フランス文学事典』昭26・8、白水社）、「二十世紀初頭の文学の空を、流星のように妖しく美しい光芒を引いて、僅か二十歳で世を去った」（『世界文学辞典』昭29・10、研究社）、「短い生涯のあいだに大人にもおよばぬ傑作を書き遺して流れ星のように消えて行った『早熟な天才』」（滝田文彦『現代世界文学講座6現代フランス篇』昭31・2、講談社）等、いずれもその早熟を天才と称え、早すぎた死が惜しまれ、しかして夭折ゆえに「流星」の輝きをもって伝説化されている。

詩集『燃ゆる頬』刊行時、ラディゲは十七歳の年少詩人であった。寺山も十八才で歌人となった。「日本にもしラディゲがいるとしたら、おおげさな言い方だが、寺山君が、ラディゲだ」（山口洋子「われに五月を」（新刊批評）『短歌研究』昭32・4）といわれ、塚本邦雄からも「ラディゲの反映で頬を紅潮させていた彼」（作品互評『短歌研究』昭32・3）というように、若さと詩才の共通項から寺山とラディゲを併称する声もあった。

文人の間でラディゲは『燃ゆる頬』の作者として知られていたが、一般読者への広がりについても当時（一九五〇年代）翻訳された刊行物の多さから推測できる。

・一九五一年一〇月『ドルジェル伯の舞踏会』　生島遼一訳　人文書院
・一九五二年一〇月『肉体の悪魔』　渡辺明正訳　人文書院
・一九五二年一〇月『ドルジェル伯の舞踏会』　堀口大学訳　角川文庫
・一九五二年一〇月『肉体の悪魔』　江口清訳　角川文庫
・一九五二年十一月『肉体の悪魔』　新庄嘉章訳　早川書房
・一九五二年十一月『ドルジェル伯の舞踏会』　江口清訳　三笠書房
・一九五三年六月　『ラディゲ全集』全一巻　江口清訳　中央公論社

・一九五三年八月　『ドルジェル伯の舞踏会』　生島遼一訳　新潮文庫
・一九五七年十二月『ドルジェル伯の舞踏会』　鈴木力衛　岩波文庫

寺山がデビューする前年、一九五三年は「ラディゲ生誕五十年」を記念する年であり、『ラディゲ全集』の刊行によりその全貌が日本に紹介された年でもあった。同全集は『朝日新聞』に「若さにともなう偶然を越えた才能がまばゆくきらめいている。年少の読者たちによって、羨望または反発の心で迎えられるであろう」と紹介される（昭28・9・10）。この全集は寺山も読んでおり、彼もラディゲを「羨望」する一人であった。[*5]

また一九五二年には三人の翻訳者（渡辺明正・江口清・新庄嘉章）による『肉体の悪魔』が刊行されるが、これは同年、ラディゲ原作のフランス映画「肉体の悪魔」が公開されたことによる。早川書房版『肉体の悪魔』（昭27・11）では、扉に映画のスチール写真が四頁付いており、映画と小説の相乗効果が狙われている。同映画は日本人好みの抒情性により高い評価を得、主演のジュラール・フィリップは女性の間で人気を博した。寺山もこの映画を高校時代に見ており、青森の句会で「肉体の悪魔」を題材に詠んだ俳句―「風の葦わかれの刻をとどめしこと」を披露している（『暖鳥』昭28・3）。[*6]

さらに三島由紀夫もラディゲに入れ込んでおり、関連の文章を積極的に発表している。「中学三、四年のころ、ラディゲを読んでショックを受けた。……あの小説を書いた年齢も、私にファイトを燃やさせた。私は嫉妬に狂ひ、ラディゲの向こうを張らねばと思って熱狂した」（「ラディゲに憑かれて」『日本読書新聞』昭31・2・29）。「その苦悩によって惚れられる小説家は数多いが、その青春によって惚れられる小説家は稀有である。」（『ラディゲ全集』書評『婦人公論』昭28・10）と、早熟なこの作家をライバル視していたことを語っている。流行作家だった三島は、日本のラディゲ愛読者を代表する如く、メディアを通じて読者受容の拡大に貢献していたようだ。

以上、日本における戦後の〈ラディゲ〉受容から考えても、第一歌集の巻頭に「燃ゆる頰」というタイトルの章を配したのは、早熟の詩人〈寺山修司〉を、読者に印象付けるのに効果的な演出だったと考えられる。「燃ゆる頰」は、〈ラディゲ――堀辰雄――寺山修司〉と三人の若い作家によってリレーされ、〈青春〉の特権を誇示するタイトルとして継承されたのではないだろうか。

3　短歌におけるロマネスク――十三章「真夏の死」

『空には本』の十三章「真夏の死」は、全21首中、15首が初出「火山の死」（『短歌』昭32・8）から採られている。タイトル脇のエピグラフも初出と同文である。よって以下の寺山自身による「火山の死」の解説は、歌集「真夏の死」に当てはめて読むことができよう。

僕の歌における新しい人間像は、たとえば「火山の死」のなかの青年、「チェホフ祭」の少年、「猟銃音」の青年といろいろな状況のなかゝら登場する。「火山の死」において「私」は高原で夫人との恋に戯れた。つまり病む僕を作中の「私」は捨て去つたのである。ロマネスクは慣習、公式主義への別離であり、一切の予定を否定することが掟となつている。（「短歌における新しい人間像」『短歌』昭32・11）

ここに「病む僕を作中の「私」は捨て去つた」という、「病む僕」とは闘病中の寺山自身であり、「作中の「私」」とは、歌われる作品主体としての「私」である。「火山の死」（「真夏の死」）の世界は、年上の女性に憧れる青年を劇中人物の「私」として、ひととき「夫人との恋に戯れた」。よって「短歌における新しい人間像」を実際の連作で示した作品群というのである。

「さゝやかな罪を犯すことは強い感動を避ける一つの方法です――ラファイット夫人（ママ）」というエピグラフが添えられ、連作が「さゝやかな罪」の匂いのする、フランス心理小説の系譜として読まれるべきロマネスク（物語）であることを誘導している。[*7]

257 手の上にかわく葡萄の種子いくつぶわれは遠乗会には行かず
259 欺されていしはあるいはわれならずや驟雨の野茨折りに駈けつつ
262 かつて野に不倫を怖じずありし日も火山の冷えを頬におそれき
263 愛なじるはげしき受話器はずしおきダリアの蟻を手に這わせおり
266 愛されているうなじ見せ薔薇を剪るこの安らぎをふいに蔑すむ
268 ある日わが陥しめたりし夫人のため蜥蜴は背中かわきて泳ぐ

冒頭の「われ」から、「背中かわきて泳ぐ」「蜥蜴」の姿へと（268）、自虐的に傷ついた青年の心象風景が描かれる。夫人が艶やかな「薔薇」（266）に喩えられるならば、青年は「ダリアの蟻」（263）、「蜥蜴」（268）といった卑小な小動物に喩えられるだろう。もともと両者は釣り合わない存在として設定されている。冒頭「手の上にかわく葡萄の種子」には、孤独で空白な時間が象徴されると同時に、青年の渇望が暗示される。「われ」が「遠乗会」に行かなかった理由は分からないが、続く展開の場面から想像するなら、終局を迎えつつある恋の一場面をプロローグに設定しているようだ。「火山」の熱はいつか「冷え」る日が来ることを青年は怖れていた（262）。相手は他者から「愛され」、保護される女性であることに気づいた青年（266）は、嫉妬心から彼女を「陥しめ」ようと反逆に出る（268）。しかしてその結末は、「ぬれやすき頬を火山の霧はしりあこがれ遂げず来し真夏の死」の一首によって閉じられる。青年の心の渇きは満たされることなく、「さゝやかな罪」は盛夏の中に封じ込められた。

以上のようなロマネスク（物語）を短歌で構成することを寺山は試みたのであろう。

ところで寺山短歌における「ロマネスク」という語は、「ぼくはロマネスクの中に自己を生かしてゆきたい」というデビュー時の寺山発言に既に見られ（「明日を展く歌」『短歌研究』昭30・1）、同時代では菱川善夫が「寺山の短歌の新しさは、一口でいえばロマネスクの設計にある」と最初にそれを強調した[*8]（「新世代の旗手・寺山修司」『短歌研究』昭33・6）。菱川は寺山短歌のロマネスクが「現実をのりこえようという野心的な動機に出発している」ことを肯定的に受け止める一方、「所詮演技だけに終つている」側面があることを批判した。その原因として「常識で考えても、現代詩で五十行を要するテーマを一行に凝縮する芸当のできるはずがない」、「シチュエーションの設定のための情熱が、この小さな形式では遂にテーマをきり殺してしまう」（「前衛短歌の規定」『短歌研究』昭31・8）と、短歌における「ロマネスク」の限界を指摘していた。しかし先に見た連作「火山の死」については、「彼は、高原に於て、遠乗会の夫人との恋にたわむれ、ささやかな不倫の罪を楽しむ若いジュリアン・ソレルであった」と、寺山の意図を評価している（「新世代の旗手・寺山修司」）。

その他、同時代評には「愛されているうなじ見せ薔薇を剪るこの安らぎをふいに蔑すむ」（266）によせて、「少しばかりセンチだが、「薔薇の匂ひ」といふ小説を思出す《ママ》。愛されてゐる夫人と実利的に年々平静になつてゆくその夫と、夫人が哀れんで薔薇の花を思ひ切り切つて与へる一人の病身の蒼白い青年との愛に絡むストリー《ママ》なのだが、奇妙にラ・ファイエット夫人の詞書が浮び上つてきて、薔薇の花を抱へた蒼白の青年、寺山修司が立現れてくるのだ」（生方たつゑ「作品月評・火山の死」『短歌研究』昭32・9）、「何よりもさわやかに新鮮である。……詩的世界の回復があるからなのだ。今日、詩的世界はそのみずみずしい感受性とともに、……ロマネスクな未知に走っている」（前登志夫「第二次戦後派の特色」『短歌研究』昭33・6）等が見いだせる。寺山の「ロマネスク」短歌は、一方に短歌形式の限界を孕みつつも、読者に小説世界を想起させ、また詩的世界を構築したものとして、概ね肯定的に受けとめられていたようだ。

さて十三章のタイトル「真夏の死」は、三島由紀夫の同名小説「真夏の死」から採ったものと考えられる。三島由紀夫「真夏の死」は昭和二十七年九月の『新潮』に発表された後、昭和二十八年二月に単行本化された。その後、昭和二十九年までの短期間に『創作代表選集』『昭和文学全集』等、五冊の作品集に収められ、三十年八月には角川文庫版が出ている（『三島由紀夫全集』六巻参照、昭48・9、新潮社）。

寺山は昭和三十年九月の『短歌研究』に、「真夏の死」というタイトルの連作（全五首）を発表する。そのうちの一首に「怒涛よりあるいは早くめぐり来むかずこなからばわが真夏の死」を詠み込んでいる。しかしこの一首は『空には本』には収められていない（第七章参照）。この後発表された連作「火山の死」（昭32・8）にも「真夏の死」を詠み込んだ一首「ぬれやすき頬を火山の霧はしりあこがれ遂げず来し真夏の死」があり、こちらは歌集「真夏の死」に収録される。よって『空には本』十三章のタイトル「真夏の死」は、直接的にはこの一首から採られたものと考えられる。[*9]

短歌連作「真夏の死」は、フランス心理小説の雰囲気を取り込んだ〈ロマネスク〉な世界を構築し、タイトルに〈三島由紀夫〉を使う。〈ラディゲ〉〈堀辰雄〉に始まり〈三島由紀夫〉へと、関連ある作家の作品を受容した方法は、読者にとっても刺激的な連鎖であったと考えられる。

寺山が創造を試みた「短歌における新しい人間像」、その「私」の物語と方法は、短歌から〈物語〉を読むという新たな鑑賞方法を提示することとなり、小説的〈ロマネスク〉をジャンルを超えて短歌に導入しようとする試みであった。短歌史からみれば寺山の試みは、現実の「私」に立脚するリアリズム短歌と、その閉鎖性に行き詰まっていた戦後歌壇に新風をもたらすものとなる。生活記録型短歌からロマネスク短歌へ。〈同時代文芸〉の受容を糧として構築された寺山の短歌世界は、新しい時代のモダンな息吹を伝える旋律として、読者に迎えられようとしていた。

注

＊1　本林勝夫『斎藤茂吉の研究』（平2・5、桜楓社）収録「茂吉と文明」参照。

＊2　例えば読者に委ねられた「ロマネスク」の一つとして、タイトル「森番」に誘導される形で『チャタレイ夫人の恋人』が想像されたであろう（ロレンス作・伊藤整訳　昭25・4、小山書店）。実際に同時代の読者から「森番」の一首「わが通る果樹園の小屋いつも暗く父と呼びたき番人が住む」によせて、「折しも昭和三十二年、『チャタレー夫人の恋人』が最高裁で有罪判決をうけ、文学者が一せいに抗議声明を行った。その恋人の森番の男と、寺山の小屋の番人とを、重ねあわせたりもするのであった」（筒井富栄「寺山修司の初期作品」平1・12『短歌』）という証言もある。

＊3　堀辰雄「燃ゆる頬」における〈少年〉については、古くは川端康成の「少年の同性愛、性の目覚めによる少年の日の「脱皮」を扱つた」作品という評がある（川端康成「堀辰雄氏の『燃ゆる頬』」『川端康成選集』昭13・12、改造社／丸岡明編『堀辰雄研究』収録　昭33・4、新潮社）。タイトルについても亀井秀雄の「おそらく青年へと脱皮しつつある少年の微妙な生理と心理、過渡期でしかありえないようなかれの「愛」の象徴としてつけられた」という評がある（「燃ゆる頬」『国文学』昭44・6）。

＊4　堀とラディゲの関係はしばしば指摘されるところであるが、なかでもラディゲの翻訳者で、堀と親交のあった江

口清は両者に深い思い入れがあった。『レイモン・ラディゲと日本の作家たち』（昭48・4、清水弘文堂）において、「堀はしかし、この国におけるラディゲの良き理解者であり、また良き紹介者であった。ラディゲの死後早くしてその作品に親しみ、詩集“Les Joues en Feu”を『燃ゆる頬』と訳して同題の小説を書き、またその幾つかの詩を訳し、“Le Diable au Corps”に『憑かれて』なる訳名を与えたのも、たしか彼であった」と、日本のラディゲ受容における、堀の功績を評価している。

＊5　入院中に書かれた寺山の「読書ノオト」（寺山修司記念館蔵「ノオト1」、「ノオト2」、「ノオト4」全三冊）のうち、「ノオト2」（昭和31年2月24日〜12月25日）に、「うまい着物の着かたはすこしくずして着ることが秘決だ。うまい文章もまた。『全集』レエモン・ラディゲ」の引用がある。他にも「ノオト4」（昭和32年1月〜）に『ドルジェル伯の舞踏会』の引用が見られる。

＊6　青森の俳句結社『暖鳥』の句会で、「映画を俳句にすれば」という試みがなされている（『暖鳥』昭28・3）。「十五名」の句会出席者のうち、「肉体の悪魔」を題材に選んだものが一番多く「五名」が句にしている。寺山は中学・高校時代に「歌舞伎座」（映画館）を経営する親戚の家に住んでいた。「歌舞伎座」は新作洋画を中心に公開する館で、寺山がラディゲに接する機会はこのようなところにもあった（第四章参照）。

＊7　ラ・ファイエット夫人（一六三四〜一六九三年）、フランスの女流小説家。代表作『クレーヴの奥方』（一六七八年）は「フランス心理小説の伝統系列の鼻祖をなす」（安斎千秋『世界文学鑑賞辞典』昭38・5、東京堂）とみなされている。『ドルジェル伯の舞踏会』の訳者・生島遼一の解説にも、「ラディゲが『クレーヴの奥方』にまなんだことは歴然としている」と記される（昭26・10、人文書院）。また昭和三十八年に芥川賞を受けた田辺聖子が、昭和三、四十年代の読書回顧として両作品をあげていう。「その頃……サルトル、デュラス、カミュも文学青年たちの好みであった。フランス文学は私も好きだが、私はちょっと派が違い、ラファイエット夫人、（のちにレイモン・ラディゲが「クレーヴの奥方」を原型にして「ドルジェル伯の舞踏会」を書いたと知り、そうだろうなあと、しんから納得した）モーパッサンやラ・ロシュフコーを好んだ」（「いつもそばに、本が」『朝日新聞』平11・9・12）。

『クレーヴの奥方』は昭和三十一年八月に新潮文庫として刊行されている（青柳瑞穂訳）。しかし『クレーヴの奥方』には、寺山がエピグラフとして記した「さゝやかな罪を犯すことは強い感動を避ける一つの方法です」という文言は見当たらなかった。寺山が小説の雰囲気を汲んで創造した箴言か。

＊8　寺山短歌における〈ロマネスク〉という観点は同時代より指摘されるものであるが、近年の研究では、三浦正嗣「寺山修司論──歌人・寺山修司の軌跡」（北海学園大学大学院『日本文化研究』創刊号、平13・3）に《方法論としての「ロマネスク」》として、短歌雑誌における連作の軌跡が辿られている。

＊9　この他にも冒頭歌「われは遠乗会には行かず」──三島「遠乗会」（『別冊文芸春秋』昭25・8）や、初出のタイトル「火山の死」──三島「火山の休暇」（『改造文芸』昭24・11）など、三島文学を意識した語彙が散見される。三島由紀夫は時代を代表する若手の人気作家であった。『美徳のよろめき』（昭32）は人妻の〈不倫小説〉として話題を呼び、「よろめき夫人」の流行語も生んだ。『読書世論調査30年』にみる昭和三十二年「最近買って読んだ本ベスト20」の3位に『美徳のよろめき』が入っている。他にも昭和三十年の3位に『潮騒』、11位に『金閣寺』が入っている（昭52・8、毎日新聞社）。寺山も三島の愛読者であり、入院中の読書「ノオト」には多くの引用がある。

・「ノオト1」（昭和31年1月25日～2月22日）「小説家の休暇」
・「ノオト2」（昭和31年2月24日～12月25日）「鹿鳴館」
・「ノオト4」（昭和32年1月～）「美徳のよろめき」「小説家の休暇」「芋菟と瑪耶」「祈りの日記」「毒薬の社会的効用について」「美について」

第十一章　『空には本』における定型意識と文体――塚本邦雄『装飾楽句』との比較

はじめに

第一歌集『空には本』（一九五八年）の基礎研究の一環として、寺山短歌における定型意識と文体について、短歌の言語における統計的分析をもとに考察を行いたい。さらに第二歌集『血と麦』（一九六二年七月、白玉書房）、第三歌集『田園に死す』（一九六五年八月、白玉書房）との比較や、同時代の塚本邦雄の歌集『装飾楽句』（一九五六年三月、作品社）とも比較することで、『空には本』における文体の特徴を探ることが出来ればと考える。なお分析方法については、俵万智の第一歌集『サラダ記念日』（一九八七年五月、河出書房新社）の文体を分析した『日本語学』「特集 短歌の言語学」（一九九二年七月）の各論考を参照した。

1　『空には本』における定型意識――音数律の分析

一首毎の音数律について〈字足らず・字余り〉を含め分析する。分析方法は『日本語学』所収（前掲出）の大島資生「『サラダ記念日』の構文論」および望月善次「『サラダ記念日』の定型意識」を参照した。

まず一首の音数については、定型（三一音）で詠まれている歌が150首で全体の半数（50％）を占めている。それに準定型とも考えられる三二音（一ヶ所に一字余りを含む）の95首（32％）を合わせると、全体の八割（八二%）をほぼ定型のリズムで読むことが出来る（表①）。

つぎに〈字足らず〉〈字余り〉による〈破調〉についてみる。なお本稿では〈破調〉の定義を『岩波現代短歌辞典』（一九九九年十二月、岩波書店）にならい「甚だしい字余りや字足らず、あるいは句またがりや句割れによって定型の本来的な諧調を壊す」（島田修三）ものとする。

【表①『空には本』の音数】（以下、表における百分率は小数点第一位を四捨五入した数字）

	三〇音	定型 三一音	三二音	三三音	三四音	三五音	例外	計
歌数	1	150	95	44	8	2	1	301
割合		50%	32%	14%	3%			

＊「例外」は246番で、初句が二字余り、二句が一字足らずの三二音。

【表②『空には本』句別音数】

初句		二句		三句		四句		結句	
四音	0首	六音	1首	四音	0首	六音	1首	六音	0首
五音	241首	七音	281首	五音	246首	七音	264首	七音	288首
六音	46首	八音	17首	六音	48首	八音	33首	八音	12首
七音	12首	九音	2首	七音	7首	九音	3首	九音	1首
八音	2首								

【表③『空には本』各句における字余り字足らずの延べ数と音数平均】

	初句	二句	三句	四句	結句
字余り字足らずの延べ数	60首	20首	55首	37首	13首
各句の音数平均	5・25	7・07	5・21	7・13	7・05

まず歌集中〈字足らず〉を句に含む歌は少なく301首中、2首しかみられない（表①②）。それは次の2首である（数字は『空には本』における短歌の通し番号）。

242　レンズもて春日集むを幸とせし叔母はひとりおくれて笑う
246　車輪の下に轢かれ汗の仔犬より暑き舗道に蚤とびだせり

〈242〉は第四句が一音少ない〈六音〉なのであるが、初出雑誌で確認すると「レンズもて春日集むを幸とせし叔母はひとよりおくれて笑う」（「猟銃音」『短歌研究』昭31・4）となっている。「叔母はひとより」であれば定型の〈七音〉である。よって「ひとより」の「よ」が歌集では脱落している〈脱字〉とも考えられる。しかし『寺山修司全歌集』の表記を確認すると、歌集同様に「ひとり」となっている。よって『空には本』編集時に「ひとより」から「ひとり」へ、意識的に「改稿」されたと考えるべきだろうか。「ひとより」と「ひとり」では一首の意味は微妙に変わってくるのだが、本稿は音数律の分析なのでそれは問わないこととする。

〈246〉についても第二句が一音少ない〈六音〉なのであるが、初出雑誌では「轢かれし」（「僕らの理由」『短歌研究』昭32・2）で定型の〈七音〉である。こちらは『寺山修司全歌集』においても「轢かれし」となっている。よって『空には本』の表記は、単に「轢かれし」の「し」が脱落している〈脱字〉と考えられる。

以上のことから、〈字足らず〉の句を含む二首のうち、一首は完全に歌集編集時の校正ミスであって、寺山の意図的なものではない。よって定型意識の問題として考えた場合、〈字足らず〉の歌は歌集中、一首あるかないかという程度にとどまる。

次に〈字余り〉の歌であるが、一音多い三二音が95首、二音多い三三音が44首で、これで大半を占める。それ以上の〈破調〉とみなされる三四音、三五音となるものは合計10首程度にとどまる（表①）。

また〈字余り〉の程度を句別にみると、各句二音までの〈字余り〉にとどまっているものが大半で、三音にまでおよんでいるものは次の2首しか見られない（表②）。

60　人間嫌いの春のめだかをすいすいと統べいるものに吾もまかれむ
101　麦藁帽子を野に忘れきし夏美ゆえ平らに胸に手をのせ眠る

ともに三音の〈字余り〉は初句にあり、定型〈五音〉のところ〈八音〉となっている。しかし初句における〈字余り〉は、他句に比べて定型のリズムに乗せやすいという説もあることから、[*1]右二首は〈三音字余り〉のわりには、〈破調〉の歌と感じにくいかもしれない。

各句における〈字余り〉の延べ数をみると、初句（60首）と三句（55首）に多い（表③）。これは「五七五七七」の諧調のうち、音数の短い〈五音〉の部分に多いということになる。なかで初句における〈字余り〉が最も多いのだが、先に述べたように初句の〈字余り〉は、他句に比して定型リズムに乗せやすく、〈破調〉と感じにくいかもしれない。

初句とは反対に結句における〈字余り〉が最も少ない。301首中、13首しかみられず、音数平均も「7・05」と最も定型に忠実な音数が守られている（表②、表③）。

望月善次が「『サラダ記念日』の定型意識」（前掲出）において、『サラダ記念日』が意外にも〈字余り・字足らず〉の歌が多いのに（434首中、136首／31・3％）、印象として定型のイメージが強いのは、「一首の中心である三句と結句とを五音・七音の定型に収めている」ことによるもので、殊に結句の「定型遵守」が意識的であることを指摘している。『空には本』においても同様に結句が「定型遵守」の傾向にあり、結句が定型に忠実であることは、一首全体の定型リズムに効果的な作用を及ぼすものと考えられる。

以上の分析結果より、『空には本』は概ね短歌本来のリズムに乗せて読むことの出来る、定型意識の強い歌集であるといえる。

ところで寺山の場合、定型意識の問題は短歌における〈愛誦性〉の問題に繋がっていくものである。『空には本』の後記「僕のノオト」には、次のような抱負が語られる。

ロマンとしての短歌、歌われものとしての短歌の二様な方法で僕はつくりつゞけてきた。そしてこれからあとの新しい方法としてこの二つのものの和合による、短歌で構成した交声曲などを考えているのである。

ここに「二様な方法」とあるうち、「ロマンとしての短歌」は先に考察した「ロマネスク」（物語）を構成するという試みであり（第十章参照）、「歌われものとしての短歌」とは広義に解釈すれば短歌における〈愛誦性〉を復活させる試みと考えられる。この〈愛誦性〉という問題に関連して、その頃『短歌研究』誌上で交わされた谷川俊太郎との往復書簡から「〝定型のリズム〟について」という小見出し部分の、寺山の発言から引用する。

五音、七音のリズムのことについて、僕は最近一つの感想をもっています。それは、短歌という様式が存外人に忘られていながら五音七音のリズムの方は大衆の感受性の底にまだ根強くのこっているということです。谷川さんの「ライオンはみがきの歌」をもちだすまでもなく「有楽町で逢いましょう」とか「行きもかえりも大丸で」「お買いものなら東横へ」といったデパートの宣伝文句は大方、七音、五音の組み合わせです。（中略）これは定型詩に内包されている、いわば「軽み」のようなもののコマーシャリズムとの結びつきですが、歌人たちがそうしたこと、（低次元の感受性とも結びつきうるジャンルの特性）に背をむけて散文的リアリズムに偏っていくのは自殺だと思う。逆説的にいえば、こうしたコマーシャリズムの宣伝文句はすべて歌人がかく位、歌人の駆使するリズムと、このジャンルの特性を大衆が知らなければいけないのではないか、と僕は思うのです。／短歌はあまりにも個人の所有物になりすぎてしまった。

（「明日のための対話」『短歌研究』昭33・4）

ここに提言される問題――大衆の感受性と定型詩に内包される軽みの結びつき――は、「歌われものとしての短歌」を意識する寺山の作歌姿勢に通じるものである。さらに「五音七音のリズム」による短歌が、「コマーシャリズムの宣伝文句」と結びつく要素を持つという提言は、一九八七年の大ベストセラー歌集、俵万智の『サラダ記念日』が「コピー短歌」と評され、受容されたことを予見するかのような発言である。[*2] そして「短歌はあまりにも個人の所有物になりすぎてしまった」という部分は、「私性」を旨とするリアリズム短歌に対するアンチテーゼであろう。

以上のことから、寺山の『空には本』における定型意識は、伝統的な〈五音・七音〉の調べを基調として、定型の持つリズムにこそ大衆に開かれた短歌の可能性を求めようとするものであること。閉鎖的な「個人の所有物」から解放された、「歌われものとしての短歌」の〈愛誦性〉を取り戻そうとする試みであったと考えられる。

2　塚本邦雄『装飾楽句』との比較

昭和三十年代の歌壇で、寺山と並称されることの多かった塚本邦雄との比較を行う。具体的には『空には本』の二年前に出版された第二歌集『装飾楽句』（一九五六年）をみる。両者の文体上の差異については、すでに菱川善夫の論に次のような教示がある。[*3]

> 寺山の短歌は、より率直にうたそのものである。時にそのうたは、啄木短歌にまがうようなしらべであったりするが、寺山の短歌は、上から下へ読みくだしてゆく、ほぼ叙述性の濃い発想を主流とする。塚本の中にみられるような、上句と下句の断絶、空隙のもつ危機的充実、或は辞の変革、独自の枕詞の創造、或は頭韻、脚韻の実験、初七調のリズムの発見といった腐心は、寺山修司の直接的な関心ではない。文法は単純である。だから青春を歌う時、それはほとばしる新鮮なリリシズムとなって心をとらえた。
>
> （「寺山修司総論」『日本文学』昭42・8）

「うた」の箇所に傍点が施されているように、菱川は寺山短歌の特徴をその朗詠性にみている。それは寺山が意図した「歌われものとしての短歌」が受け入れられていた証ともいえよう。この菱川論は主に第三歌集『田園に死す』について述べたものであるが、「青春を歌う時、それはほとばしる新鮮なリリシズムとなって心をとらえた」という下りは初期短歌（『空には本』）のことを指す。そして、塚本短歌にみられる文体上の技法的な「腐心」は寺山の「直接的な関心ではない」とし、塚本と寺山の短歌の差異が指摘されている。筆者はそのことを歌集に即して分析し、両者の定型意識の差異として検証したい。

【表④　塚本邦雄『装飾楽句』の音数】

	三〇音	定型 三一音	三二音	三三音	三四音	三五音	計
歌数	2	104	86	57	17	4	270
割合		39％	32％	21％	6％		

　まず一首の音数について。『空には本』が50％の定型、準定型も合わせると82％がほぼ定型で詠まれていたのに対し、『装飾楽句』では定型が39％、準定型とみなす三二音（32％）を合わせて71％であり、その割合は一割ほど少ない。

　しかし決定的な差異は「五七五七七」の諧調にある。具体的には〈句跨り・句割れ〉を用いた文体である。なお本稿では〈句跨り〉を「短歌を構成する五句中の一句の中で一つの文節が収まりきらず次の句にまたがっているもの」とし、〈句割れ〉を「短歌を構成する五句中の一句の中で二つ以上の意味のまとまりにわかれているもの」と定義して分析を行った（『岩波現代短歌辞典』前掲出、『現代短歌大事典』二〇〇〇年六月、三省堂）。

その結果、『装飾楽句』では86首、全体の三割強に〈句跨り〉ないしは〈句割れ〉の現象が見られた。〈句跨り・句割れ〉の多用により、音数は三一音であっても〈破調〉と感じられる歌が多いことが、塚本短歌の特徴となっている。『空には本』では〈句跨りないしは句割れ〉を含むものは37首で、全体の一割強にとどまっている。さらに『装飾楽句』では句切符号等を駆使した文体上の特徴も目立つ。

【塚本邦雄『装飾楽句』句跨りと句割れ】

1 句跨りを含む歌数　62首（23％）
2 句割れを含む歌数　29首（11％）
3 両方を含む歌数　5首（2％）
4 句跨り・句割れのいづれか、あるいは両方を含む歌数　86首（32％）

【寺山修司『空には本』句跨りと句割れ】

1 句跨りを含む歌数　27首（9％）
2 句割れを含む歌数　13首（4％）
3 両方を含む歌数　3首（1％）
4 句跨り・句割れのいづれか、あるいは両方を含む歌数　37首（12％）

【塚本邦雄『装飾楽句』句切符号の入る歌】

1 一字分の空白の入る歌［34首］

愚かしき夏　われよりも馬車馬が先に麥藁帽子かむりて（二句に句割れ）

2 読点「、」並列点「・」ダッシュ「――」の入る歌［17首］

寒ゆふぐれ樂器店にて風琴のひとつ賣れ、殘りくらくひびかふ（四句に句割れ）

夜天より鞦韆赤き銷垂る――死者をして死者葬らしめよ

3 カッコ〈 〉「 」の使用される歌［5首］

卵生みて安らへる蛾の貌さむくすべての〈母〉に似通ひにつつ

右のような句切符号を駆使した文体は、『空には本』においては次の二例にとどまる。

200 下向きの髭もつ農夫通るたび「神」と思えりか丶わりもなし

202 「雲の幅に暮れ行く土地よ誰のためわれに不毛の詩は生るるや」

塚本歌集では〈句跨り・句割れ〉が86首にみられたが、右に示した表記方法（句切符号）により意識的に〈句跨り・句割れ〉を採っていると考えられる歌が多い。一方、寺山歌集における〈句跨り・句割れ〉はさほど意識的なものと考えにくい。両歌集から例をあげておく。

【塚本邦雄『装飾楽句』】

蟻、ピアノの鍵《キー》をあゆめり　心翳りゆくひそかなる黒人霊歌

（読点を打ち、初句に句割れ。二句と三句の間に一字分の空白。三句から四句にかけて句跨り。）

殺虫剤撒かるる冬の果樹園を過ぐ　この恋もみのらず果てむ（四句に一字分の空白、句割れとなる。）

【寺山修司『空には本』】

34　日あたりて遠く蝉とる少年が駈けおりわれは何を忘れし（四句に句割れ。）

50　明日生れるメダカも雲もわがものと呼ぶべし洗面器を覗きいて（四句に句割れ。結句にかけて句跨り。）

以上のように、〈句切符号〉を駆使した表記による〈句跨り・句割れ〉に塚本短歌の特徴があり、寺山短歌との差異として指摘することが出来る。これは塚本短歌における意識的な方法であり、〈前衛短歌〉の方法とも考えられるが、寺山の出発点である『空には本』にはこのような文体上の〈前衛短歌〉的趣向は見られない。

一九五六年に『短歌研究』誌上で交わされた、塚本邦雄と大岡信の「前衛短歌論争」を考察した吉田純は、両者の対立点を「調べ」をめぐる意見の相違にみる。短歌における従来の「調べ」を要求する大岡に対して、「調べ」を拒否し「屈折」による「新しい調べ」を創造することが塚本邦雄の主張であったという（「前衛短歌論争〈方法論争〉について」北海学園大学大学院『日本文化研究』第参集、二〇〇三年三月）。塚本の「屈折」とは、先の菱川論にいう「上句と下句の断絶、空隙のもつ危機的充実」などの「腐心」であり（菱川はこれを「辞の断絶」と名付けた。『現代短歌 美と思想』一九七二年九月、桜楓社）、筆者の分析した〈句跨り・句割れ〉の文体（破調）もこれに含まれるも

のと考えられる。

『空には本』（初期短歌）の段階において「歌われものとしての短歌」を自らの作歌方法とし、「五七五七七」の「調べ」を重視していた寺山の定型意識は、「屈折」を主眼とする塚本邦雄の定型意識とは対極的なものであったことをあらためて確認しておきたい。

3　第二歌集『血と麦』・第三歌集『田園に死す』との比較

寺山短歌の内部における定型意識の変化を、第二歌集『血と麦』（一九六二年）および第三歌集『田園に死す』（一九六五年）を分析することにより考察したい。

まず『血と麦』から。分析の結果、『血と麦』は五割強（54％）が定型、一字余りの準定型を合わせて八割（82％）がほぼ定型で詠まれている（表⑤）。この割合は『空には本』と比較して変化は見られない。しかし一首における〈字余り〉の程度をみると、〈三音〉以上の〈字余り〉（三四音～三七音）が15首ある。なかには次の歌のように〈六音〉多い三七音というものもある。（短歌上の数字は『血と麦』における通し番号）

23　軍隊毛布にひからびし唾のあと著しそのほか愛のかたみ残さず（三七音）

右の歌は「八八七七七」と、上句が「五七五」の諧調から大きく外れている。この他にも〈字余り〉と〈字足らず〉が混在する例外の5首を合わせると20首（7％）が〈破調〉の歌となる（※「例外の5首」について。合計音は三〇～三二音であるが、二ヶ所に〈字余り・字足らず〉を含むもの）。

『血と麦』において〈破調〉の歌が20首見られるというのは、『空には本』の〈破調〉の歌が10首（3％）であったことから倍に増加している。同時に読点やカギ括弧などの区切符号を駆使した表記が目立ってくる。

【表⑤『血と麦』の音数】

	三〇音	定型 三一音	三二音	三三音	三四音	三五音	三六音	三七音	例外	計
歌数	3	160	84	29	10	4	0	1	5	296
割合		54％	28％	10％						

＊例外　5首（合計音は三〇～三二音であるが、二ヶ所に字余り・字足らずを含むもの。歌番号12・18・62・186・227）

【『血と麦』句跨りと句割れ】

1 句跨りを含む歌数　24首
2 句割れを含む歌数　6首
3 両方を含む歌数　1首
4 句跨り・句割れのいづれか、あるいは両方を含む歌数 29首（10％）

【『血と麦』句切符号の入る歌】

1 読点「、」の入る歌数 ［6首］

18 さらば夏の光よ、祖国朝鮮よ、屋根にのぼりても海見えず（二句が句割れ）

2　一字分の空白が入る歌数　［4首］

116　青梅を漬けたる甕を見おろせば絶望よりもふかし　晩年（結句が句割れ）

3　カッコ「　」の使用される歌数　［3首］

273　藁の上に孤り暗んじいし歌は中国語「自由をわれらに」なりき（四句が句割れ）

4　「……」の入る歌数　［1首］

57　濁流に吸殻捨ててしばらくを奪われていき……にくめ、ハレルヤ！（結句が句割れ）

右の表記方法のうち〈1 読点〉〈2 空白〉〈4 ……〉は『空には本』にはみられなかった表記である。そしてこれらの表記により〈句割れ〉が意識的に強調されている（傍線部分）。「五七五七七」のリズムは変則的になり、またそのような抵抗を意図的に与えているようだ。

さらにこのようなリズムの変則が〈結句〉にみられることも、〈結句〉の定型が遵守されていた『空には本』と大きく異なる点である。

41　地下鉄の汚れし壁に書かれ古り傷のごとくに忘られ、自由（読点により句割れ）

227　牡犬が石炭置場に一本の骨をかくしていしが去る　（二字字足らず）

このような短歌文体の変化は、右の歌〈41〉の初出「街のジュネ」（『短歌研究』昭33・7）の連作あたりから見られるようになり、『空には本』刊行後の一九五八年後半より目立ちはじめる。よって第一歌集『空には本』を境として寺山短歌の文体に変化が起きており、定型意識を考える上で一つの区切りを引くことが出来そうである。

＊

続けて第三歌集『田園に死す』の定型意識を分析すると、定型が六割（62％）で、準定型と合わせると定型とみられる歌が八割（82％）を占める。これは第一歌集からほぼ同じ割合で大きな変化はない（表⑥）

【表⑥『田園に死す』の音数】

	二七音	三〇音	定型 三一音	三二音	三三音	三四音	三五音	例外	計
歌数	1	2	64	21	10	2	0	3	103
割合			62％	20％	10％				

＊例外　3首（合計音は三〇～三二音であるが二ヶ所に字余り字足らずのあるもの。歌番号74・86・91）

しかし『血と麦』にも見られたように〈破調〉の歌が目立つ。なかでも〈四音字足らず〉の〈二七音〉という歌が出現している。（短歌上の数字は『田園に死す』における通し番号）

43　死児埋めしままの田地を買ひて行く土地買い人に　子無し

右〈43〉は、結句において定型の〈七音〉には〈四音〉足りない。そしてこの結句の前に、一字分の空白を置いている。これは空白部分でリズム的にも心理的にも一呼吸の間、〈四音〉分の休止をおいて読むことを読者に要求しているようでもある。一首の調子を整える結句に、あえて〈破調〉を起こす歌は『血と麦』から出現しているが、『空には本』から比較すると文体上の大きな変化といえる。

さらに『血と麦』同様、区切符号の表記がみられる。特に「一字分の空白」の用例が11首もみられる。

【『田園に死す』句跨りと句割れ】

1　句跨りを含む歌数　5首
2　句割れを含む歌数　2首
3　両方を含む歌数　1首
4　句跨り・句割れのいづれか、あるいは両方を含む歌数　7首（7％）

【『田園に死す』句切符号の入る歌】

1　一字分の空白の入る歌数　［11首］
13　中古の斧買いにゆく母のため長子はまなびをり　法医学

2　カッコ「　」〈　〉の使用される歌数　［3首］
37　〈パンの掠取〉されど我等の腹中にてパンの異形はよみがへらむか
51　燭の火に葉書かく手を見られつつさみしからずや父の「近代」

3「……」の入る歌数［2首］

74　修繕をせむと入りし棺桶に全身かくれて桶屋の……叔父

「13　中古の斧買いにゆく母のため長子はまなびをり　法医学」は、結句の空白による「断絶」のみならず、〈句跨り〉も多用されており、この一首を「五七五七七」の諧調に乗せて読むことは難しい。

また「74　修繕をせむと入りし棺桶に全身かくれて桶屋の……叔父」も結句が〈字足らず〉であるが、「……」を挿入することにより、後にくる語の前で一瞬立ち止まる（考える）ことを要求しているようだ。

いずれにしても「空白」や「……」の表記により意識的な〈破調〉の歌となっており、一首のリズムに屈折したアクセントを持つ文体となっている。

＊

以上の分析結果より、寺山短歌における定型意識の変遷をまとめると以下のようになる。

まず一首ごとの音数については、三冊の単行本歌集を通じて約八割の歌がほぼ定型で詠まれており、寺山の定型意識は作歌活動全般において極端に崩れることはなかったといえる。ことに第一歌集『空には本』においては、結句の定型遵守も含め、一首の音数律は短歌本来の調べに忠実なものであった。寺山は〈五音・七音〉の定型リズムにこそ、大衆に開かれた短歌の可能性の鍵があると見ていた。

しかし第二歌集では〈字余り〉の歌が増加し、第三歌集では極端な〈字足らず〉の歌が出現するなど、『血と麦』以降『田園に死す』に至る過程で、〈破調〉のはなはだしい作品が出現するようになる。併せて、第一歌集では見られなかった表記方法（一字分の空白、句切符号の使用など）が頻出してくる。それにより〈句跨り・句割れ〉

が意識的に生み出され、また〈結句〉においてあえて音数律を乱すなど、定型本来の調べから外れる試みがみられた。

このような短歌文体の変化は、塚本邦雄の影響を受けた寺山が前衛短歌的な方法に接近し、実験的に行ったものと考えられる。〈短歌〉を軸とした両者の交流は、寺山の歌壇デビュー翌月（一九五四年十二月）より積極的に行われていたことが、寺山宛の書簡からうかがえる（塚本邦雄『麒麟旗手』初版一九七四年七月、新書館／改装版二〇〇三年十月、沖積舎）。『麒麟旗手』改装版の「跋」には塚本青史が、「父と寺山修司との交流は、途切れることなくずっとつづいた。それは我が家へ来ていた連中と、厳然と隔絶した資質や才能の違いがあったからに他ならない」と寺山のことを述懐している。

『空には本』から『血と麦』『田園に死す』に至る寺山短歌の変化は、文体上の変化のみならず、歌われる内容も前衛的な問題意識を含むものに変わってゆくが、本稿では文体上の分析報告にとどめておく。

終わりに寺山の定型意識と俳句との関連性についてふれておきたい。『空には本』の後記「僕のノオト」に次の言葉がある。

のびすぎた僕の身長がシャツのなかへかくれたがるように、若さが僕に様式という枷を必要とした。（中略）縄目なしには自由の恩恵はわかりがたいように、定型という枷が僕に言語の自由をもたらした。僕が俳句のなかに十代の日日の大半を賭けたことは、今かえりみてなつかしい微笑のように思われる。

ここに自ら定型への思い入れを語るが、「俳句のなかに十代の日日の大半を賭けた」と記すとおり、それは寺山にとって「俳句」の定型から始まったことをあらためて確認しておきたい。寺山の音数律は俳句によって基礎訓練がなされたのであり、その強固な定型意識の延長上に短歌の定型も受け入れられたと考えられる。同じ「後記」に「作意をもった人たちがたやすく定型を捨てたがることにも自分をいましめた」とも記すように、歌人寺山修司の出発点においては、あくまで「定型」であることに意識的であり、そのことを短歌言語における統計的分析に基づいて検証した。

注

＊1　初句における〈字余り〉が他句のそれに比べ、定型のリズムに乗せやすいということは、俳句において指摘される。『俳句用語の基礎知識』（一九八四年一月、角川書店）「字余り」の項に「上五・中七・下五の三分節の内、上五の字余りは最も抵抗が少なく、上七、上八になっても五・七・五定型のリズムに乗ることができるので、上五の字余りの句が多い」（堀内薫）とある。また坂野信彦『七五調の謎をとく―日本語リズム原論』（一九九六年十月、大修館書店）は、日本語のリズムを「二音一拍」を基本に「八音四拍」を一単位と考えて俳句や短歌の定型を説く。その「破調と非定形」の項に、「上五の第四律拍はまるごと休止拍なので、ここを実音で埋めることもでき」るとあり、「雪はしづかにゆたかにはやし屍室　波郷」を例に、上七音の最初に一音ぶんの休止を置いた読み方を提示し、「この七音は、字余りでありながら、しかも拍節としての正統的な音調をもたらします。読み手のほうがこのかたちに習熟すると、打拍はなおさらスムーズになります」という。なお坂野信彦『七五調の謎をとく』については望月善次「短歌定型論から見た啄木『三行書き短歌』」に教えられた（『論集石川啄木Ⅱ』所収二〇〇四年四月、おうふう）。

＊2　『サラダ記念日』の評価をめぐる現象については斉藤美奈子「俵万智　歌って踊れるJポエム」を参照した（『文壇アイドル論』所収二〇〇二年六月、岩波書店）。

＊3　本稿の初出（『立教大学大学院日本文学論叢』五号、二〇〇五年十一月）を菱川善夫先生にお送りしたところお

返事を頂いた。以下その一部を引かせて頂く。――「寺山修司の定型意識の分析、なるほどと納得致しました。特に「装飾楽句」との比較はまだ具体的に手のつけられていないところですし、「血と麦」「田園に死す」との関係についても直感的に語られてきた部分に、科学的に切り込んで大変参考になりました。破調の分析が興味をひきます。「街のジュネ」という御指摘ですが内容との関係が課題として残りますね。俳句との関係で音数律が俳句によって基礎訓練を受けたという問題も定型意識の成立を見る上で大事な視点だと思います」（平成十八年六月）。本当に感謝である。

【付記】　歌集のテキストについて。『空には本』は初版本（一九五八年六月、的場書房）を、『血と麦』および『田園に死す』は『現代歌人文庫寺山修司歌集』（一九八三年十一月、国文社）を、塚本邦雄『装飾楽句』（一九五六年三月、作品社）は『塚本邦雄全集』第一巻（一九九八年十一月、ゆまに書房）を使用した。

おわりに　没後の〈寺山修司受容〉に関する覚え書き

本書の「はじめに」で〈寺山修司研究〉の動向とその課題について記した。一部に重複する話題も入るが、本書の「おわりに」没後の〈寺山修司受容〉に関する事項を「覚え書き」として記しておきたい。多分に個人的な体験を含むものであるが、これも受容の一面として記録しておきたいと思う。

◉――寺山修司展

筆者が〈寺山修司〉の名前を初めて知ったのは、一九八六年、没後三年目に西武百貨店で開催された「テラヤマ・ワールド 寺山修司全仕事展」であった。当時大学二年生で、演劇部に在籍していた縁からこれを見学に行った（大阪八尾店西武ホール／6月28日～7月7日開催）。「寺山修司死後年譜」（『現代詩手帖』臨時増刊『寺山修司〔1983～1993〕』一九九三年四月、思潮社）で確認すると、同展は西武百貨店渋谷店で開催された後（4月24日～5月6日）、大阪に巡回している。一九九三年の没後十年にも「テラヤマ・ワールド　新・寺山修司全仕事展」が、親交の深かった作家から「寺山へのオマージュ」という展示も含め、同じく西武百貨店を会場に開催された（4月28日～5月23日。この時は東京池袋の西武百貨店ロフトフォーラムで見学した）。最初の大規模な展示「テラヤマ・ワールド」は寺山生前からの近親者である田中未知、九條今日子、大澤由喜らによって企画された（田中未知『寺山修司と生きて』二〇〇七年五月、新書館）。守安敏久『メディア横断芸術論』（二〇一一年）の「序」には、現代芸術総合化運動の場の一つとして、百貨店を中核とした文化戦略「セゾン文化」のことが取り上げられ、寺山もその場に「重要な刻印を残している」と記される。筆者は好景気時代の「セゾン文化」の恩恵もあって、〈寺山修司〉を知るところとなったわけである。

二〇〇三年の没後二十年には世田谷文学館の「寺山修司の青春時代展」があり、『牧羊神』時代の俳句仲間との活動がクローズアップされた。二〇〇八年の没後二十五年には青森県立美術館の「寺山修司劇場美術館」展が開催された（筆者は見学していない）。守安敏久「イヴェント・レヴュー「寺山修司　劇場美術館１９３５――２００８」展――没後二十五年の寺山修司」（『日本近代文学第79集』二〇〇八年十一月）によれば、「公共美術館としては屈指の広大さを誇る」場で「過去最大規模の企画展が実現」し、生前の刊行物を上回る量の没後刊行著作の展示、寺山による「写真作品」の展示があったと記される。図録『寺山修司劇場美術館』（寺山偏陸監修、二〇〇八年五月、パルコ出版）にみると、同時代の作曲家たち――松村禎三・武満徹・山本直純・湯浅譲二・和田誠――との仕事資料も収録され、一九六〇年代の仕事も注目されている。

近年の「展覧会の成果」と傾向について堀江秀史は「寺山の総体を提示するか、もしくは短歌、俳句などの「文学」に傾倒した10代の活動を提示するもの」であり、これら「展示会」により「寺山は死後もその存在感を示し、今生きる人々の前に立ち現れる」と概括する（「寺山修司研究の現在」）。筆者が初めて見学した「テラヤマ・ワールド」は没後三年目のものであり、大がかりな展示会としては最初のものであった。それ以降今日まで、生前の〈寺山修司〉を知らない人々の前に、確かに〈寺山修司〉は「立ち現れ」ているようだ。

◉――青森の寺山修司

寺山修司は弘前市に生まれ、青森市内で幼少期をおくり、終戦の年（小学四年生）から昭和二十四年春（中学一年生）まで三沢に疎開し、昭和二十四年四月（中学二年生）から高校を卒業するまで青森市内で過ごした。その青森、三沢の同級生を中心として、没後間もない頃より青森において〈寺山修司〉は継承されてきた。関係者の中には既に故人となられた方も多い。

一九八四年（没後翌年）から一九九三年（没後十年）まで、青森市内で「五月の伝言——寺山修司祭」が開催された。その中心を担った青森高校の同級生、金澤茂により『修司断章』（平18・6、金澤法律事務所発行）がまとめられている。同書には十年間の「寺山修司祭」の記録、運営の経緯と苦労、それを継続した思いが綴られる。この「寺山修司祭」には弘前出身の三浦雅士も尽力している。筆者は参加していないが、手元に『五月の伝言』（パンフレット）が二つある。これを発行した企画集団「ぷりずむ」を訪ねたときに（一九九六年）、代表の杉山睦子氏から直接頂いたものだ。企画集団「ぷりずむ」は没年に『追悼特集 心象 寺山修司』（季刊「あおもり草子」昭和58年12月10日）を編集刊行し、青森における寺山受容に早い時期から貢献している。

青森から特急で一時間ほどの三沢では、古間木小学校時代の同級生を中心とした「寺山修司五月会」（会長・下久保作之佑、故人）があり、三沢市民の森に「寺山修司文学碑」を建立（平成元年）、隣接地の「寺山修司記念館」の開館（一九九七年）に貢献した。また「寺山修司五月会」主催による「寺山修司祭」も開催されていた（平成元年から平成八年）。筆者も平成七年六月の「寺山修司祭」に招かれ、「寺山修司と啄木——〈少年〉の時間」という題目で講演させて頂いた。用意したレジメの寺山作品を、古間木小学校の男子児童が朗読してくれた。直前に決まったことだったが、引率の先生のご指導よろしく立派な朗読で、少年の肉声による東北訛が寺山作品の良さを引き出していた。文学碑建立から記念館開館までの経緯と「寺山修司祭」の記録は、『歩み——寺山修司記念館』（一九九八年七月、寺山修司五月会）にまとめられている。『歩み』の編集作業をはじめ、五月会の事務局を伊野忠昭（元歴史民俗資料館館長）が長く務めた。一九九七年の寺山修司記念館開館以降は、記念館の主催で、毎年七月に新しい企画展を記念して「寺山修司祭」が開催されている。また、三沢時代の〈寺山修司〉を偲ばせる本に、石井冴子の小説『冬の花ぐし―級友・寺山修司に』（一九九七年七月、菁柿堂）がある。

寺山が校歌を作詞した縁から（昭37）、青森市内にある青森大学においても毎年五月に「寺山修司忌」が行われている。「寺山修司忌」に携わる青森大学の久慈きみ代氏とのご縁から、筆者も平成十六年五月に招かれ「寺山修司「チェホフ祭」の頃」という題目で講演させて頂いた。青森大学の学生さんが大変熱心に聴いて下さった。ブラスバンドによる寺山作詞の校歌演奏と、文芸部の学生による詩の朗読もあり、学生が選んだという寺山詩は新鮮な感動を与えていた。

また近年青森では、寺山の〈父〉に関する資料も発掘されている。従来、寺山の〈母〉については評伝や回想記等で知られていたが、父「寺山八郎」については大方不明であった。その〈父〉の学生時代の文芸活動が、青森で創刊された雑誌『北奥気圏』（代表・船越素子、二〇〇五年一月、書肆北奥舎）に紹介されている。創刊号特集《寺山修司》に鎌田紳爾「天井桟敷のヨセフ――引き裂かれた父性のためのノート」があり、「寺山八郎」が学んだ「東奥義塾」の卒業アルバムから「寺山八郎」が弁論部に所属していたこと、学友会誌から「日支親善を論ず」・「現代社会と改造」という題目で弁論大会に出ていたこと、「人生と宗教」という評論を寄稿していたことが報告される。「寺山の父が若き時分に名文家であったということは「文筆家寺山修司」の象徴的な事実ととれなくもない」（鎌田）と記されることも納得させられる内容である。また、鎌田氏は弘前の女子高校生宛の寺山書簡を軸に、小説『望郷の虹 寺山修司青春譜』（二〇〇九年九月、未知谷）を著した。

続く『北奥気圏』二号（二〇〇六年一月）には世良啓「『五月の白鳥』拾遺ノオト――寺山修司生誕地と寺山八郎に関するメモ」があり、当時の警察関係の資料と、警察官であった世良氏の父の記憶から、寺山の生誕地（紺屋町35番地）を当時の「臨時派出所」付近と推定し、昭和十年の「弘前案内図」に印が付けられる。（青森発『北奥気圏』については久慈きみ代氏よりご提供頂きました。記して感謝申し上げます。）

生前の寺山が「憎むほど愛し」た故郷青森において（『田園に死す』跋）、〈寺山修司〉を語り継ぐことの困難を超えてなお、多くの人々の思いと共に〈寺山修司〉は継承されてきたのである。

◉――近親者の回想記

短詩型文学の場合、〈読者〉から〈作家〉への興味関心は強い。読者が作家の素顔を知りたいと思う時には、近親者によって書かれた回想記がある。

- 寺山はつ　『母の蛍 寺山修司のいる風景』　一九八五年二月 新書館
- 九條今日子　『不思議な国のムッシュウ 素顔の寺山修司』　一九八五年四月 主婦と生活社
- 九條今日子　『回想・寺山修司 百年たったら帰っておいで』　二〇〇五年十月 デーリー東北新聞社
- 平沢淑子　『月時計のパリ』　一九八四年八月 講談社
- 萩原朔美　『思い出のなかの寺山修司』　一九九二年十二月 筑摩書房
- 前田律子　『居候としての寺山体験』　一九九八年三月 深夜叢書社
- 高橋咲　『15歳　天井桟敷物語』　一九九八年八月 河出書房新社
- 田中未知　『寺山修司と生きて』　二〇〇七年五月 新書館
- 山田勝仁　『寺山修司に愛された女 演劇実験室◎天井桟敷の名華・新高けい子伝』　二〇一〇年十月 河出書房新社

寺山はつ（実母）の著は一九三五年、青森弘前での出産時から書かれる。九條今日子（元夫人）の著は一九六〇年の「出会い」から書かれ、当時の寺山書簡（九條宛）が収録される。平沢淑子（パリ在住・画家）の著はあまり知られていないが、海外（パリ）での寺山評価と私生活を伝えている。萩原朔美、前田律子、高橋咲の著は天井桟敷の劇団員時代を回想したもので、一九六〇年代後半の〈寺山修司〉を各自の視点から書いている。田中未知（劇団員・秘書）の著は、〈病〉から〈死〉までの経緯と事情が克明に書かれている。また一九五〇年頃の寺山書簡（母宛）が収録される。山田勝仁の著は〈新高けい子伝〉ではあるが、寺山と同郷（青森高校の一学年上）の少女が上京し、劇団女優として活躍する半生を通じて、〈寺山修司〉の時代を描いている。

●——現代短歌研究会——北海学園大学大学院　菱川善夫研究室

二〇〇一年、「北海学園大学文学研究科博士課程開設」を記念し、菱川善夫研究室が中心となって〈現代短歌研究会〉が発足し、機関誌『現代短歌研究』が発行された（二〇〇二年第一集～二〇〇九年第八集／事務局・田中綾）。同研究会は「現代短歌の研究状況」が「商業誌と結社誌」中心で、「歌人ではない大学院生の論文発表の場」が限られており、短歌を研究する大学院生に「積極的な発表の場を提供する」ことを目的に設立された（「現代短歌研究会趣意書」）。一九五四年に『短歌研究』新人評論部門で入選して以来、歌壇からは中立的な立場で発言を続けて来た菱川善夫の、〈現代短歌研究〉の水準を引き上げたいという切なる思いから設立された研究会である。

〈前衛短歌〉を主軸に議論が繰り広げられた様子は、機関誌『現代短歌研究』に収録されるシンポジウムの内容からうかがえる（筆者は参加出来なかったのだが、ご厚意で毎号機関誌を送って頂いた）。大学院生によって書かれた論文は、『日本文化研究』（北海学園大学大学院文学研究科）にも掲載されている。その中から〈寺山修司〉に関する論考が三本出ている。

・三浦正嗣「寺山修司論――歌人・寺山修司の軌跡」『日本文化研究』第壱集（二〇〇一年三月）
・吉田純「前衛短歌論争〈定型論争〉について」『日本文化研究』第四集（二〇〇四年三月）
・吉田純「寺山修司初期短歌論――画一主義への抵抗」『現代短歌研究』第四集（二〇〇五年三月）

しかし現代短歌研究会は菱川善夫没後（二〇〇七年十二月十五日、享年78歳）、閉会となった。妻・菱川和子氏の追悼文から、菱川氏の思いを引いておきたい。――「表現に関わる者全ての願望だが、彼は自分の生をかけて真実を追い求めたものの、反応が知りたかったのだと思う。批評文の難解さ、それを読みこみ理解することの容易でないことは解っていても、共感が欲しい、たとえ反論があっても文学や詩歌について、語り合える人を身近に求めていた。会いたいと訪ねてきた人の要請に答えようと時間を作って出向き、人々を家に呼び寄せて語り合う場を作った。近年は、話し合える人がいなくなったと嘆き、愛に飢えるように人に飢えていた」（追悼――菱川善夫「芸術の根源を問う――夫菱川善夫の死」『短歌往来』二〇〇八年五月、ながらみ書房）。

研究室の後任となった田中綾氏は、研究会の遺産として論集『〈殺し〉の短歌史』をまとめられた（現代短歌研究会編 二〇一〇年六月、水声社）。

◉――国際寺山修司学会――名古屋の寺山修司受容

「国際寺山修司学会」は愛知学院大学の清水義和が中心となって設立した学会である（二〇〇六年五月）。設立の趣旨は「寺山と国際的な演劇との関係を究明する趣旨で発足した」（清水義和『寺山修司海外キネマテアトロ』二〇一〇年四月、文化書房博文社）とあり、清水氏は近年『寺山修司海外公演』（二〇〇九年）、『寺山修司海外ヴィジュアルアーツ』（二〇一一年）と、「寺山と国際的な演劇との関係」を究明すべく著書を刊行している。

良い意味で設立「趣旨」を超え、学会では幅広いフィールドから〈寺山修司研究〉が進められている。機関誌

『寺山修司研究』（二〇〇七年創刊、二〇一二年までに5号既刊、文化書房博文社）の掲載論文にみても研究ジャンルはさまざまである。タイトルから一例をあげると、――「寺山修司とマザーグース」（北山長貴）、「英国紙劇評家が見た『身毒丸』ロンドン公演」（磯部哲也）、「寺山修司の「民俗学的」食意識に関する一考察」（馬場景子）、「寺山的バナキュラーな建築と風景」（吉田貢）、「寺山修司の「裏町」描写に内包される教育思想的意味」（上坂保仁）、「寺山修司・写真前史」（堀江秀史）、「音声から見る寺山修司の東北訛と『マイ・フェア・レディ』のコックニー」（赤塚麻里）、「寺山修司の「机」と平田オリザの「机です」」（葉名尻竜一）、「宇野亜喜良の華麗なるテラヤマ・ワールド」（森崎偏陸）、「「花札伝綺」を記述する試み――流山児事務所甲府公演から」（窪田真弥）等。また「『奴婢訓』における〈上演〉の記録」を『寺山修司研究』2号に書いた久保陽子さんは、二十代で演劇論を中心に研究を進めている（「「観客との相互創造」の戦略――寺山修司の『青ひげ公の城』」お茶の水女子大学大学院『人間文化創成科学論叢』第十三巻、二〇一一年三月）。〈寺山修司〉が学際的に研究される作家であることを知ると同時に、筆者自身はこれまで国文学研究の視点から〈寺山修司〉を見てきたのだ、ということを客観的に認識させられた。

この学会の活動拠点は名古屋にある。愛知学院大学を研究会場としていることもそうであるが、『寺山修司研究』の表紙は毎号、天野天街（名古屋劇団少年王者舘）によるもので、寺山修司的コラージュで構成される斬新なものだ。また俳人の馬場駿吉氏（名古屋ボストン美術館館長）の講演が毎回あり、寺山芸術と美術（ゴーギャン、ゴッホ等）の表現技法の関連性を講義される。また演劇ワークショップ「二〇〇九年・演劇大学 in 愛知『寺山修司』」を開催した木村繁（日本演出者協会理事）の後援を得て、寺山脚本の舞台観劇もある（二〇〇九年十一月「狂人教育」）。表に裏に名古屋の文化人の協力に拠るところが大きく、その意味では〈名古屋の寺山修司受容〉といった印象もある。むろん「国際」の名にふさわしく、海外の研究者ディアス・サンチョ、イヴァン（スペイン、京都大学大学院）による研究発表「マッチとマッチ箱の重要性」（二〇一二年五月）もあり、英語論文セバスチャン・ジョーンズマーク「"Kakurenbo" Terayama Shuji's Uncanny Hide-and-Seek」も掲載される（『寺山修司研究』2号）。国際的でもありローカルでもあるという特徴を備えた学会である。

●――寺山評伝に関する個人的な体験

田澤拓也の評伝『虚人 寺山修司伝』に関する筆者の個人的な体験である。一九九七年三月三十日、静岡県富士市で「寺山修司の世界」という小さな集会があった（アイデア・ボックス主催、代表片山道子。静岡県はつらつ女性地域活動助成事業・積水ハウス「ATTIC」富士展示場）。内容は「ポスター展」と「お話とフリートーク」で、ゲストに元天井桟敷団員の落合紀夫と、『虚人 寺山修司伝』を担当した文藝春秋社の谷孝之が招かれた。座談会の中で文藝春秋の谷氏は、『虚人寺山修司伝』は初版六千部を刷ったが再版の運びにならないこと、また「せんぼんよしこの回想」を入れたのはあまり効果的ではなかったこと等を話された。しかしながらテレビ草創期の女性ディレクター「せんぼんよしこの回想」も、一九六〇年代のテレビ現場を知る同時代の貴重な証言となり、テレビドラマに関する研究資料となっているのである。よって何が研究に資するものとなるか、多面的な活動を展開した〈寺山修司〉の場合は分からないのである。

杉山正樹『寺山修司・遊戯の人』は、中井英夫が『短歌研究』から『短歌』の編集へ移った後、昭和三十一年四月から『短歌研究』の編集長を勤めた著者によって書かれた評伝である。一九五〇年代後半の短歌総合誌の編集長をこの二人が勤めたという事実は、〈寺山修司〉がその時期に〈短歌〉を活動の中心に置いたという事実と密接な関係を持つものであり、これを戦後短歌史の問題として検証することは今後の研究課題である。さてこの『寺山修司・遊戯の人』が単行化された後、筆者は研究仲間から「あの本のモデル（あなた）は小菅さん？」と聞かれたことがある。というのは、評伝は文中「あなた」と称される〈寺山修司〉で修士論文を書く大学院生に宛てた書簡形式で構成されるからだ。確かに筆者は『寺山修司青春の手紙』（一九九七年）を書いた縁から杉山氏に知己を得た。修士論文の準備をしていた時期でもあり、「短歌雑誌・寺山修司著作目録」をお送りしたこともある。しかし文庫化（二〇〇六年）された際「文庫版のための長いあとがき」に以下のように記される。――「この「あなた」には三人のモデルがありました。彼女たちの誰もがかれの作品と人間に興味を持っていて、私にさまざまな質問を投げかけてきたのです。そこで、ひとりの女性として造型し、「あなた＝読者」へ直接訴えかけようと、こんな形式を選んだのでした」。よってこの本の「あなた」は「造型」された架空の人物である。

杉山氏は毎年年賀状を下さったが、ある年それが来なかった。その年の三月、奥様の杉山喜美さんから杉山氏の逝去を報じた葉書が届いた（二〇〇九年一月十六日、享年七十五歳）。――「かれは東京の聖路加病院で生まれ、大阪で育ち、カフェ美人座の創業者で芝居好きの父と、文学少女だった母のもとで文学を志しました。戦後、父の破産と死に会い、二年後に母を失い、仕事の上にも曲折多く、いく度か振り出しに戻りながら志は失わず、知己友人に恵まれ、今日まで文芸の世界で生きてこられたことは何よりのしあわせでした」。亡くなられて初めて、杉山氏の生涯の平坦ではなかったことを知った。

『寺山修司　その知られざる青春』の著者小川太郎は、早稲田大学在学中から熱心な寺山短歌の愛読者であった。寺山没後に東京で「風馬の会」を主催し、一九九一年から開催された「寺山修司を語る会」の講演録は『寺山修司の世界』（風馬の会編、一九九三年十月、状況出版）としてまとめられた。機関誌『寺山修司フォーラム　風馬』も発行されていた。この機関誌の後を受けて『寺山修司倶楽部』（編集楠山周史、一九九五年二月創刊）が発行され、寺山関連のイベントや書籍紹介など情報交換の場になっていた。なお、小川太郎には同時代歌人の評伝『聞かせてよ愛の言葉を――ドキュメント中城ふみ子』（一九九五年八月、本阿弥書店）や、『血と雨の墓標 評伝岸上大作』（一九九九年十月、神戸新聞総合出版）もある。歌人でもあり、その短歌は「天声人語」に取り上げられたこともある。――「こんな文字を連ねた歌が『短歌朝日5・6月号』に出ていた。〈嬉嬉輝輝気 奇奇鬼気危機来 き、きっと「う、歌も銃でねらわれている」〉（小川太郎）言葉にはいろいろな力がある。」（『朝日新聞』二〇〇一年四月三十日）。

小川さんは、しばしば手紙や電話で筆者の拙い研究を励まして下さった。二〇〇一年に第二期『風馬』の機関誌を出すからとお誘いがあり、「寺山修司と「昭和の啄木」をめぐる考察」を掲載して頂いた（第二期『風馬』創刊号、二〇〇一年一月）。しかしその年の八月十六日に小川太郎さんは急逝（自殺）された。筆者が小川さんの死を知ったのは、しばらく経ってからのことだった。

◉――同時代読者が感じる〈寺山修司受容〉への違和感。

没後の〈寺山修司受容〉に対する危惧に関しては、坂東広明が「肥大化されてきた寺山像を、今一度検討し直し、実物大の寺山像を探っていく」ことを研究課題の一つとしてあげていた（「研究動向・寺山修司」一九九六年）。さて研究の場とは別に、同時代読者の中には〈寺山修司受容〉に違和感を覚える人がいることも事実である。青森の人である福井次郎の「私的寺山修司体験（あるいは神話の形成）」（『北奥気圏』第一号、二〇〇五年一月）には、「昨今の寺山人気はなにか彼を実体以上のものとして過剰に評価している気がしてならない」「今の神格化された寺山が何か妙に胡散臭いものに感じられる」と厳しい意見が述べられる。しかし福井氏の批判は「当時追っかけまではいかなかったが、一般人よりは彼に興味を抱く若者として寺山を知っている」「寺山はあくまでマニアが愛好する存在であって欲しいと思っているのだ」と、あくまでもリアルタイムの愛読者であったがゆえに投げ掛けられた言葉であって、無視はできない。

しかも、このような思いを持つ同時代読者は一人ではなく、筆者も直接にその声を聞いたことがある。一九九七年七月、三沢の寺山修司記念館・開館記念の懇親会場で、東京から「寺山修司バスツアー」（団体）で来られた男性と話す機会があった。その方は、「若い頃、自分の机上に〈寺山修司〉の本が並んでいることは何か気恥ずかしいような思いがしたものだ。しかし寺山没後、その価値観は逆転したような気がする。そこが不思議だ」としみじみ話された。この方もバスで東京から来るほどの愛読者である。

筆者は没後の読者であり、同時代読者が抱く寺山受容への違和感をそのまま実感できる者ではない。しかしこの差異も、リアルタイムの寺山受容（読者論）の問題として、考えてゆくべき課題となろう。

以上記してきた没後の〈寺山修司受容〉に関する事項は、没後三年目の一九八六年に初めてその存在を知り、〈初期寺山修司〉を中心に研究を進めてきた筆者の「覚え書き」である。今後、ジャンルを超えた幅広い視野と批判眼を備えた〈寺山修司受容〉が書かれ、検証されることが期待される。

参考文献一覧

＊本書中に引用した主要な参考文献を章毎に記す。なお複数の章にわたる文献については基本的に最初の章に記した。

◉――はじめに　寺山修司研究の課題

菱川善夫『菱川善夫評論集成』一九九〇年九月　沖積舎
篠弘『現代短歌史Ⅱ　前衛短歌の時代』一九八八年一月　短歌研究社
三浦雅士『寺山修司――鏡のなかの言葉』一九八七年四月　新書館
高取英『寺山修司論――創造の魔神』一九九二年七月　思潮社
栗坪良樹『寺山修司論』二〇〇三年三月　砂子屋書房
野島直子『ラカンで読む寺山修司』二〇〇七年三月　トランスビュー
野島直子『孤児への意志――寺山修司論』一九九五年七月　法藏館
守安敏久『バロックの日本』二〇〇三年十二月　国書刊行会
守安敏久『メディア横断芸術論』二〇一一年十月　国書刊行会
喜多昭夫『逢いにゆく旅――健と修司』二〇〇五年十二月　ながらみ書房
葉名尻竜一『寺山修司』二〇一二年二月　笠間書院（コレクション日本歌人選）
久慈きみ代『孤独な少年ジャーナリスト　寺山修司』二〇〇九年三月　津軽新報社
『寺山修司俳句全集』一九八六年十月新書館／増補改訂版　一九九五年五月　あんず堂
堀江秀史「寺山修司研究の現在――没後25周年を経て――」『比較文学・文化論集』27号　二〇一〇年三月　東京大学比較文学
『寺山修司の青春時代展』図録　二〇〇三年四月　世田谷文学館
『句集　青春の光芒』二〇〇三年五月　有限会社テラヤマ・ワールド（「寺山修司没後二〇年記念復刻」）
松井牧歌『寺山修司の「牧羊神」時代――青春俳句の日々』二〇一一年八月　朝日新聞出版

小菅麻起子「拝啓中野トク先生――修司青春の手紙」『東奥日報』一九九七年二月〜八月 全25回
（『寺山修司青春の手紙』一九九七年八月 私家版）
『寺山修司青春書簡――恩師・中野トクへの75通』九條今日子監修・小菅麻起子編著 二〇〇五年十二月 二玄社
田澤拓也『虚人 寺山修司伝』一九九六年五月 文藝春秋
小川太郎『寺山修司 その知られざる青春』一九九七年一月 三一書房
長尾三郎『虚構地獄 寺山修司』一九九七年八月 講談社
杉山正樹『寺山修司・遊戯の人』二〇〇〇年十一月 新潮社／二〇〇六年七月 河出文庫
坂東広明「寺山修司における「演技」の思想」『昭和文学研究』第28集 一九九四年二月
坂東広明「研究動向・寺山修司」『昭和文学研究』第32集 一九九六年二月
『寺山修司記念館①』責任編集・寺山偏陸 二〇〇〇年八月 テラヤマ・ワールド（寺山修司記念館収蔵品カタログ）
「寺山修司著作リスト」『寺山修司劇場美術館』監修寺山偏陸 二〇〇八年五月 パルコ出版
今泉康弘「寺山修司におけるいわゆる「差別語」と角川文庫によるその書き変えについての資料」『日本文学論叢』33号 二〇〇四年三月 法政大学大学院日本文学専攻研究誌
松崎悟「寺山修司の名言集について」『寺山修司研究』創刊号 二〇〇七年五月 文化書房博文社

◉――序章【「年譜」めぐる問題点】

寺山修司自筆「年譜」『寺山修司青春歌集』一九七二年一月／『家出のすすめ』一九七二年三月 角川文庫
寺山修司『誰か故郷を想はざる』初版昭和43年10月 芳賀書店／昭和48年5月 角川文庫
寺山修司『さよならの城』初版一九六六年十月 新書館／一九七二年十月 57版
寺山修司「懐かしのわが家」『朝日新聞』昭和57年9月1日夕刊 文化欄
高取英編「年譜」『寺山修司全詩歌句』一九八六年五月 思潮社
高取英編「ブック・ガイド」『新文芸読本寺山修司』一九九三年五月 河出書房新社

「小特集 生誕70年寺山修司の東京地図」『東京人』二〇〇五年十二月
「特集 生誕七十年寺山修司の強度」『すばる』二〇〇五年十一月
寺山はつ『母の蛍』一九八五年二月 新書館／一九九一年一月 中公文庫
大里知彦『旧法親族相続戸籍の基礎知識』平成7年9月 テイハン
九條今日子 寺山孝四郎「回想の寺山修司・座談会」『デーリー東北』二〇〇四年十二月二十三日
木瀬公二 寺山修司「死の前のインタビュー」季刊「あおもり草子」追悼特集『心象寺山修司』一九八三年十二月
京武久美「親友に対抗心を燃やした「山彦俳句会」の日々」『俳句あるふぁ』2号 一九九三年
久慈きみ代「寺山修司空白の半年――古間木中学校から野脇中学校への転校はいつか?」『寺山修司研究』5号 二〇一二年三月
「第一回短歌研究新人賞発表」山下富美「人像標的」（推薦第一位）『短歌研究』昭和33年9月号
「早稲田大学成績原簿」『新潮日本文学アルバム寺山修司』一九九三年四月 新潮社
小林保治「初期寺山作品の郷土性」『早稲田大学国語教育研究第十五集』一九九五年六月

◉――一章 十代歌人〈寺山修司〉の登場――「父還せ」から「チェホフ祭」へ

寺山修司「物おじせぬ満々の野心――〝アプレゲール〟に誇り」『東奥日報』昭和30年1月11日
中井英夫解説『寺山修司青春歌集』昭和47年1月 角川文庫
中井英夫対談「昭和短歌五十年史」『短歌研究』昭和57年6月
中井英夫「歌壇の眺め」『文藝年鑑 昭和三十年度版』昭和30年6月 新潮社
橋本徳壽「父還へせ」『短歌研究』昭和25年10月
篠弘「寺山修司の登場――中城ふみ子の継走者」『短歌』昭和63年12月
『昭和三一年度年次経済報告』経済企画庁 昭和31年7月（復刻『経済白書』第七巻 昭和51年1月、日本経済評論社）
佐々木基一「チェーホフ評価をめぐって」『文藝』昭和29年10月
ヴェ・エルミーロフ『チェーホフ研究』牧原純・久保田淳共訳 昭和28年7月 未来社

五木寛之「遥かなるソヴェート」「再び、遥かなるソヴェート」『日刊ゲンダイ』昭和55年11月
蠟山政道『大学生及び大学生論』昭和35年6月 中央公論社
山田あき「作品月評」『短歌研究』昭和30年3月
津端修『現代短歌分類辞典』第三巻 昭和30年7月 イソラベラ社
『昭和萬葉集』巻九 昭和25年〜昭和26年 昭和54年9月 講談社
渡辺順三「啄木祭を迎えて」『アカハタ』文化欄 昭和29年4月8日
今井泰子「研究史に関する付言」『石川啄木論』昭和49年4月 塙書房
山本明「左翼青年の風俗」『戦後風俗史』昭和61年11月 大阪書籍
石母田正「国民詩人としての石川啄木」『続歴史と民族の発見』昭和28年2月 東京大学出版会
ぬやまひろし（ひろし・ぬやま）「一九四五年秋の歌・ベレーの歌」『新日本詩集』昭和23年7月 新日本文学会
『厚生白書 昭和三十一年度版』厚生省大臣官房企画室 昭和31年12月 東洋経済新報社
栗坪良樹「寺山修司——その俳句論」『青山学院女子短期大学紀要』平成9年12月
横山健治「夜」（青森県中学三年生・詩）『中学コース』昭和25年10月 学習研究社
『全国母子世帯調査結果報告書』昭和27年9月1日現在 厚生省児童局 昭和28年
大澤清次「短い話」（短歌8首）『短歌研究』昭和30年5月
『混血児指導記録一』昭和29年3月 文部省 初等中等教育局
ジェームズ・ミッチェナー「日米混血児はどう扱われているか——その真相」『リーダーズダイジェスト』昭和29年4月
高崎節子（労働省婦人少年局）『混血児』昭和27年10月 磯部書房
杉山正樹「戦後短歌十年史」『短歌年鑑』昭和30年12月
田中大治郎「十代の登場」『青炎』昭和30年1月
菱川善夫「戦後青春論」『短歌』昭和44年10月
「続・十代のフンベツ——この年少作家たち」『サンデー毎日』昭和29年12月5日

十返肇「太陽族ブームはこうして作られた」『婦人公論』昭和31年9月
野村尚吾『週刊誌五十年 サンデー毎日の歩み』昭和48年2月 毎日新聞社
「十代の夢」『知性』昭和29年11月 社会心理研究所
喜多照夫「寺山修司の精神世界」『石川県立錦丘高等学校紀要』平成8年3月
『青少年白書 昭和三十二年版』中央青少年問題協議会編 昭和32年9月 青少年問題研究会

◉――二章「チェホフ祭」の源流――高校時代の短歌

寺山修司「チェホフ祭」応募原稿（複写）一九五四年（小川太郎個人蔵）
寺山修司「火を創る唄」『荒野』創刊号 一九五四年十月 荒野短歌会発行（篠弘個人蔵）
寺山修司自筆歌集『咲耶姫』一九五一年五月／『文芸あおもり』一四一号 一九九四年七月
「寺山修司の手作り歌集――43年ぶり日の目」『東奥日報』一九九四年七月二十七日
寺山修司短歌『日本短歌』「読者作品欄」一九五二年（国会図書館蔵）
寺山修司短歌『啄木祭記念文芸作品集』一九五三年四月 青森県啄木祭準備会発行
寺山修司短歌『読売新聞青森版』「青森よみうり文芸」一九五三年五月十六日
寺山修司和歌『野脇中学校新聞』一九五一年二月二十五日（寺山修司記念館蔵）
寺山修司和歌『野脇中学二年文芸部回覧雑誌』一九四九年（青森県立図書館蔵）
久慈きみ代「作文を書かない少年寺山修司――新発見『白鳥』にみる寺山芸術の核――」『寺山修司研究』4号 二〇一一年一月
中井英夫解説『寺山修司青春歌集』昭和47年1月 角川文庫
中井英夫『黒衣の短歌史』一九七一年六月 潮出版社
小川太郎「一ページエッセイ・『チェホフ祭』のミステリー」二〇〇〇年九月『THE・TANKA開放区』第59号
小菅麻起子「寺山修司と啄木」『啄木文庫』22号 一九九三年八月
小菅麻起子「寺山修司と啄木――〈少年〉の時間」『短歌』一九九五年四月 角川書店

◉——三章 寺山修司における〈啄木〉の存在——〈啄木〉との出会いと別れ

寺山修司短歌『短歌研究』昭和29年〜昭和40年 短歌研究社
寺山修司短歌『短歌』昭和29年〜昭和40年 角川書店
寺山修司「自伝抄消しゴム」『読売新聞』一九七六年十一月十九日〜二十日
寺山修司「〝昭和の啄木〟の初戯曲」『内外タイムズ』一九六〇年六月二十七日
寺山修司「青春の曲がり角で出会った忘れえぬ本」『マイブック』一九八〇年九月 講談社
寺山修司「ロミイの代弁」『俳句研究』一九五五年二月
寺山修司「葱をきざめば」（詩）『啄木祭記念文芸作品集』一九五三年四月 青森県啄木祭準備会発行
寺山修司「近代秀歌への招待」〈石川啄木〉担当『短歌研究』一九五六年七月
「人物列島 寺山修司 青森弁はボクの履歴書なんだな」『週刊宝石』一九八一年十一月七日
寺山修司「一握の砂のしめり」『文芸読本 石川啄木』一九六二年七月 河出書房新社
寺山修司「歌と望郷」『黄金時代』一九七八年七月 九藝出版
寺山修司「詩人の手」『短歌』昭和31年10月
寺山修司「現代短歌会議」『短歌』昭和37年4月
寺山修司「天井桟敷十年の歩み」『新劇』一九七六年八月
『寺山修司未発表歌集 月蝕書簡』田中未知編 二〇〇八年二月 岩波書店
寺山修司「歌の伝統とは何か」（座談会）『国文学』一九八三年二月（大岡信・佐佐木幸綱）
『寺山修司全歌集』「跋」一九七一年一月 風土社
寺山修司「歌のわかれ」『現代歌人文庫 寺山修司歌集』一九八三年十一月
寺山修司短歌『読売新聞埼玉版』「埼玉よみうり文芸」一九五四年九月一日
杉浦明平「短歌時評」『短歌』昭和31年10月
京武久美「随想 寺山修司のこと」『河北新報』一九九二年五月七日

『文藝 石川啄木読本』一九五五年三月 河出書房
『青森県歌集』一九五一年七月 青森県歌人協会
『蛍雪時代』（読者文芸欄）一九五一年～一九五三年
『学校読書調査25年』一九八〇年十月 毎日新聞社
佐藤勝『石川啄木文献書誌集大成』一九九九年十一月 武蔵野書房
川崎むつを「今年の啄木祭」『東奥日報』一九五三年四月十二日
川崎むつを『石川啄木と青森県の歌人』一九九一年十二月 青森県啄木会
川崎むつを「寺山修司と啄木祭」『東奥日報』二〇〇一年七月十四日
杉山正樹 コラム 一九五八年版『短歌年鑑』一九五七年十二月 短歌研究社
『中学校国語教科書内容索引』一九八六年三月 教科書研究センター
『数字で見る日本の一〇〇年』一九八一年十一月 国勢社
『早稲田大学学報』「入学者出身都道府県別」一九五四年～一九五九年
『東北「方言」ものがたり』毎日新聞地方部特報班 一九九八年三月 無明舎出版
「東京人よ、方言を笑うな」読者投稿欄「ひととき」『朝日新聞』一九五七年五月二十八日
藤村正太『孤独なアスファルト』（第九回江戸川乱歩賞）一九六三年八月 講談社
『放送五十年史 資料編』一九七七年三月 日本放送協会
『言語生活』一九五五年二月
深作光貞「窮屈そうな創作家歌人」『短歌』一九六三年十二月
佐佐木幸綱「寺山修司」『国文学』一九七七年二月
福島泰樹「絶叫忘語録5」『短歌朝日』二〇〇二年九・十月号
福島泰樹「啄木断章」『現代詩手帖』一九七五年六月
齋藤愼爾「北国が生んだふたりの詩人の共通性 石川啄木と寺山修司」『鳩よ！』一九九一年二月

木股知史「啄木から寺山修司へ――虚構の「私」へ――」『短歌と日本人Ｖ　短歌の私、日本の私』一九九九年五月　岩波書店
三浦雅士「ふるさとの悲哀」仙台文学館開館一周年記念特別展『ことばの地平――石川啄木と寺山修司』図録　平成12年3月
『雷帝』創刊終刊号　一九九三年十二月　深夜叢書社
宗田安正「書けば書くほど恋しくなる――寺山修司の俳句」『寺山修司俳句全集』解説
小菅麻起子「戦後の啄木受容」『国文学解釈と鑑賞』二〇〇四年二月
小菅麻起子「人生雑誌にみる戦後の〈啄木〉受容」『国際啄木学会研究年報』7号　二〇〇四年三月

◉――四章　寺山修司と戦後の〈母もの〉映画――母子別離の抒情と大衆性

寺山修司　石子順造　対談「母のイメージとイメージの母」特集「日本の母」『アドバタイジング』一九七五年九月　電通
寺山修司「自伝抄消しゴム」連載第12回・13回、『読売新聞』一九七六年十一月二十四～二十五日
寺山修司　鶴見俊輔　対談「語りつぐ戦後史・第三十三回・今はまだ千早城」『思想の科学』一九六九年十一月
寺山修司「私の童謡体験」『日本童謡集』昭和47年11月　光文社
寺山修司「美空ひばりを歴史する試み」『墓場まで何マイル？』収録　二〇〇〇年五月　角川春樹事務所
栗坪良樹『寺山修司論』二〇〇三年三月　砂子屋書房
水口紀勢子『映画の母性――三益愛子を巡る母子像の日米比較』二〇〇五年四月／二〇〇九年四月改訂増補版　彩流社
石子順造『子守唄はなぜ哀しいか　近代日本の母像』昭和51年4月　講談社
『キネマ旬報』「日本映画紹介・日本映画評」一九四六年～一九六二年
『日本映画作品辞典・戦後篇』日本映画研究会編　平成10年6月　科学書院
佐藤忠男・司馬叡三「三益愛子」『日本映画俳優全集・女優編』（『キネマ旬報増刊』）一九八〇年十二月
佐藤忠男『日本映画史』第4巻　一九九五年九月　岩波書店
『映画年鑑』昭和27年～昭和28年　時事通信社
『全国映画館名簿』昭和33年5月　全国映画館新聞社

『放送五十年史 資料編』昭和52年3月 日本放送出版協会
『大衆文化事典』一九九一年二月 弘文堂
鶴見和子 高野悦子 鈴木初美「日本母性愛映画の分析」『映画評論』昭和26年5月
「映画 妻ものと母もの」『朝日新聞』昭和30年7月18日
瓜生忠夫『日本の映画』昭和31年4月 岩波新書
山本喜久男『日本映画における外国映画の影響―比較映画史研究』一九八三年三月 早稲田大学出版部
山村賢明『日本人と母―文化としての母の観念についての研究―』昭和46年3月 東洋館出版社
望月衛「映画の大衆性」『夢とおもかげ』思想の科学研究会編 昭和25年7月 中央公論社
南博『体系 社会心理学』昭和32年11月 光文社
南博「流行歌の問題」岩波『文学』昭和28年11月
『昭和萬葉集』巻九（昭和25〜26年）昭和54年9月 講談社
『全国の女世帯』昭和29年3月労働省婦人少年局／『戦後婦人労働・生活調査資料集』22巻 一九九一年十月クレス出版
椎名久悦「母と共に暮らす日を」『人生手帖』昭和31年1月
水上勉『停車場有情』昭和55年11月 角川書店
秋元不死男「短歌と俳句の間」『短歌』昭和30年5月
樋口恵子『サザエさんからいじわるばあさんへ――女・子どもの生活史』一九九六年三月 晩聲社
長谷川町子『サザエさん』第十四巻 昭和29年12月 姉妹社
鈴木律子編『未亡人たちの戦後史――茨未連「母子草」から――』昭和58年6月 筑波書林
飯田昭二「石子順造さんとグループ「幻触」」『静岡の文化』61号 二〇〇〇年
本阿弥清編『石子順造とその仲間たち 静岡からのメッセージ』二〇〇二年十一月 環境芸術ネットワーク
白石征「まつりの演劇「遊行かぶき」への道」『遊行フォーラム十五年のあゆみ』二〇〇〇年十月 遊行フォーラム実行委員会発行

◉――五章 橋本多佳子『七曜』との交流――昭和二十九年 奈良訪問の記
寺山修司「アンケート――好きな俳句」『七曜』昭和29年10月
寺山修司「読書遍歴」『週刊読書人』昭43年2月12日
寺山修司「年譜」『家出のすすめ』昭和47年3月 角川文庫
三浦雅士「鏡のなかの言葉――俳句から短歌へ」『寺山修司――鏡のなかの言葉』一九八七年四月 新書館
『七曜』（橋本多佳子主宰俳句誌）昭和23年～昭和30年
山口誓子「〃七曜〃は」『七曜』昭和23年1月
橋本多佳子『紅絲』一九五一年六月 目黒書店（『杉田久女と橋本多佳子』別冊 俳句とエッセイ 一九八八年二月 牧羊社）
『橋本多佳子全集』第二巻 一九八九年十一月 立風書房
堀内結編「堀内薫年譜」『堀内薫全句集』一九九八年八月、富士見書房
丸谷たき子『七曜』「五十周年記念俳句賞」（六百号記念号）一九九八年五月
丸谷たき子「教師・堀内薫の仕事」奈良県立添上高等学校文化部『学校紀要』第2号一九九七年十二月
丸谷たき子「寺山修司と添上高校の思い出」奈良県立添上高等学校文化部『文化』第16号 一九九三年十二月
塚原哲「十七文字の青春――添上高校俳句クラブ栄光の歩み」奈良県立添上高校文化部『文化』第18号 一九九五年十二月
川北憲央「伸びやかに楽しく――回想・添上高校俳句クラブ」奈良県立添上高等学校『学校紀要』創刊号一九九六年十二月
矢尾米一編「石野佳世子句集」奈良県立添上高等学校『学校紀要』創刊号 一九九六年十二月
山形健次郎「「牧羊神」と寺山修司」『鬼』21号 二〇〇八年五月
山形健次郎『銅像』昭和29年11月1日「牧羊神俳句会」発行 発行者 寺山修司
松井牧歌『寺山修司の「牧羊神」時代――青春俳句の日々』二〇一一年八月 朝日新聞出版
世田谷文学館『寺山修司の青春時代展』図録 平成15年4月
『新潮日本文学アルバム 寺山修司』一九九三年四月 新潮社
小菅麻起子編「編年寺山修司俳句リスト」（一九九九年度立教大学大学院修士論文・資料編）

◉――六章　寺山修司と樫村幹夫――『青銅文学』への参加

寺山修司『われに五月を』昭和32年1月　作品社
「寺山修司、同人誌に寄稿」（加古陽治記者）『中日新聞』二〇一〇年五月十四日
『青銅文学』青銅文学会（樫村幹夫主宰　同人雑誌）20号～27号　昭和30年～昭和42年
「続・十代のフンベツ――この年少作家たち」『サンデー毎日』昭和29年12月5日
『十代作家作品集』（序三島由紀夫／石崎晴央／樫村幹夫／三谷真沙夫／堀田珠子）昭和30年8月　和光社
樫村幹夫『木乃伊座』昭和31年7月　創造社
樫村幹夫「若き訣別の譜――青銅文学十六年史抄」『新潮』一九六七年三月
副田義也「闘牛」『新潮』全国同人雑誌推薦小説特集　昭和32年12月
『文芸年鑑　昭和三三年度版』昭和33年5月　新潮社
『渡辺純一全集』第五巻「阿寒に果つ　冬の花火」平成8年2月　角川書店
渡辺淳一「自作再見『阿寒に果つ』――関わった六人通してレクイエム」『朝日新聞』一九九〇年一月七日
日野原冬子編『わがいのち『阿寒に果つ』とも――遺作画集』（加清純子没後43年）一九九五年四月　青娥書房
「死に急ぐ青少年が激増」『朝日新聞』東京版　昭和29年1月23日
「若人よなぜ死にたがる?――〃十代の自殺〃の実態」『週刊朝日』昭和30年3月6日
真下信一「日本の青春－青年たちの記録より」『婦人公論』昭和31年1月
「理由なき自殺」『週刊朝日』昭和33年5月12日
『自殺死亡率統計』一九九〇年九月　厚生省
京武久美「高校時代」『現代詩手帖　寺山修司』臨時増刊　一九八三年十一月
岡村春彦「群れの終末――青銅文学創刊の前後」『青銅文学』一九六七年一月　終刊27号

◉――七章　作品集『われに五月を』における短歌構成
寺山修司『われに五月を・寺山修司作品集』一九五七年一月　作品社
寺山修司『われに五月を・寺山修司作品集』（復刊）一九八五年五月　思潮社
寺山修司『われに五月を』（復刊）二〇〇四年三月　日本図書センター
中井英夫「『われに五月を』影の王国の主宰者として」―「追憶　寺山修司」『週刊読書人』昭和58年5月23日
菱川善夫「前衛短歌時代の開幕「乳房喪失」と「チェホフ祭」」『歌のありか』一九八〇年六月　国文社（現代歌人文庫）
『昭和萬葉集』巻七　昭和20年～昭和22年　昭和54年4月　講談社
『昭和萬葉集』巻八　昭和23年～昭和24年　昭和54年7月　講談社

◉――八章『空には本』と『寺山修司全歌集』――「初期歌篇」をめぐる問題
寺山修司『空には本』一九五八年六月　的場書房
寺山修司『空には本』覆刻版　二〇〇三年九月　沖積舎
『寺山修司全歌集』一九七一年一月　風土社
『寺山修司全詩歌句』一九八六年五月　思潮社
『寺山修司歌集』現代歌人文庫　一九八三年十二月　国文社
寺山修司「燃ゆる頰――森番」28首　三省堂教科書『現代文』平成6年2月　文部省検定
『現代短歌全集』第十三巻（寺山修司『空には本』収録）一九八〇年十一月　筑摩書房
野島直子『孤児への意志――寺山修司論』一九九五年七月　法藏館
福島泰樹「寺山修司さびしき鷗」『寺山修司歌集』解説　一九八三年十二月　国文社
小菅麻起子「教科書に載る寺山修司」『蘖（ひこばえ）』16号　三沢ペンクラブ発行　一九九八年十二月

◉——九章『空には本』の構成方法——八章「浮浪児」・十一章「少年」を中心に

『短歌研究』昭和29年～昭和33年 短歌研究社
『短歌』昭和29年～昭和33年 角川書店
菱川善夫「寺山修司総論」『日本文学』昭和42年8月／『戦後短歌の光源』昭和49年11月 桜楓社

◉——十章『空には本』における〈同時代文芸〉という方法

寺山修司「入選者の抱負―火の継走」『短歌研究』昭和29年11月
寺山修司「森での宿題」『短歌研究』昭和31年1月
寺山修司「山のあなた」『暖鳥』昭和28年7月
寺山修司「短歌における新しい人間像」『短歌』昭和32年11月
寺山修司「明日を展く歌」『短歌研究』昭和30年1月
本林勝夫「評釈 寺山修司の短歌20首」『国文学』平成6年2月
本林勝夫「茂吉と文明」『斎藤茂吉の研究』平成2年5月 桜楓社
菱川善夫「前衛短歌の規定」『短歌研究』昭和31年8月
菱川善夫「新世代の旗手・寺山修司」『短歌研究』昭和33年6月
大岡信「折々のうた」『朝日新聞』平成13年4月14日
谷川俊太郎「新しい歌のために」『ユリイカ』昭和32年1月
杉浦明平『戦後短歌論』昭和26年3月 ペリカン書房
江口清訳『ラディゲ全集』全一巻 一九五三年六月 中央公論社
江口清『レイモン・ラディゲと日本の作家たち』昭和48年4月 清水弘文堂
『ドルジェル伯の舞踏会』ラディゲ作 訳者生島遼一 昭和26年10月 人文書院
三島由紀夫「ラディゲに憑かれて」『日本読書新聞』昭和31年2月29日

三島由紀夫「『ラディゲ全集』書評」『婦人公論』昭和28年10月
『三島由紀夫全集』六巻 昭和48年9月 新潮社
『現代フランス文学事典』昭和26年8月 白水社
『世界文学辞典』昭和29年10月 研究社
滝田文彦『現代世界文学講座6 現代フランス篇』昭和31年2月 講談社
田辺聖子「いつもそばに、本が」『朝日新聞』平成11年9月12日
『チャタレイ夫人の恋人』ロレンス作 伊藤整訳 昭和25年4月 小山書店
『堀辰雄全集』第一巻 昭和52年5月 筑摩書房
槙山朋子「燃ゆる頬」『解釈と鑑賞』平成8年9月
川端康成「堀辰雄氏の『燃ゆる頬』」『川端康成選集』昭和13年12月 改造社／『堀辰雄研究』昭和33年4月 新潮社
亀井秀雄「燃ゆる頬」『国文学』昭和44年6月
岩田正「合評」『短歌研究』昭和37年9月
塚本邦雄「作品互評」『短歌研究』昭和32年3月
生方たつゑ「作品月評・火山の死」『短歌研究』昭和32年9月
前登志夫「第二次戦後派の特色」『短歌研究』昭和33年6月
筒井富栄「寺山修司の初期作品」『短歌』平成元年12月
三浦正嗣「寺山修司論――歌人・寺山修司の軌跡」北海学園大学大学院『日本文化研究』創刊号 平成13年3月
寺山修司読書ノオト（寺山修司記念館蔵）「ノオト1」（昭和31年1月25日～2月22日）／「ノオト2」（昭和31年2月24日～12月25日）「ノオト4」（昭和32年1月～）

◉――十一章『空には本』における定型意識と文体――塚本邦雄『装飾楽句』との比較――

寺山修司『空には本』一九五八年六月 的場書房

寺山修司『血と麦』『田園に死す』――『現代歌人文庫寺山修司歌集』一九八三年十一月 国文社
寺山修司「明日のための対話」（谷川俊太郎との往復書簡）『短歌研究』昭和33年4月
塚本邦雄『装飾楽句』――『塚本邦雄全集』第一巻 一九九八年十一月 ゆまに書房
塚本邦雄『麒麟旗手』初版一九七四年七月 新書館／改装版二〇〇三年十月 沖積舎
菱川善夫「寺山修司総論」『日本文学』昭和42年8月
菱川善夫『現代短歌美と思想』一九七二年九月 桜楓社
吉田純「前衛短歌論争〈方法論争〉について」北海学園大学大学院『日本文化研究』第参集 二〇〇三年三月
俵万智『サラダ記念日』一九八七年五月 河出書房新社
斉藤美奈子「俵万智 歌って踊れるJポエム」『文壇アイドル論』二〇〇二年六月 岩波書店
大島資生「『サラダ記念日』の構文論」『日本語学』「特集短歌の言語学」一九九二年七月
望月善次「『サラダ記念日』の定型意識」『日本語学』「特集短歌の言語学」一九九二年七月
望月善次「短歌定型論から見た啄木『三行書き短歌』」『論集石川啄木Ⅱ』二〇〇四年四月 おうふう
『現代短歌大事典』二〇〇〇年六月 三省堂
『岩波現代短歌辞典』一九九九年十二月 岩波書店
『俳句用語の基礎知識』一九八四年一月 角川書店
坂野信彦『七五調の謎をとく―日本語リズム原論』一九九六年十月 大修館書店

◉――おわりに 没後の〈寺山修司受容〉に関する覚え書き

「寺山修司死後年譜」『現代詩手帖』臨時増刊『寺山修司［１９８３～１９９３］』一九九三年四月 思潮社
守安敏久「「寺山修司劇場美術館１９３５――２００８」展」『日本近代文学』第79集 二〇〇八年十一月
金澤茂『修司断章』平成18年6月 金澤法律事務所
企画集団ぷりずむ（代表杉山睦子）『五月の伝言⑤・北の文化の現在』一九八八年五月

企画集団ぷりずむ『五月の伝言⑥・寺山修司祭』一九八九年五月
企画集団ぷりずむ『追悼特集 心象 寺山修司』季刊「あおもり草子」一九八三年十二月十日
『歩み――寺山修司記念館』一九九八年七月 寺山修司五月会（事務局 伊野忠昭）
『北奥気圏』創刊号 特集寺山修司 二〇〇五年一月 書肆北奥舎（代表 船越素子）
鎌田紳爾「天井桟敷のヨセフ――引き裂かれた父性のためのノート」『北奥気圏』創刊号 二〇〇五年
鎌田紳爾『望郷の虹 寺山修司青春譜』二〇〇九年九月 未知谷
福井次郎「私的寺山修司体験〈あるいは神話の形成〉」『北奥気圏』創刊号 二〇〇五年
世良啓「『五月の白鳥』拾遺ノオト――寺山修司生誕地と寺山八郎に関するメモ」『北奥気圏』二号 二〇〇六年一月
石井冴子『冬の花ぐし―級友・寺山修司に』一九九七年七月 菁柿堂
寺山はつ『母の蛍 寺山修司のいる風景』一九八五年二月 新書館
九條今日子『不思議な国のムッシュウ 素顔の寺山修司』一九八五年四月 主婦と生活社
九條今日子『回想・寺山修司 百年たったら帰っておいで』二〇〇五年十月 デーリー東北新聞社
平沢淑子『月時計のパリ』一九八四年八月 講談社
萩原朔美『思い出のなかの寺山修司』一九九二年十二月 筑摩書房
前田律子『居候としての寺山体験』一九九八年三月 深夜叢書社
高橋咲『15歳 天井桟敷物語』一九九八年八月 河出書房新社
田中未知『寺山修司と生きて』二〇〇七年五月 新書館
山田勝仁『寺山修司に愛された女 演劇実験室◎天井桟敷の名華・新高けい子伝』二〇一〇年十月 河出書房新社
現代短歌研究会『現代短歌研究』二〇〇二年・第一集～二〇〇九年・第八集（事務局 田中綾）
菱川和子「芸術の根源を問う――夫菱川善夫の死」『短歌往来』二〇〇八年五月 ながらみ書房
清水義和『寺山修司海外キネマテアトロ』二〇一〇年四月 文化書房博文社
国際寺山修司学会編『寺山修司研究』二〇〇七年・創刊号～二〇一二年・五号 文化書房博文社

『寺山修司フォーラム 風馬』（編集小川太郎）一九九二年四月・4号〜一九九四年九月・6号
『寺山修司倶楽部』（編集楠山周史）一九九五年二月・創刊号〜二〇〇〇年六月・12号
小菅麻起子「寺山修司と「昭和の啄木」をめぐる考察」第二期『風馬』創刊号（編集小川太郎）二〇〇一年一月

初出一覧

＊本書の収録にあたり、初出には加筆訂正を施した。
＊（　）内に初出誌を記し、タイトルの異なるものについては初出時のタイトルを記した。

はじめに　寺山修司研究の課題（本書書き下ろし）

序章　「年譜」をめぐる問題点（『寺山修司研究』創刊号　二〇〇七年五月　国際寺山修司学会編　文化書房博文社）

第一章　十代歌人〈寺山修司〉の登場――「父還せ」から「チェホフ祭」へ（『立教大学日本文学』84号　二〇〇〇年七月）

第二章　「チェホフ祭」の源流――高校時代の短歌（「寺山修司「チェホフ祭」初出をめぐる問題」『立教大学大学院日本文学論叢』創刊号　二〇〇一年三月）

第三章　寺山修司における〈啄木〉の存在――〈啄木〉との出会いと別れ（『国際啄木学会研究年報』4号　二〇〇一年三月）
＊以下は関連論考
「寺山修司と啄木」（『啄木文庫』22号　一九九三年八月　関西啄木懇話会）
「寺山修司と啄木――〈少年〉の時間――」（『短歌』一九九五年四月　角川書店）
「戦後の啄木受容」（『国文学 解釈と鑑賞』二〇〇四年二月　至文堂）
「人生雑誌にみる戦後の〈啄木〉受容――『葦』・『人生手帖』を中心に――」（『国際啄木学会研究家年報』7号　二〇〇四年三月）

第四章　寺山修司と戦後の〈母もの〉映画――母子別離の抒情と大衆性（『立教大学大学院日本文学論叢』4号　二〇〇四年六月）

第五章　橋本多佳子『七曜』との交流――昭和二十九年奈良訪問の記
（「寺山修司と橋本多佳子『七曜』」『寺山修司研究』5号　二〇一二年三月）

第六章　寺山修司と樫村幹夫――『青銅文学』への参加（「寺山修司と『青銅文学』」『寺山修司研究』4号　二〇一一年一月）

第七章　作品集『われに五月を』における短歌構成
（「寺山修司第一作品集『われに五月を』の構成」『寺山修司研究』2号　二〇〇八年九月）

第八章　『空には本』と『寺山修司全歌集』――「初期歌篇」をめぐる問題
（「寺山修司第一歌集『空には本』と全歌集」『寺山修司研究』3号　二〇〇九年十一月）

第九章　『空には本』の構成――八章「浮浪児」・十一章「少年」を中心に
（『寺山修司研究』6号　二〇一三年　近刊予定）

第十章　『空には本』における〈同時代文芸〉という方法――堀辰雄・ラディゲ・三島由紀夫の受容から
（『立教大学大学院日本文学論叢』2号　二〇〇二年九月）

第十一章　『空には本』における定型意識と文体――塚本邦雄『装飾楽句』との比較
（『立教大学大学院日本文学論叢』5号　二〇〇五年十一月）

おわりに　没後の〈寺山修司受容〉に関する覚え書き
（本書書き下ろし）

あとがき

私が最初に書いた〈寺山修司論〉は一九八八（昭和六十三）年十二月、天理大学に提出した卒業論文である。――「寺山修司研究―作品における〈少年〉を中心に―」。いま顧みれば、そのサブタイトルに一九八〇年代後半の小劇場演劇の影響が偲ばれる（演劇部員だった私は一九八五年に開館した上本町・近鉄小劇場へしばしば通った）。〈寺山修司〉の存在を知ったのは一九八六年の展示会「テラヤマ・ワールド」であり（演劇部の縁で行ったのだが）、しかし卒業論文に〈寺山修司〉を選んだのは、近代短歌史の研究者・太田登先生の影響が直接的には大きい（『啄木短歌論考　抒情の軌跡』一九九一年、八木書店／『日本近代短歌史の構築―晶子・啄木・八一・茂吉・佐美雄―』二〇〇六年、八木書店）。本書が歌人としての〈寺山修司〉を軸としているのもそのためである。

卒業論文提出の日の朝、天理の町にはめずらしく雪が積もっていた。一週間かかって清書し、完成したばかりの論文を自転車のカゴに入れ、下宿から大学までの雪道を転ばぬように歩いた時の気持ちは、今も忘れることが出来ない。「やっと出来た」という達成感と、「〆切に間に合って良かった」という安堵感と。おそらく国文のクラスメイトの皆がそういう気持ちだったのではないかと思う。

一九八九（平成元）年の春から八年間、社会人（教員）として勤めた。途中一九九一年、二十四才の春に奈良（実家）から静岡に出てきて、働きながら小さな劇団の活動に三年ほど参加した（演劇部の先輩が静岡で設立した劇団だった）。一九九六年には転勤で富士宮市内の高校に勤めることとなり、富士山の麓にも暮らした。冬の日の夕暮れ、勤めの帰途に、眼の前に大きく迫りくる富士を見ながら感慨を抱くこともあった。そうした生活の中でも、細々ながら卒論の続きを勉強することが出来たのは、関西啄木懇話会と国際啄木学会という研究会に所属していたおかげである。毎年八月には青森・三沢へ資料調査の旅に出た。

一九九七（平成九）年の春、私は三十才になっていたが立教の大学院への入学を許可された（同時に私立高校教諭を退職・結婚。東京・池袋へは静岡から通学した）。その際、二つの目標があった。一つは、その年の二月から『東奥日報』で連載が始まっていた「拝啓中野トク先生　修司青春の手紙」の仕事を納得できるものにすること。大学院で開始した勉強の成果も取り入れて25回の連載を無事終了し、八年後には本にまとめる機会に恵まれた（『寺山修司青春書簡―恩師・中野トクへの75通―』二玄社）。同書は〈寺山修司生誕70年〉を記念して、二〇〇五年十二月十日に刊行されたのだが、その二日前の十二月八日に一人息子を出産し、さらにその二十日前には大学院に博士論文を提出していた。この時ばかりは一度に三つのものを世の中に送り出したような気分になった。

そしてもう一つの大きな目標は、〈初期寺山修司〉の軌跡を研究書として一冊にまとめることだった。逆にいえば、一冊にまとまるまでは研究を続けるという決意だった。三十才の春に志を立て、十六年の歳月がかかったわけだが、本書の刊行をもってようやく初志貫徹することが出来た。

これも学部時代からの太田登先生と、大学院での藤井淑禎先生の御指導のおかげであり、お二人の先生に感謝申し上げます。太田先生からは〈文学研究＝人間研究〉という視点を教えていただきました。藤井先生からは〈同時代読者の読み〉・〈受容〉という視点を教えて頂きました（『漱石文学全注釈12　心』二〇〇〇年、若草書房／『小説の考古学へ―心理学・映画から見た小説技法史』二〇〇一年、名古屋大学出版会／他）。また研究仲間の励まし、家族の忍耐もあってのことです。静岡の友人、榊原由美子さんには校正を手伝って頂きました。折からの厳しい出版不況の中で本書の刊行を快くお引き受け下さいました翰林書房の今井肇、静江ご夫妻にもお礼申し上げます。多くの皆様のおかげをもちまして、〈寺山修司没後30年〉を記念する年に、この『初期寺山修司研究――「チェホフ祭」から『空には本』――』を刊行することが出来ました。本当にありがとうございました。

二〇一三年二月

小菅　麻起子

人名索引

【著者略歴】
小菅麻起子（こすげ　まきこ）
1966年京都市生まれ、静岡市在住。1989年天理大学国文学国語学科卒業。私立高校教諭を経て、1997年より立教大学大学院文学研究科日本文学専攻に学ぶ。2006年同大学院課程博士修得。
編著書『寺山修司 青春書簡―恩師・中野トクへの75通―』（2005年、二玄社）

初期寺山修司研究
「チェホフ祭」から『空には本』

発行日	2013年3月30日　初版第一刷
著　者	小菅 麻起子
発行人	今井 肇
発行所	翰林書房
	〒101-0051 東京都千代田区神田神保町 2-2
	電 話　(03)6380-9601
	FAX　(03)6380-9602
	http://www.kanrin.co.jp/
	Eメール● Kanrin@nifty.com
装　釘	矢野徳子＋島津デザイン事務所
印刷・製本	株式会社 メデューム

落丁・乱丁本はお取替えいたします

ISBN978-4-87737-347-4